UĞUR GÖKBULUT

# Yağmur'un Gözyaşları

OLİMPOS®

**YAĞMUR'UN GÖZYAŞLARI**
**Uğur Gökbulut**

**Redaksiyon:** Selcan Karabulut
**Son Okuma:** Buse Turan
**Kapak Tasarımı:** Sevil Şener

**3. Baskı:** Aralık 2017
**ISBN:** 978-605-2063-21-7



**OLİMPOS YAYINLARI**
Maltepe Mah. Davutpaşa Cad. Yılanlı Ayazma Yolu No:8 K:1 D:2
Davutpaşa / İstanbul
Tel: (0212) 544 32 02 (pbx) Sertifika No: 13718
**www.olimposyayinlari.com - info@olimposyayinlari.com**

**Genel Dağıtım: YELPAZE DAĞITIM YAYIN SANAT PAZARLAMA**
Maltepe Mah. Davutpaşa Cad. Yılanlı Ayazma Yolu No:8 K:1 D:2
Davutpaşa / İstanbul
Tel: (0212) 544 46 46 Fax: (0212) 544 87 86
**info@yelpaze.com.tr**

**Baskı: Ezgi Matbaacılık San. Tic. Ltd. Şti.**
Sanayi Cd Altay Sk No:10 Çobançeşme/Yenibosna/ İstanbul
Tel: 0212 452 23 02 Sertifika No: 12142

UĞUR GÖKBULUT

# Yağmur'un Gözyaşları

OLİMPOS®

# I. BÖLÜM

*Çünkü ancak yaşadıkça anlayacaksın.*
*İyi olanların kazandığı bir yer değil adına dünya*
*dedikleri bu yer.*

Henüz gözlerini açmamıştı Yağmur yeni güne. Daha güneş vurmamıştı saçlarının kapattığı esmer yüzüne ve babasının "benim güzel gözlü kızım" diye sevdiği o kahverengi gözlerinden içeriye. Dışarıda, yine haziran ayının en sıcak günlerinden biri yaşanıyordu. Pencerenin hemen önündeki kiraz ağacının yapraklarını titretmekten bile acizdi bugün rüzgâr. Ağaçta kalan birkaç kiraz tanesi için kavga eden serçelerin sesinden başka hiçbir ses gelmiyordu aralık bırakılan pencereden içeri. Kapının arkasında asılı duran ve henüz etiketi sökülmemiş siyah elbiseyi saymazsak oda fazlasıyla düzenli ve temizdi. Üniversiteden aldığı kredilerin bir miktarıyla, kendi zevkine göre döşemişti odasını Yağmur. Her seferinde babasına alması için ısrar ettiği ama babasının asla almayı kabul etmediği ve "O senin hakkın kızım, istediğin gibi harca." dediği kredilerle. Çok pahalı olmasa da, sevdiği ve değer verdiği eşyalardı bunlar. Ama o en çok da krem rengi makyaj masasını ve sıkı bir pazarlık sonunda ucuza aldığı kitaplığını seviyordu. Kitaplar bile boylarına ve kalınlıklarına göre dizilmişti yerlerine. Makyaj aynasının her iki kenarını, aile bireylerine ait fotoğraflar süslüyordu. Çünkü aynaya her baktığında, neden başarmak, neden ayakta durmak zorunda olduğunu görmek ona güç veriyordu. Karşılıksız sevginin ne demek olduğunu, vefanın ete kemiğe bürünmüş hâlini görüyordu o fotoğraflarda. Ve her sabah uyandığında onların yüzlerine bakıp "İyi ki varsınız." dilekleriyle güne başlayıp her gece yatmadan önce de "Allah'ım ne olur başımdan eksik etme sevdiklerimi." diye dua ediyordu. Makyaj masasının üzerinde sıralı parfümleri, deodorantları takip ediyordu. Birkaç tanesinin dışında çoğu orijinal değildi. Parfüm takıntısı vardı. Özellikle orkide kokusuna bayılıyordu. Neredeyse şampuanlarını ve kremlerini bile hep orkide kokusu olanlardan seçiyordu. Orkide kokusu odasından dışarıya kadar taşardı. Yağmurun eve geldiği de, evden gittiği de kokusundan anlaşılıyordu.

Yavaşça kızının kapısını çaldı Aynur Hanım. Sonra kapıyı yavaşça araladı. Yatağının yanına geldi ve uyuyan kızını seyretti oturduğu komodinden. Bugün itibarıyla tam 24 yıl olmuştu Yağmur'unu dünyaya getireli. Daha 20 yaşındaydı Yağmur'u kucağına ilk aldığında. Oğlu Serhat'ta da çok mutlu olmuştu ama bir kızı olmasını çok istiyordu. Eşi Selçuk, "Oğlumun adını ben koydum, kızımızın adını da sen koy hadi." dediğinde dışarıda başlayan yağmura bakıp "Kızımızın adı Yağmur olsun." demişti. "Bereket, mutluluk ve huzur getirsin." demişti kocasının gülen gözlerine bakarak. En zor zamanlarında kızı hep destek olmuştu, sırdaş olmuştu kendisine. Beraber ağlayıp, beraber güldükleri, beraber sabredip, birlikte dua ettikleri çok günleri ve geceleri olmuştu. Oğlu Serhat, çalışmak için yurt dışına gittiği günden bu yana, anne kız daha bir can yoldaşı olmuşlardı birbirine. Hastalandığı, hastanede yattığı zamanlarda ve sonrasında evde devam eden tedavi sürecinde, kızı okulu bir yıl dondurup kendisini hiç yalnız bırakmamıştı. Evi ne aşsız bırakmıştı ne de sevgisiz. Zorlu ameliyatlar ve kemoterapi süreçlerinde, kızının varlığı ona her şeyden daha iyi gelmişti. Bir annenin kızına gösterdiği şefkat kadar, şefkat görmüştü kızından. İşte bu yüzden hep aynı şeyi söylerdi kızına: "Yavrum, benim mi hakkım sende fazla, yoksa senin mi hakkın bende daha fazla hiç bilmiyorum." Yavrusunun yüzüne bakarken bu duygularla, gözünden akan yaşa engel olamadı. Usulca kızının saçlarını okşadı ve "Sen beni hiç üzmedin, hiç kırmadın bebeğim, Allah da senin bahtını hep açık etsin. Senin kocaman ve tertemiz bir yüreğin var. Ben ne kadar şanslıyım ki, Rabb'im bana senin gibi bir evlat verdi. Sana da, senin gibi bir evlat nasip eder inşallah." diye dua etti kısık bir sesle. Bu, Yağmur'un ilk doğum günü hediyesiydi bugün. Belki maddi bir değeri yoktu ama manevi değeri tartışılamayacak kadar büyüktü.

Kızının yanağını okşayarak, "Yağmur hadi kızım uyan artık. Geç kalacaksın." diye seslendi.

Yağmur uykudan ağırlaşan gözlerini yavaşça araladı. Pencereden süzülen güneş ışığının, annesinin o nurlu yüzündeki yansımasını gördü. Hani bir melek tarafından uyandırılsa ancak bu kadar mutlu olurdu. Hafifçe tebessüm etti. Güneş ışığı yanağındaki gamzeleri doldurdu bir anda.

"Anne biliyor musun? Sadece kanatların eksik şu anda." diyerek ellerinden tuttu annesinin.

Annesi sıkıca kavrayıp kızının ellerinden, "Benim kanatlarım sensin kızım." diye tamamladı kızının sözlerini.

"Hadi kahvaltı hazır, yüzünü yıka gel; beraber analı-kızlı güzel bir kahvaltı yapalım." dedi.

Yağmur önce saate baktı ve sonra üzerindeki uyku tembelliğini atmak için bedenini gerebildiği kadar gerdi. Yataktan doğrulup pencereye yöneldi. Bir süre serçeleri izleyip gökyüzüne baktı. Bulutsuz ve açık bir havayı görünce sevindi. "Bugün çok işim var acele etmeliyim." dedi gözlerini ovuşturarak. Telefonuna baktı. Okunmamış bir mesajı vardı her sabah olduğu gibi. Toprak, prensesini unutmamış ve yine bir günaydın mesajı göndermişti ona. Mesajı açtı ve sevildiğini hisseden bir kadın mutluluğuyla okudu:

*"Günaydın bebeğim. Benim prensesim kim bilir kaçıncı rüyasını görüyordur şu an? Umarım kahramanın yine benimdir orada. Ve bilmeni isterim ki, dudaklarından bir buse alacaksam eğer, kurbağa bile olmaya razıyım."*

Yağmur, "Deli yaaa!" diyerek gülümsedi ve okumaya devam etti. *"Benden duymuş olma ama bugün senin doğum günün bebeğim. Akşama kimseye söz verme. Bugün sana çok büyük sürprizlerim olacak. Ve bal kabağına dönüşmeden de, eve bırakacağım seni. Şimdilik o bakmaya doyamadığım ve doyamadığım için de türlü türlü şebeklikler yaptığım gamzelerinden öpüyorum bebeğim."*

Yağmur'un kalbi olması gerekenden neredeyse iki kat daha fazla atıyordu âdeta. Beş yıldır devam eden birlikteliklerinin, bir yuvaya dönüşmesi için ilk adım yoksa bugün mü atılacaktı? Çevresinin ve arkadaşlarının "Adını artık koyun." baskılarından bugün kurtulacaktı belki de. Bazı arkadaşlarının "Toprak'a fazla güvenme, o seni yarı yolda bırakabilir." diyerek belli ettikleri çekememezlikleri belki de bir son bulacaktı bugün. Mesajı birkaç kez daha okudu. Dışarıdaki serçelere nispet yaparcasına dans etti odasında bir süre. Annesinin "Seni bekliyorum Yağmur." diye seslenmesiyle son buldu dansı. "Bunu annemle paylaşmam gerek." diye sevinçle yüzünü yıkayıp mutfağa koştu.

Küçük ama sevimli mutfakta annesinin yaptığı içli çörekleri görünce sarıldı annesine:

"Niye kendini yordun anne sabah sabah?"

Annesi kızının yanaklarından öpüp, "Bugün senin doğum günün kızım. En sevdiğin her neyse, bugün o yapılacak bu evde." dedi.

Yağmur masaya oturduğunda annesi çayını koymuştu bile. Annesi, kızının yüzünde doğum günü sevincinin dışında farklı bir mutluluk daha olduğunu çoktan anlamıştı bile. Ama kızının konuyu açacağını bildiğinden üstüne gitmedi. Yağmur iştahla peynirli ve patatesli çöreklerini yerken, "Bugün bana alışverişte eşlik edecek misin anne?" diye sordu.

"Kızımı böyle bir günde yalnız bırakır mıyım? Mezuniyet balosu için ayakkabı tercihi konusunda benden daha iyisini mi bulacaksın? O siyah elbisenin altına, sana tavsiye edebileceğim harika ayakkabılar gördüm." dedi.

Yağmur annesinin zevkine çok güvenirdi. Renk uyumları ve ayakkabı seçimleri konusunda her zaman annesinin fikrini alırdı.

"Saçlarımı nasıl yaptıracağım konusunda da kararsızım." dedi Yağmur.

Annesi kızının dalgalı saçlarına bakarak:

"Bak ne yapalım biliyor musun? Yüzünü saçlarınla kapatacak bir model yaptırmayalım. Yüzünün güzelliğini öne çıkaracak şekilde toplatalım saçlarını ve her iki yandan kâkül bıraktıralım. Hem halka küpelerle de çok zarif ve güzel olur." dedi.

Yağmur saçlarını her iki eliyle toplayarak, "Böyle mi diyorsun?" diye sordu.

Annesi gülerek, "Dudağının kenarına bulaşmış vişne reçelini görmezden gelirsem, aynen bu şekilde." dedi.

Yağmur parmağıyla dudağındaki reçeli sıyırıp, "O da nazar boncuğum olsun meleğim benim." diye annesine şirinlik yaptı.

Alçak bir ses tonu ve kızarmaya başlayan yanaklarıyla annesine, "Anne seninle konuşmamız gereken bir konu daha var." dedi.

Annesi çayından bir yudum alıp, "Yüzünün her hâlini ezbere bilmesem anlamazdım ama gel gör ki senin anlatamadıklarını da, heyecanlarını da, mutluluklarını da, hüzünlerini de anlıyorum ben kızım. Nedir seni doğum gününden daha çok mutlu eden şey?" diye sordu.

Yağmur gözlerini annesinin gözlerine kilitleyip, "Toprak sanırım bugün bana evlenme teklif edecek." dedi.

Annesi bir süre sessiz kaldıktan sonra, kızının gülümseyen gözlerine bakıp, "Hayırlısı olsun yavrum." dedi.

Yağmur annesinin bu sevincine neden ortak olmadığını merak ederek hüzünlü bir sesle, "Sevinmedin mi anne yoksa?" diye sordu.

Annesi kızının masanın üstünde duran ellerinden tutup:

"Sevinmez miyim kızım? Tabii ki sevindim. Hele ki çarpıntısı kulaklarıma kadar gelen kalbinin sesini duydukça nasıl sevinmem. Bu aralar senden böyle bir haber bekliyordum zaten. Ama annelik böyle bir şey işte. Bir yanı hüzün, bir yanı mutluluk... Hele ki böyle durumlarda, her iki duyguyu birden yaşatıyor insana. Bir yanım seni beyazlar içinde hayal ederken, bir yanımı sensiz kalacak bir evin yalnızlığı sarıyor. Bir yanım, 'Zaten gün gelecek uçup gidecek.' diyor, diğer yanım 'O mutlu olsun da, ben alışırım bir şekilde yokluğuna.' diyor. Nasıl sevinmem kuzum. Bir yuvan olmasına, torunlarım olmasına ve onların anneanne diye peşimden koşturmalarına nasıl sevinmem. Ama sen daha gözümde, seni ellerime verdikleri ilk günkü kadar küçüksün. Büyüdüğüne daha alışamamışken, evlenip gideceğin gerçeğine nasıl alışabilirim ki? Baban bile, sen okuldan her geldiğinde 'Evimin neşesi geldi.' diye sevinirken, ben senden gün içinde yaşadıklarını dinlemek için her akşam sabırsızlanırken ve her akşam yaptığın kahvenin kokusuna karışan kokunun yokluğuna nasıl dayanabilirim ki? İşte annelik böyle bir şey benim güzel kızım. Ellerinle büyüttüğünü, ellere teslim etmek gibi bir şey."

Yağmur kendisinin ve annesinin yanağından süzülen yaşları silerken, annesi devam etti:

"Biz geçen gün babanla bu konuyu uzun uzun konuştuk. 'Kızımız artık okulu bitiriyor.' dedi baban. 'Toprak da iyi bir delikanlıya benziyor. Fazla uzatmasınlar, bir an önce yuvalarını kursunlar. Yağmur'la konuş, Toprak'ın ailesi gelip istesin. Yaza, en geç sonbahara hazır ol hanım.' dedi. Yani biz senin bu konuşmana da, yakında yuvadan uçacağın gerçeğine de hazırdık kızım. Ama bir şeyi konuşmakla, onu yaşamak çok farklı yavrum. Sen ağladığıma bakma. Ben bir şekilde alışırım. Sen yeter ki mutlu ol."

Yağmur masadan kalkıp annesine sıkıca sarıldı.

"Seni bırakır mıyım, meleğim benim? Her zaman yanında, yakınında olacağım senin. Sen sanıyor musun ki, senin kokundan ayrı kalmak benim için çok kolay? Sen sanıyor musun ki, her sabah ben evden okula giderken ettiğin duaları unutacağım? Sen benim yüzümün her kıvrımını ezbere bilirken, ben de senin aklından geçirdiklerini ezbere biliyorum. Ben eve her geç kaldığımda, pencerede beni beklediğin zamanları unutur muyum sanıyorsun? Sen hastalığında, benim kaç kez ölüp ölüp dirildiğimi ben bilirim. Çekilen her röntgen sonucunun iyi çıkması için nasıl dualar ettiğimi iyi bilirim. Senin varlığın o kadar büyük nimetken bana, yokluğunu düşünmek bile istemiyorum. Hiçbir şey yapamasan da, bana ettiğin duaların hakkını bile ödeyemem. Ve onlar beni hiç ıskalamadı meleğim. Önceden bir oğlun vardı, inşallah artık iki oğlun olacak." diyerek bağladı konuyu Yağmur.

Annesi saçlarını ve yazmasını düzeltip, "İnşallah bebeğim inşallah. Hadi şimdi toplayalım sofrayı da geç vakte kalmayalım. Gidip sana çok güzel bir ayakkabı alalım. Sonra da oturup bir yerde kahvelerimizi içelim." dedi.

Haziranın kuru sıcağı, Keçiören'in sokaklarını kavuruyordu âdeta. Ama yine de kaldırımlar, parklar, dükkânlar ve kaldırımlar insanlardan nasibini fazlasıyla almıştı. Otobüsler yine hıncahınç doluydu. Birbiri ardına sıralanan otobüsler ve dolmuşlar, Ulus'a ve Kızılay'a taşıyordu insanları. Nefes alabilmek için otobüsün açık camına yaklaşan insanlar, bitmeyen metroya yine veryansın ediyorlardı. Neredeyse birbirine değecek kadar yakın olan apartman balkonlarında ev kadınları, çamaşır asarken bir yandan da gündelik sohbetlerini ediyorlardı. Bugün yine cıvıl cıvıldı Osmanlı Pazarı. Parklarda emekliler öğle namazı öncesi, yine siyasetin altından girip üstünden çıkıyorlardı. Torunlarını parklara getiren yaşlı teyzeler, yine gelinlerini damatlarını çekiştiriyorlardı. Ellerindeki cep telefonuna bakarak yürüyen ve ara sıra mesaj atmak için duran gençlerin yüzlerindeki tebessüm, mesajın kime gittiği konusunda onları hemen ele veriyordu. Keçiören'in dar yolları, yine arabalardan yükselen Ankara oyun havalarıyla çınlıyordu. Arabaların içlerinde jöleli saçları ve ellerinde sigaralarıyla delikanlılar, âdeta kaldırımlarda yürüyen kızlara geçit töreni yapıyorlardı. Egzoz sesleri, sıcaktan bunalan bebeklerin ağlama seslerine karışıyordu. Gri ve kalabalık şehrin bu en büyük ilçesi, yeni bir güne merhaba diyordu, bütün yoğunluğuyla ve yorgun insanlarıyla. Yağmur annesinin koluna girmişti ve artık ezbere bildiği şehrin kaldırımlarını adımlıyordu. Üniversiteyi, sokakları denize çıkan, toprağı yeşile boyanmış ve evleri begonvillerle, yaseminlerle süslenmiş bir şehirde okumayı çok istemişti oysa. Hatta babasını ikna etmek için "Hep birlikte gidelim buralardan, denize kıyısı olan bir şehir tercih edeyim." demişti. Ama babasının, "Bütün akrabalarımız burada kızım. İyi günde, kötü günde hep yanımızda oldular. Bir düğün ya da cenaze çevre gerektiriyor. Yıllardır tamir için arabalarını bana teslim eden o kadar müşteriyi bırakıp gidemem. Selçuk Usta denildiğinde, sanayide herkes beni tanır. Ekmeğin neredeyse, vatanın da orası olur kızım. İnşallah bir gün, sen yüreğinin istediği yere gidersin. Ben gidemem kızım, gidemem." sözleri karşısında konuyu bir daha açmamıştı. İşte bu konuşmadan sonra tercihlerini hep Ankara'daki üniversitelerden yana kullanmıştı. Ama yine de, içindeki mavi ve yeşil özlemi hiç dinmemişti.

Vitrinlere dalgın dalgın bakarken, cep telefonuna gelen mesaj sesiyle irkildi Yağmur. Kolunu annesinin kolundan çekip mesaja baktı. Toprak, *"Kim bilir neler yapıyor benim prensesim?"* diye bir mesaj atmış ve kalpler eklemişti. Annesi göz ucuyla şöyle bir telefona bakıp, "Toprak'tan mı?" diye sordu.

Yağmur istemsiz olarak telefonunu saklama ihtiyacı duyarak, "Evet. Ne yapıyorsun, diye soruyor."

"Sevmek, sevilmek, merak edilmek, özlenmek ne güzel şeyler." dedi annesi.

Annesinin koluna tekrar girip, "Sizin zamanınızda daha güzelmiş anne." diyerek gülümsedi.

Annesi iç geçirip, "Bizim zamanımızda her şey zordu kızım. Biz babanla görücü usulü evlendik, biliyorsun. Babanla evlenmeden önce, ancak birkaç saat konuşabildik. Ama şükürler olsun ki, baban o gün bana ne söz verdiyse, bugün de o sözlerinin arkasında. O gün hayırlısı olsun demiştim babanın yüzüne, bugün anlıyorum ki en hayırlısı babanmış benim hakkımda. Şimdiye kadar ne bir el kaldırdı bana ne de kalbimi derinden kırdı. Birçok şeyi daha ben ona söylemeden gözlerimden okudu. Bu ancak sevgiyle ve gönül gözünün sadece bana açık olmasıyla mümkün olabilirdi. Baban bana bir gün bile olsun 'Seni seviyorum.' demedi ama sevdiğini fazlasıyla hissettirdi." dedi.

"Ben de hep babam gibi bir adam istedim hayatımda anne." diye kesti annesinin sözünü Yağmur.

Annesi devam etti:

"Bu işler nasip kısmet işi kızım. Biz seni, elimizden geldiği kadar en iyi şekilde yetiştirmeye çalıştık. Belki eğitimimiz yetmedi seni daha iyi yetiştirebilmek için ama inanıyorum ki, sevgi dolu bir yuva nasıl olur, onu yaşayarak sana ve abine göstermeye çalıştık. Ve ben, hâlâ şu gün bile korkuyorum size bir zarar gelecek diye. Akşamları eve geç kaldığın zamanlarda ne ben huzurlu oluyorum ne de baban rahat bir nefes alabiliyor. Baskıcı bir aile değiliz, biliyorsun. Ama sen o kapıdan eve girene kadar, aklımız hep sende kalıyor. Güzel bir kızsın, gösterişli bir kızsın, nazarlardan da, çevreden de çok korkuyorum kızım. Gittiğimiz her düğün sonrası kaç akrabadan ve araya aracı koyan daha kaç tanımadığım insandan 'Oğlumuz kızınızı beğenmiş, müsaitseniz bir çay içmeye gelelim.' istekleri karşısında ne kadar bunaldığımı bir ben bilirim. Bir gün ipsiz sapsızın biri sana musallat olacak diye endişeleniyorum. Analar kızlarının tahtlarını yaparmış da, bahtlarını yapamazlarmış. Onu da Allah'a havale ederlermiş. Senin arkandan ettiğim onca duanın da sebebi budur kızım. Hayırlısıyla yuvanı bir an önce kur kızım. İnşallah çok mutlu olursunuz."

Yağmur başını kaldırdı ve ellerini gökyüzüne açıp, "Âmin anneciğim, âmin! Senin dualarınla inşallah." diye karşılık verdi annesinin duasına.

Kalabalık caddelerden geçip yine kalabalık bir çarşının girişine geldiler. Dar koridorlardan ilerleyip bir ayakkabı dükkânının önünde durdular. Annesi ayakkabıları göz ucuyla süzerken, Yağmur da Toprak'a cevap vermek için telefonunu çıkardı. *"Annemle akşam için ayakkabı almaya çıktık canım. Müsait olunca ararım seni. Öpüyorum."* diye yanıtladı mesajı.

Sıcağın iyiden iyiye kendini hissettirmeye başladığı öğlen sonrasına doğru, Yağmur ve annesi her ikisinin de beğendiği o siyah ayakkabıyı almış ve kendilerini parkta bir çay bahçesine zor atmışlardı. Söyledikleri orta şekerli kahvelerini beklerken, aynı zamanda da parkta oynayan çocukları seyrediyorlardı. Yağmur, üç yaşında salıncakta sallanan kıvırcık saçlı kızı gözleriyle işaret ederek, "Benim de şöyle bir kızım olsun istiyorum anne." dedi.

Annesi gülümseyerek, "Olsun tabii ki, ben de onu sallayan şu teyzenin mutluluğuna bakıyorum. Kim bilir, belki çok yakında ben de torunumu getirip burada gezdiririm, salıncaklarda sallarım. Sağlıklı olsun da, kız erkek hepsi kabulümüz kızım." dedi.

Yağmur gözlerini çocuktan ayırmadan, "Kızım olursa adını Başak koyacağım anne." dedi.

Annesi sesli gülerek, "Yağmur ve Toprak'tan da, Başak olur zaten." dedi.

Sonra derin bir nefes alarak, "Kızım, peki Toprak'ın annesi konusundaki endişelerin ne olacak?" diye sordu.

Yağmur konuyu detaylı bir şekilde annesine anlatmıştı. Toprak'ın annesi, Yağmur'u hiçbir zaman istememişti. Toprak, annesinin Yağmur'u sevmesi için çok uğraşmıştı. Ama inatçı annesini bir türlü ikna edememişti bu konuda. Annesi, yıllardır arkadaşı olduğu Sebahat Teyze'nin kızı Zehra'yı gelin olarak görmek istiyordu. Diş hekimliği fakültesinde okuyan Zehra'nın da, Toprak'a karşı aşırı bir ilgisi vardı. Sabırla Toprak'ın kendisini seveceği günü bekliyordu. Türlü sebepler bulup ve çoğunlukla Toprak'ın annesinin de yardımıyla evlerine gelip gidiyordu. Bir yıl önce Toprak'ın annesinin "Şu Yağmur'u bir yemeğe çağır da görelim bakalım." sözüyle umutlansalar da, tanışmaya gittiği günkü soğuk karşılamayı ve "Aslında biz oğlumuz için tanıdığımız, bildiğimiz birisini tercih ediyoruz ama nasip bakalım." sözünü hiç unutmamıştı. Toprak her ne kadar annesinin sözüne aldırmaması gerektiğini söylese de, bu söz Yağmur'un yüreğinde bir kor gibi yanmaya devam etmişti.

Yağmur bu soru karşısında hüzünlü bir ses tonuyla, "Zamana bıraktım ben o konuyu anne. Beni tanıdıkça seveceğini düşünüyorum." dedi.

Annesi kızını daha fazla üzmemek için sustu. Anne kız yorgunluk kahvelerini içip parktan ayrılırken geride Yağmur'un kapanmış kahve fincanı ve az önce ağaçtan fincanın üzerine düşen sararmış kuru yaprak öylece masanın üzerinde duruyordu.

Alışverişler yaptıktan ve kuaföre gittikten sonra oldukça yorulmuş bir hâlde eve geldiler. Annesi dönüp dönüp bakıyordu güzeller güzeli kızına. Mutfak için aldıklarını yerlerine yerleştirirken, "Eğer şu hâlini görenler olduysa, yine bir sürü görücü kapıya dayanacak, biliyorsun değil mi?" diyerek tebessüm etti.

Yağmur aynada saçlarına bakarken sevgi dolu bir sesle, "Ben Toprak'ımın Yağmur'uyum. Emin ol çok yakında, kapını benim için çalan olmayacak anneciğim." dedi.

"Böylesi bir huzura çok ihtiyacım var kızım." diye karşılık verdi annesi.

Yağmur odasına geçip bilgisayarından Neşet Ertaş'ın *Gönül Dağı* adlı türküsünü açtı. Hüzünlü bir türkü olmasına rağmen ona huzur veriyordu. Annesi, bebekliğinde onu uyutmak için hep bu türküyü söylediğinden mi, yoksa babasının sürekli dudağından Neşet Ertaş türkülerini hiç düşürmediğinden midir bilinmez, türkülerin onda ayrı bir yeri vardı. Yaşıtlarının dinlediği müzikleri de sevmesine rağmen, yine de nerede bir türkü duysa, içi bazen huzurla, bazen hüzünle dolardı. Köyüne gittiği zamanlarda, teypten yükselen Neşet Ertaş türkülerine bütün aile yüksek sesle eşlik ederdi. Bozkırda sararmış buğday tarlalarına, tepede yalnız başına kalmış kayısı ağaçlarına ve tarlada çalışan köylülere bakarken, dudağında hep bu Anadolu türküleri olurdu.

Kapının arkasında duran siyah elbisesini giyip aynada bir kez daha baktı kendine Yağmur. Omuzlarını dışarıda bırakan ve düzgün vücudunu saran elbisesiyle muhteşem görünüyordu. Babasının ona hediye ettiği kolyesi de elbisesini tamamlıyor ve narin boynunu süslüyordu. Boyu yeterince uzun olduğu için genellikle yüksek topuklu ayakkabı tercih etmiyordu. Bu gece için aldığı ayakkabısı da yüksek topuklu değildi. Yağmur'un duru bir güzelliği vardı. Genellikle sade bir makyaj tercih ederdi ama bu gece Toprak'a bir sürpriz yapmak adına alışkanlıklarının dışına çıkmıştı. Toprak'ı aramayı unuttuğunu fark edip çantasında aceleyle telefonunu aradı. "Canım" olarak kaydettiği numarayı çevirip bekledi. Toprak telefonu biraz kızgın bir ses tonuyla açarak, "Prensesim beni unuttu mu yoksa?" diye karşılık verdi.

Yağmur mahcup bir ifadeyle, "Canım benim, annemle olunca biliyorsun ki rahat konuşamıyorum." diye kapatmaya çalıştı hatasını.

Biliyordu ki Toprak'ı, ona kıyamazdı, kızamazdı, inatlaşmazdı ve onun samimiyetine gerçekten inanırdı.

"Hımmm!" dedi Toprak. "Prensesimi kaçta nereden alayım?"

Yağmur göz ucuyla duvarda asılı saate bakıp, "Saat yedi gibi, bakanlıklarda ikinci tüp geçidin altından alabilir misin?" diye sordu.

"Tamam, ama lütfen gecikme prensesim. O saatte orada araçla durmaya izin vermiyorlar." diye uyardı.

"Trafiği de dikkate alıp yarım saat önce çıkacağım canım."

Toprak muzip bir sesle, "İstersen seni evden alayım prensesim." dedi.

Yağmur gülerek, "Teşekkür ederim canım benim. Ben hazırım da, mahallem henüz buna hazır değil. Zaten taksiyle geleceğim, çok geç kalmam canım." dedi.

Sevgi dolu sözcüklerle telefonu kapattıklarında, saat beş buçuğu gösteriyordu. Yağmur hazırlanmış bir hâlde mutfağa annesinin yanına gittiğinde, annesi akşam için ne pişireceğini düşünerek dalgın dalgın buzdolabına bakıyordu. Kızının kokusunu alıp döndüğünde, dudaklarından "Maşallah, Allah nazarlardan korusun bebeğimi" sözleri döküldü. Sonra odasına gidip dolabından kendi elleriyle ördüğü siyah şalını aldı ve kızının omzundan kollarına doğru uzattı.

"Akşam serin olur Çankaya tarafı, bunu yanından ayırma." diyerek kızının gözlerine uzun uzun baktı.

Saçlarını okşadıktan sonra kızına sıkıca sarıldı ve kulağına, "Sen ne ara büyüdün be kızım? Bir benim gözümde mi büyümedin sen? Bir bana mı hâlâ ilk günkü bebeğim gibi kokuyorsun? Bir ben mi göremedim bedeninin şu elbiseleri taşıyacak kadar olgunlaştığını?" dedi.

Yağmur annesinin ellerinden tuttu ve yüzüne bakarak, "Ağlatma beni anne." dedi. "Makyaja yüzüm zaten çok alışık değil. Akıp gidecek diye korkuyorum." dedi.

Annesi, gözlerine biriken yaşları yutkunarak tuttu ve "İstersen babana haber vereyim o bıraksın seni." dedi.

Yağmur annesinin yanaklarını iki avucuna alıp, "Senin dualarınla bana bir şey olmaz meleğim. Sen beni hiç merak etme. Kapının önünden taksiye bineceğim, dönüşte de tekrar taksiye biner gelirim." dedi.

Yağmur taksiye binip evden ayrılırken annesi her zaman olduğu gibi, o gözden kaybolana kadar balkondan hiç ayrılmadı ve yine her zaman olduğu gibi yine arkasından aynı duayı etti:

"Allah'ım, sana emanet yavrum. Görünür görünmez tüm kazalardan, niyeti kötü insanlardan ve kem gözlerin değdireceği nazarlardan sen koru yavrumu. Yolcu ettiğim gibi, sağlıklı kavuşmayı ve tekrar sarılmayı nasip et bana. Âmin!"

Taksi, Estergon Kalesi'nin yanından aşağıya doğru süzülürken, Yağmur saatini bir kez daha kontrol etti. Otuz beş dakikalık bir süresi vardı.

"Yarım saat içinde bakanlıklarda olabilir miyiz şoför bey?" diye seslendi.

Taksici dikiz aynasından Yağmur'a kısa bir süre baktıktan sonra, "Bu saatte Maltepe'de trafiğe takılmazsak inşallah yetişiriz." diye cevap verdi.

Yağmur verilen cevaptan memnun olmuş bir ifadeyle çantasındaki cep telefonuna uzandı. Toprak'ı arayıp, yola çıktığını söylemesi gerekiyordu. Sağındaki yapay şelaleden akan suların oluşturduğu gökkuşağı manzarasını izlerken, Toprak'ın "Evet prensesim?" sesi geldi telefondan.

"Canım ben çıktım. Yarım saate kadar buluşma yerinde olurum. Sen neredesin?"

"Ben de yeni çıktım prenses. Birazdan Volkan'ı alacağım Ümitköy'den ve sana yetişeceğim." diye karşılık verdi Toprak.

Yağmur geç kalacaklarını düşünerek, "Beni balo kıyafetiyle sokaklarda çok bekletme olur mu canım?" dedi.

Toprak kendinden emin bir ses tonuyla, "Hangi buluşmamıza geç kaldım prensesim? Hele bugün seni bir an bile yalnız bırakmak istemiyorum." diye karşılık verdi.

Yağmur heyecanla ve ağzını diğer eliyle kapatarak kısık bir ses tonuyla, "Seni seviyorum canım!" dedi.

Toprak biraz durakladıktan sonra, "Ben seni daha çok seviyorum prensesim." diye haykırdı.

Yağmur tebessümle, "Hadi daha fazla dikkatini dağıtmayayım senin. Biraz sonra görüşürüz." diye kapattı telefonu.

Taksi ilerlerken Kazım Karabekir Caddesi'nde, taksici göz ucuyla gökyüzüne bakıp, "Hava bulutlandı. Gündüz kavurucu sıcaktan sonra güzel bir yağmur iyi gelecek." diyerek dikiz aynasından Yağmur'a baktı.

Yağmur gözlerini gökyüzüne çevirip endişeli bir ses tonuyla, "Evet öyle görünüyor, umarım yakalanmayız." dedi.

Sonra çantasından aynasını çıkararak, makyajını kontrol etti. Her şey yerli yerinde duruyordu. Babasının üniversiteye başladığı gün hediye ettiği ve isminin baş harfini taşıyan kolyesine baktı uzun uzun. Nasıl da mutlu olmuştu, o kolyeyi takarken babasının söylediği şu sözlerden:

"Şu son yıl benim sanayide döktüğüm terden, daha fazla ter döktün kızım. Çoğu zaman sönmedi odanın ışığı ders çalıştığın için. Benden daha fazla yoruldun eminim ev, dershane ve okul arasında koşuşturmaktan. Şimdi bir hukuk fakültesi öğrencisi oldun. Sen babanı ve anneni hep onurlandırdın. Bu da benim sana teşekkürüm olsun Yağmur'um."

"Canım babacım..." diye mırıldandı sessizce. Aynı gündü Toprak'la tanışmaları. O mutlu günü düşündü iç geçirip ve başını yavaşça sağına düşürüp. O sıcak eylül ayında, annesiyle sırada beklerken annesinin şekeri düşmüştü ve annesine yiyecek bir şeyler almak için kantine kadar gitmişti. Döndüğünde sıraya yaklaşırken, annesinin bir gençle konuştuğunu fark etmişti. İşte ilk kez o gün görmüştü Toprak'ı. Siyah bir kot pantolonun üzerine giydiği ve yanık tenine çok yakışan o keten beyaz gömleğini hiç unutmamıştı. İlk olarak, dalgalı saçlarına şekil vermek için sürdüğü ve güneşin altında parlayan yoğun jöle dikkatini çekmişti. Yanlarına yaklaşınca, annesinin elinde bir çikolata ve su olduğunu fark etmişti. Annesi kendisine dönüp, "Delikanlı da şeker hastasıymış kızım. Konuşmalarımızı duymuş ve sen gidince bana bunları ikram etti." demişti. Yağmur ilk kez o zaman bir erkeğin gözlerine böyle uzun uzun bakmıştı. İlk kez o zaman içinden bir şeyler kopup nefesi sıkışmıştı. Ne diyeceğini bilemez bir hâlde, kısık bir sesle, "İlginiz için teşekkür ederim." diyebilmişti sadece. Toprak, "Ben de şeker hastasıyım, gün içinde düşen şekerim için çantamda hep tatlı bir şeyler bulundururum.

Annenizin başı dönmesin, tansiyonu düşmesin istedim." derken ilk kez bir erkeğe kendini bu kadar yakın hissetmişti Yağmur. Lisede, hedefleri uğuruna kendisine gelen bütün teklifleri reddetmişti. Kendisine verdiği "üniversiteye kadar asla" sözünü tutmuştu. Kim bilir belki de, sözüme sadık kalmamın bir karşılığı olarak karşıma çıktı bu çocuk, diye düşünmüştü o an. Ve o zaman tanımıştı, Toprak'ın çocukluk arkadaşı Volkan'ı. Kayıt yaptırmaya beraber gelmişlerdi. Sonrasında ise bu üçlü arkadaş grubu, beş yıl boyunca hiç ayrılmamışlardı. Hatta okulunu bir yıl donduran Yağmur'a destek olmak için okulu aksatmışlar ve onlar da okullarını bir yıl uzatmışlardı. Bütün gezilere beraber gitmişlerdi. Vizelere ve finallere beraber çalışmışlardı. Bütün vizyon filmleri beraber seyredilmişti. Bahçeli'nin Yedinci Cadde'sinde ve Tunalı Hilmi'de beraber kahve içilmiş, doğum günleri hep birlikte kutlanmıştı. Toprak'ın pratik çözümleri, kendisinin sorumluluk duygusu ve Volkan'ın efsane esprileri renk katmıştı birbirlerinin hayatlarına. Sanki birlikte büyümüşlerdi. Volkan'a bir kız arkadaş bulmak için çok uğraşmışlardı ama Volkan, armudun sapı, üzümün çöpü derken bütün kızları kaçırmıştı. Volkan'ın, sürekli "Yalnızlık benim alnıma yazılmış." sözünün gerçekliğine artık inanmışlar ve ona kız arkadaş aramaktan vazgeçmişlerdi bir süre sonra.

Yağmur'un dalgın hâli, gök gürültüsüyle birden dağıldı. Aceleyle saatine baktı. Daha on beş dakikası vardı ve Maltepe'ye çoktan gelmişlerdi. Cama vuran birkaç yağmur damlasını fark edip "Kesin ıslanacağım." dedi içinden. Şoförün korktuğu gibi bir trafik yoktu Kızılay'a giden yolda. Yağmur damlaları hafifçe yıkarken Ankara'nın sokaklarını, ıslanmamak için hızlı yürüyen insanlarla doluydu kaldırımlar. Taksi, Güvenpark kavşağından yavaşça sağa dönüp, ikinci tüp geçidin altında durdu. Yağmur, taksi ücretini ödedikten ve şoföre teşekkür ettikten sonra, taksiden inmeden Toprak'ın gelmiş olması umuduyla önüne ve geriye baktı. Toprak henüz görünmüyordu ortalıkta. Taksiden inip makyajı ve saçları bozulmasın diye şalını başının üstünde tutup en yakın otobüs durağına yöneldi hızlıca. Saatini tekrar kontrol etti. Saat yediye beş dakika vardı. Karşısındaki mağazaların ışıl ışıl vitrinlerini seyretti bir süre. Yağmurda yürüyen sevgililere baktı tebessüm ederek. Bu duyguyu iyi biliyordu. Kurtuluş'tan Kızılay'a yürürken yağan yağmur altında Toprak'la böyle çok romantik zamanları olmuştu. Toprak'ın saçlarının ucundan süzülen yağmur damlalarına bakıp "Yağmurda yürümeyi seviyor musun canım?" diye ne zaman sorsa, hep aynı cevabı verirdi Toprak:

"Yağmur'la yürümeyi seviyorum."

Tekrar aynasını çıkarıp yüzüne bakmaya çalıştı kararmaya başlayan havada görebildiği kadar. Sonra "Nerede kaldı bunlar?" diye hayıflanıp eli telefonuna gitti. Toprak'ı ararken caddede kayıp giden yağmur sularını izledi. Uzun bir süre çaldırdıktan sonra "Yine bunlar müziğin sesini sonuna kadar açmışlardır." diye kendince yanıtladı cevapsız çağrısını. Saatini tekrar kontrol etti. Saat yediyi on geçiyordu. Ve gök gürültüsüyle birlikte, yağmur da şiddetini artırmıştı. Güvenpark'tan gelen toprak kokusunu içine çekerken, bir yandan da ayaklarını kaldırımdan akan yağmur sularından korumaya çalışıyordu. Telefonunu tekrar eline alıp bir daha aradı. Yine uzun uzun çaldırdı ve yine cevap yoktu. Saat yediyi çeyrek geçiyordu. Toprak gerçekten de hiçbir buluşmaya bu kadar geç kalmazdı. Kalsa bile arar mutlaka bir haber verirdi. Kızgın bir ifadeyle Volkan'ın numarasını çevirdi bu kez. Uzun uzun çalmasına rağmen Volkan'dan da bir cevap gelmedi. "Yoğun yağıştandır." diye merakını gidermeye çalıştı. Şiddetini artıran yağış, otobüs durağının cam tavanına sertçe vururken, Yağmur durakta bir uçtan bir uca gidip geliyordu. Parmak aralarında dolaşan yağmur suyunu ve gök gürültüsüyle sık sık irkilen bedenini hissetmiyordu bile. Gözü sürekli olarak telefonunun ekranındaydı. Toprak'ı da, Volkan'ı da kaç kez aramış ama bir cevap alamamıştı. "En azından bir mesaj atın." diye söyleniyordu her arama sonrasında. Kaldırımlarda kendilerini yağmura teslim etmiş ve yavaş adımlarla yürüyen insanlar vardı. Diğer insanlar binaların altında kümeleşmiş ve yağışın bitmesini bekliyorlardı. Otobüs durağı da yavaş yavaş yağmurdan kaçan insanlarla dolmaya başlamıştı. Yağmur caddeyi rahatça görebileceği bir yerde durmuş ve gözleriyle gelen giden araçları takip ediyordu. "Ah Toprak neredesin, neredesin?" diye mırıldandı. Saat yedi buçuğu çoktan geçmişti. Bütün dikkatini gelen araçların renklerine vermişti. Beyaz renkte olan bütün arabaları, karanlığın ve yağışın şiddetinden seçebildiği kadar ayırt etmeye çalışıyordu. Bir mesaj sesiyle irkildi. Hızlıca telefonuna baktı. Mesaj annesindendi:

*"Kızım burada yoğun bir yağış var, sen ne yaptın bebeğim? Islanmadın umarım. Otele vardınız mı?"* Yağmur annesini merakta bırakmamak için, *"Yağış burada da yoğun anne. Bu yüzden Toprak henüz daha gelemedi. Birazdan alır beni. İyiyim, merak etme."* diye mesaja karşılık verdi. *"Dikkat et kızım, geç kalma eve bebeğim."* cevabından sonra tekrar aradı Toprak'ı ve Volkan'ı. Cevap yoktu. Artık iyiden iyiye endişelenmeye başladı. Merakını gidermek için arayabileceği başka kimse de yoktu. Kızgınlık ifadelerini belirten mesajlarının yerine, artık korku ve endişe dolu mesajlar gönderiyordu. "İyi şeyler düşünmeliyim, sakin olmalıyım." diye sürekli yatıştırmaya çalışıyordu korkusunu ve "Allah'ım ne olur kötü bir sebepten dolayı olmasın bu gecikme!" diye dua ediyordu. Geçip giden arabaların farlarına bakmaktan yorulmuştu gözleri. Usulca otobüs durağının demirine dayandı. Ayaklarını okşayan yağmur sularını izledi bir süre. Elbisesi dizlerine kadar ıslanmıştı. Gergin yüzüne ara sıra vuran yağmur damlalarına karışmıştı akıp giden makyajı. Titreyen dudaklarına ve ellerine hâkim ol-

makta zorlanıyordu. Gelen mesaj sesiyle irkildi bir anda. Kalbi hızlıca çarpmaya başladı, gelen mesajda Volkan'ın ismini görünce. Titreyen parmaklarıyla tuş kilidini açmakta zorlandı. İkinci denemeden sonra mesajı ancak açabildi. Okuduğu mesaj karşısında yüzü rengini ve bedeni bütün enerjisini kaybetti bir anda. Vücudundan boşalan ter, yağmur damlalarına karıştı. Gözyaşlarını tutamadı Yağmur, Volkan'ın *"Bilkent Atatürk Eğitim ve Araştırma Hastanesi'ndeyiz."* mesajı karşısında. Hemen Volkan'ın numarasını çevirdi hıçkırıklar içinde. Volkan'dan cevap yoktu yine. *"Ne olur, yalvarırım cevap verin, iyi misiniz? Ne oldu?"* diye mesaj yazdı tüm gücünü toparlayıp. Cevabı bekledi ama Volkan'dan cevap gelmedi. Akşamın bütün karanlığı, bir anda üzerine çökmüştü sanki. Ağırlaşan bedenini ve yerinden çıkacak gibi çarpan kalbini zor taşıyordu içinde. Hızlıca duraktan ayrıldı. Yüzüne vuran yağmur damlaları, yanağından süzülen gözyaşlarını yıkıyordu âdeta. Islanan saçlarından akan damlalar, bir süre sonra kayboluyordu yorgun bedeninde. Tüp geçidin altında bekleyen taksiye zor attı kendini. Hıçkırıklarına karışan bir sesle, "Bilkent Atatürk Eğitim ve Araştırma Hastanesi." diyebildi sadece ve yalvaran bir ses tonuyla ekledi, "Lütfen hızlı gidebilir miyiz?"

Taksici, durumun aciliyetini Yağmur'un yüzünden ve sesinden anladı ve dörtlülerini yakıp, "Geçmiş olsun. Elimden geldiğince sizi çabucak ulaştıracağım." dedi.

Yağmur, sürekli olarak mesaj yazıyordu Volkan'a. Onun konuşacak durumu olmadığını anlamıştı. Ama mesajlarına da cevap vermiyordu artık. "Peki ya Toprak?" dedi içinden. "Benim canım niye sessiz? O niye hiç haber vermiyor bana? Niye prensesini böyle merak içinde ve yalnız bırakıyor? Ve neden Volkan dönmedi? İyi misiniz?" diye soruyordu kendisine. Sürekli olarak aklından ihtimalleri geçiriyordu. Taksi yollarda oluşan su birikintilerini yararak ve sık sık, önünde yavaş seyreden araçları kornayla uyararak Genel Kurmay Kavşağı'ndan Milli Kütüphane'ye doğru hızla ilerliyordu. Yağmur nasıl bir gerçeğe doğru yol aldığını hiç bilmeden ve başını ellerinin arasına almış bir şekilde bir an önce yüzleşmek istiyordu kaderiyle. İçinden sürekli olarak, "Allah'ım ne olur onu bana bağışla!" diye dua ediyordu. Hıçkırıkları, ara sıra taksi şoförünün yol vermeyen araçlara haykırışlarıyla kesiliyordu. Şiddetli yağış etkisinden hiçbir şey kaybetmemişti. Eskişehir yolundan Bilkent Kavşağı'na dönen taksinin hızla çalışan silecekleri, yağmur sularını camdan temizlemeye yetmiyordu âdeta.

"Elimden geleni yapmaya çalıştım ablacım. Şimdiden Allah şifalar versin." diyerek aracı acil kapısının önüne park etti taksi şoförü.

Yağmur gözyaşlarını silerek ve titreyen bir ses tonuyla, teşekkür etti ve koşar adımlarla acil kapısından içeriye girdi.

Acil bölümü hiç olmadığı kadar sessiz ve tenhaydı bu akşam. Koltukta ayaklarını uzatmış bir şekilde uyuyan orta yaşlı bir adam, televizyonda dizi takip eden birkaç kadın ve bir köşede birbirlerinin gözlerinde kaybolurcasına sohbet eden stajyerlerden başka hiç kimse yoktu. Kaygı ve korku dolu gözlerle etrafını süzdü önce. Tanıdık bir yüz göremedi. Sekreterlikte bekleyen görevliye doğru hareket etti hızlı adımlarla. Toprak ve Volkan isimleri döküldü sadece, titreyen dudaklarından. Görevli, artık alışkanlık hâline gelmiş bir rahatlıkla, Yağmur'un endişeli ve makyajı akmakta olan gözlerine bakıp, "Hemen kontrol ediyorum bayan." dedi.

Bilgisayarından hasta listesine bakıp, "Siz nesi oluyorsunuz bu hastaların?" diye sordu.

Yağmur aceleci bir ses tonuyla, "Onlar benim arkadaşım. Yalvarırım söyleyin bana, iyiler mi? Görmek istiyorum onları." diyebildi.

Görevli yanında duran kapı açma butonuna basıp, "İçeride nöbetçi doktor var. O size gerekli açıklamaları yapacaktır." dedi.

Yağmur'un kalbi yerinden çıkacaktı. Koşarak acil müdahale odalarının olduğu bölüme girdi. Uzun bir koridorun sağında ve solunda odalar sıralanmıştı. Önce koşuşturan hemşirelere takıldı gözü, sonra hıçkıra hıçkıra ağlayan bir kadın sesine kulağı. Odaları hızlı bir şekilde göz ucuyla taradıktan sonra, kapısı açık 108 numaralı odanın önünde takılıp kaldı. Gözyaşları dışarıda yağan yağmura nispet hızlanmıştı. Bedeni buz kesmişti ve titreyen ayakları bir adım daha atamamıştı. Sedyede birbirine sarılmış hâlde ağlayan Toprak'ın anne ve babasını gördü. Toprak'ın annesi, sürekli olarak hıçkıra hıçkıra, "Kabul etmiyorum Vedat, kabul etmiyorum" diyordu. Babası da ağlamaklı bir ses tonuyla, "O bizi hiç üzmedi Meryem. Yine üzmeyecek, bak göreceksin." diye onu teselli ediyordu. Yağmur, Toprak'ın anne ve babasının bu hâlini görünce ve konuştuklarını duyunca, "Toprak" diyebildi sadece, kendisinin bile duymakta zorlandığı bir ses tonuyla. Gamzelerine doğru ilerleyen gözyaşlarını silerek "Toprak" diye bağırdı. Bütün koridorlar, bütün odalar ve acilin her yeri Yağmur'un sesiyle çınladı âdeta. İçindeki sevgi ve ona şimdiden duyduğu özlem ciğerlerini yırtarcasına önce bedeninde, sonra da çığlığıyla hastanede yankılandı. Kapının önüne oturdu ve "Yalvarırım söyleyin, benim Toprak'ım nasıl, nerede!" diye acılı gözlerle baktı, Toprak'ın anne ve babasına. Yağmur'un çığlığını duyunca koşup gelen hemşireler, Yağmur'u oturduğu yerden kaldırırken, Toprak'ın annesi doğruldu yerinden ve Yağmur'a doğru ilerledi. Ciğerlerinde kalan son bir güçle, "Senin yüzünden, hep senin yüzünden! Defol git buradan!" diye öfkeyle haykırdı Yağmur'un yüzüne.

Toprak'ın babası, eşine arkadan sarılıp başıyla ve gözleriyle "Onu buradan götürün." diye işaret etti hemşirelere. Hemşireler, Yağmur'u kollarından tutup taşırken, "Ben ne yaptım, ben ne yaptım? Toprak neredesin, canım benim!" sözleri döküldü usulca dudaklarından.

Hemşireler, Yağmur'u uzak bir odaya alıp ona sakinleştirici bir iğne yaptılar. Yağmur, iğneye rağmen mırıldanarak ve başı ellerinin arasında yine aynı şeyleri tekrar ediyordu:

"Toprak neredesin? Lütfen beni yalnız bırakma aşkım!"

Yanında refakatçi olarak bulunan hemşire bile gözyaşlarına hâkim olamıyordu, Yağmur'un bu hâli karşısında. Elleriyle Yağmur'un ellerini tutup ona güç vermeye çalışıyordu. Yağmur, hemşirenin ellerine sıkıca sarılıp, "Ne olur söyle, Toprak'ım iyi de." dedi.

Hemşire, gözyaşlarını Yağmur'dan saklamaya çalışarak, "Trafik kazası sonucu buraya getirildiler. Durumu ciddi. Elimizden geleni yapıyoruz. Lütfen güçlü olmaya çalışın." dedi.

Yağmur, kendisine söylenenlerin içinde, Toprak'ının hâlâ hayatta olduğu sevinci ve bir şeylerin de kendisinden saklandığı korkusuyla, kafasını sedyeye doğru uzattı. Damarlarında dolaşan sakinleştiricinin ve yorgun bedeninin etkisiyle daha fazla konuşamadı. Hemşire, Yağmur'un üzerini beyaz bir çarşafla örttükten sonra, bir süre daha Yağmur'un ellerini tutup odadan ayrıldı. Daha sonra, tekerlekli sandalyeyle tekrar odaya geldi. Yağmur'u koltuk altlarından kavrayıp, "Hadi otur sandalyeye. Sana Toprak'ı göstereceğim." dedi. "Lütfen bana yardımcı ol ve gürültü yapmamaya çalış. Yaptığım bu şey yasak aslında ama bu senin hakkın." dedi.

Yağmur, hemşireyi onaylayan bir baş ifadesiyle sandalyeye oturdu. Toprak'ı görecek olmanın mutluluğuyla güldü göz bebekleri. Sessizce, "Çok teşekkür ederim size." dedi. Hemşire, dar koridorların sonunda, geniş kapısı olan bir bölümde durdu. "Beni burada bekle, birazdan geleceğim." diye içeriye girdi. Yağmur, hemşirenin tembihlerine uyarak sessizce bekledi. Oldum olası sevmezdi hastaneleri ve hastane kokusunu. Ama Toprak'ı şu an çok yakınında olduğu için mi böyle güzel kokuyordu her yer? Biraz sonra Toprak'ı ne hâlde göreceğini hiç bilmeden, o büyük kapının önünde sessizce bekledi Yağmur. Açılan kapıdan kendisine doğru yaklaşan hemşireyi görünce kaldırdı kafasını. Hemşire, Yağmur'un kulağına eğilip, "Çok kısa bir süre görebilirsin ancak. Lütfen mümkün olduğunca sessiz olmaya çalış. Biz buraya normalde hasta yakınlarını almıyoruz." dedi. Yağmur minnettar gözlerle, "Teşekkür ederim, teşekkür ederim." dedi.

Hemşire tekerlekli sandalyeyi büyük kapıdan içeriye doğru sürdü. Sağdaki üçüncü yoğun bakım odasının önünde durdu. Yukardan aşağıya kadar cam bölmeyle ayrılmış yeri göstererek, "Buradan görebilirsin ama sadece beş dakika lütfen." dedi.

Yağmur, tekerlekli sandalyeden titreyerek kalktı ve içeriye doğru baktı. Her tarafı tıbbi elektronik aletlerle çevrilmişti Toprak'ın. Sağında kalp ritmini takip eden cihaz hemen fark ediliyordu. Solundaki solunum cihazının çıkardığı sesi duyabiliyordu âdeta. Baş kısmı tamamen sargılıydı ve Toprak derin bir uykudaydı. Her iki avuç içini de cama doğru koyup gördüğü manzara karşısında hıçkırmamak için dudaklarını ısırdı. Gözlerinden yanaklarına doğru süzülen yaşların yenilerini, hemen yenileri alıyordu. Camdan Toprak'ın yüzüne dokunmak istercesine ve olabildiğince sessiz bir şekilde mırıldandı:

"Toprak'ım, aşkım her şeyim benim. Bak yanındayım, geldim sevgilim. Biliyorsun, biz ilk tanıştığımız günden beri, seninle hep gözlerimizle konuştuk. Sessizliğimi de, hislerimi de duydun. Ben daha 'Toprak neredesin?' demeden, sen hep yanımda oldun. Şimdi, şu anda da beni duyuyorsun, biliyorum bebeğim. Böyle vedasız ve prensesini yalnız bırakarak gitmezsin sen. Beni şu dünyada yarım bırakmazsın, değil mi canım? Benim doğum günüm, senin de doğum günün olacak bundan sonra Toprak'ım. En büyük hediyem, ölene kadar sana bir kez daha sarılabilmek olacak sevgilim. Şu an seni ne kadar özlediğimi anlatamam sana. Bana şu beş yılda yaşadığım en güzel günleri sen verdin. Söz veriyorum sana, bundan sonra yaşayacağın en mutlu günleri de, ben yaşatacağım sana sevgilim. Dayan canım, lütfen dayan. Seni çok seviyorum aşkım. Yalvarırım gitme."

Yağmur, yalvaran bakışlarla ve artık ağlamaktan kızarmış gözlerle bakarken sevdiğine, hemşirenin, "Artık gitmeliyiz." diyen sesiyle irkildi. "Biraz daha, lütfen biraz daha kalayım." dese de, hemşirenin kararlı gözlerinden bunun mümkün olmadığını anladı. Son bir kez daha bakıp Toprak'a "Allah'ım sen onu bana bağışla lütfen!" diye dua etti. Zorlukla tekerlekli sandalyeye oturdu. Başı önüne doğru düşmüştü ve dudakları hep aynı duayı tekrarlıyordu:

"Yardım et Allah'ım, yardım et Allah'ım!"

Tekrar dar koridorlardan geçtikten sonra acil kısmında farklı bir odanın önünde durdurdu tekerlekli sandalyeyi hemşire. "Burada seni görmek isteyen biri var." dedi. Yağmur başını kaldırıp hemşirenin kapıyı açmasını bekledi. Bitkin ve tükenmiş bir hâldeydi. Sanki yılların yorgunluğu vardı üzerinde. Ağlamaktan şişen göz kapakları yüzünden, küçücük kalmıştı gözleri. Göz altlarına yayılmış göz kalemi ve ısırmaktan kızaran dudaklarıyla koca bir hüzün oturmuştu Yağmur'un yüzüne. Hemşire kapıyı araladıktan sonra Yağmur yavaşça ve sendeleyerek doğruldu yerinden. Odaya doğru ilerledi. Volkan onu gözlerinden akan yaşlarla karşıladı. Her iki yanağındaki yaralar gazlı bezlerle kapatılmıştı. Boynunu kapatan sargılar, Volkan'ın neden telefonda konuşamadığını açıklıyordu. Sağ gözünün altında ve alnında büyük bir şişlik vardı. Kollarındaki çizikler yeni pansuman edilmişti. Hemşire serumu kontrol ettikten sonra, "Lütfen yormayın kendinizi Volkan Bey." diye uyarısını yapıp odayı terk etti. Yağmur, Volkan'ı görünce sessizliğini bozdu ve hıçkırarak Volkan'ın yanaklarını okşadı. Gözlerini Volkan'ın yaralı yüzünde dolaştırdı ve onun iyi olduğundan emin olup arkadaşına sarıldı. "Biz bunu hak edecek yanlış bir şey mi yaptık!" diyerek hıçkırdı. "Toprak'ım hiç iyi görünmüyor Volkan. İlk defa gözlerime bakmadı, bakamadı sevdiğim adam. Uzattığım ellerimi ilk defa tutmadı. Sevgilim dedim, buradayım bir tanem dedim ve sesimi duymadı Volkan."

Volkan'ın gözlerinden akan yaşlar bir bir yastığa düşerken yatağı yumruklayarak hırıltılı bir sesi tonuyla, "Ben kendim gelirim, beni almana gerek yok, sen Yağmur'u bekletme demiştim ona. İnatçı adam, ne bu sözümü dinledi ne de her defasında kaç kez uyardığım hâlde emniyet kemerini taktı. Her şey bir anda oldu, kurtaramadım, kurtaramadım arkadaşımı. Şu an onun yerinde ben olsaydım, inan daha mutlu olurdum." dedi. Sonra Yağmur'a bakıp ellerinden tuttu arkadaşının:

"Ama her ikimiz de iyi biliyoruz ki, Toprak çok güçlü bir adam. Bunu da atlatacak, uyanacak ve yine eski günlerine dönecek inatçı adam, beklemekten başka yapabileceğimiz bir şey yok." dedi ve öksürerek daha fazla konuşamadan sustu.

Yağmur iki elini yatağa koyup başını ellerinin arasına alarak, "Tabii ki dönecek. Bu böyle bitmez, bitemez. O olmadan ben yapamam, yaşayamam. Kaldığım yerden hiçbir şey olmamış gibi öyle devam edemem, anlıyor musun? Koskoca beş yılımın her saniyesini onunla doldurmuşken ve her anında onun varlığı varken, bu yaraya şifa bulamam, bu boşluğu kapatacak bir sebep bulamam. Onun gelini olmanın hayallerini kurarken, sevdiğim adamı sonsuzluğa uğurlayamam. Bu gerçekle başa çıkacak kadar güçlü değilim Volkan. Benim hep en güçlü olduğum zamanlar, Toprak'ın ellerimden tuttuğu anlardı. Onsuz zayıfım, yarımım ve Toprak olmazsa ben de yokum." dedi ve yorgun bedenini yatağın kenarındaki sandalyeye bıraktı.

Odaya sessizlik hâkimdi. Bir süre sonra kapı çalındı ve hemşireyle birlikte hastane polisi içeriye girdi. Elinde tuttuğu kalem ve not kâğıtlarını masaya koyup Volkan'ı gözleriyle süzerek, "Geçmiş olsun Volkan Bey, kaza ile ilgili ifadenizi almak istiyorum ama kendinizi iyi hissetmiyorsanız, bunu sonra da yapabiliriz." dedi. Volkan yatağından yavaşça doğrulup ve kısık bir sesle, "İfade verebilecek kadar iyi olduğumu düşünüyorum. İfade vermem ne kadar sürer?" diye sordu. Polis, hemşirenin gözlerinden de Volkan'ı doğrular bir ifade aldıktan sonra, "Sadece olayın nasıl olduğunu anlatmanız yeterli. Sonra tutanağı imzalayacaksınız ve bizim işimiz bitecek." dedi. Volkan, Yağmur'a dönerek, "İstersen sen çık Yağmur. Senin anlatacaklarımı duymak isteyeceğini düşünmüyorum." dedi. Yağmur kararlı bir ses tonuyla, "Bir mahsuru yoksa kalmak istiyorum. Toprak bu acıları yaşarken, onun ve senin neden bu acıları yaşadığınızı bilmeye tabii ki dayanabilirim." dedi. Volkan gözlerini tavana doğru sabitledi. Elleriyle boğazındaki sargıyı biraz gevşettikten sonra anlatmaya başladı:

"Toprak beni evden aldığında çok şiddetli bir yağmur başladı. Toprak, her zamanki gibi yine emniyet kemerini takmamıştı. Kemerini takması için onu uyardığımda, bana yine her zamanki cevabı verdi. 'Her şey olacağına varır, sıkıntı yok,' dedi. Sonra saate baktı ve 'On yedi dakikada bakanlıklarda olmamız gerek, prenses bizi bekliyor,' dedi. Ben her zamanki gibi kemerimi taktım, Beytepe Kavşağı'na yaklaşık beş dakika içinde geldik. Hızlı kullanıyordu Toprak. Kaç kez uyardım, kaç kez söyledim ona, 'Toprak yavaş, en fazla beş dakika gecikiriz.' diye."

Yağmur elindeki peçeteyi sıkarak, Volkan'ın titreyen dudaklarından dökülecek sözleri bekliyordu. Hastane polisi burnunun ucuna kadar gelmiş olan gözlüğünü yukarı doğru itip aldığı notların bazılarının altını çizerek, "Lütfen devam edin Volkan Bey." dedi.

Volkan derin ve hırıltılı bir nefes daha alıp devam etti:

"Beytepe Köprüsü'nden sonra radara takılmamak için yavaşladık. Ama sonrasında Toprak olabildiğince hızlandı. Ben artık uyarılarımın bir fayda getirmeyeceğini bilerek sessiz kalmayı tercih ettim. Ta ki, önümüzde dörtlülerini yakmış hâlde duran aracın reflektörünü fark edene kadar. 'Toprak dikkat et!' diye bağırdığım anda Toprak sert bir fren yaptı ve aynı zamanda da direksiyonu sağa doğru kırdı. Araç kayarak yol kenarındaki bariyerlere çarpıp takla atınca, Toprak parçalanan ön camdan dışarıya doğru fırladı."

Yağmur'un elindeki peçete sırılsıklam olmuştu gözyaşlarıyla. Hemşirenin uzattığı kuru peçeteye güçlükle uzanabildi. Volkan, göz ucuyla Yağmur'a baktıktan sonra biraz soluklandı. Sonra gözlerini tavanda yine aynı noktaya sabitleyip devam etti:

"Ben yarı baygın bir şekilde kendime gelip gözlerimi açtığımda, Toprak'ın hareketsiz bedenini birkaç metre ötede yatarken gördüm. Sendeleyerek yanına gittim. İlk dikkatimi çeken şey, başından yağmur sularına karışan kanıydı. 'Toprak iyi misin?' demek istedim ama boğazımdaki kesiklerin acısından sesim çıkmadı. Eğilip nabzını kontrol ettim. Nabzı çok düşüktü. O sırada çevreden kazayı görenler ambulansı aradıklarını ve kazazedeyi hareket ettirmemem gerektiğini söylediler. Ayakta durmakta zorlanıyordum. Beni kaldırıma oturttular. Panik hâlindeki insanların bağırışlarını duyabiliyordum. Sürekli olarak Toprak'ın bedenine bakıyor ve hareket edip etmediğini kontrol ediyordum. Trafik durmuştu ve insanlar bir şeyler yapmak için çaresizce birbirine bakıyorlardı, 'Nerede kaldı bu ambulans?' diye bağırıyorlardı. Yaşadıklarım ve Toprak'ın o hâli beni şoka sokmuştu âdeta. Bir kenarda öylece oturmuş sessizce duruyordum. Ambulansın sesini duyduğumda ise, vücudumdaki diğer yaraların acısını da hissetmeye başladım. İlk yardım ekibi, önce Toprak'ı sedyeye alarak kaza yerinden hızla uzaklaştı. Bir görevli benimle kaldı ve sağlık durumumu kontrol etti. Ve gelen diğer ambulansla buraya getirildim."

Volkan gözlerini elleriyle kapatıp, "Bütün bu yaşananlar kötü bir kâbus biliyorum. Sadece uyanmam gerek. Lütfen biri bana bunun bir kâbus olduğunu söylesin." dedi ve sağ tarafına dönerek hıçkırarak ağlamaya başladı. Hemşire, polis memuruna dönerek, "Hastayı daha fazla yormasak iyi olur." dedi. Polis memuru kâğıtlarını masadan toparlayarak, "Bu ifade benim için yeterli zaten." dedi. Sonra sırtını dönmüş hâlde ağlayan Volkan'a doğru bakarak, "Ekleyeceğiniz yeni bir şey olursa buralardayım. Tekrar geçmiş olsun Volkan Bey." dedi. Hemşire, Yağmur'un omzuna dokunup, "Artık siz de çıksanız iyi olur. Hastamızın biraz dinlenmeye ihtiyacı var." dedi. Yağmur, Volkan'ın saçlarını okşadıktan sonra, hemşire ve polis memuruyla birlikte odadan ayrıldı. Dışarı çıktığında ise hemşireye dönerek, "Toprak'ın durumunda herhangi bir gelişme var mı?" diye sordu. Hemşire çaresiz gözlerle Yağmur'a bakıp, "Hastamız hâlâ uyuyor. Bu kırk sekiz saat çok kritik. Durumunda bir değişiklik olursa zaten size haber veririm." dedi. "Allah'ım sen yardım et bize. Ne olur uyansın artık Toprak'ım!" diye dua etti. Sanki günlerdir uyumamış gibi göz kapakları ağırdı. Saçları ve makyajı dağılmıştı. Koridordaki sandalyeye kendini bıraktığı anda telefonu çaldı. Telefon ekranında *"meleğim arıyor"* yazıyordu. Önce açmak istemedi telefonunu ama annesinin huyunu biliyordu. Ulaşıncaya kadar arar, mesaj atar ve meraktan kendi kendini yer bitirirdi. Açsa da ne diyeceğini bilemiyordu. Biraz dinlenmeye ve kendini toparlamaya ihtiyacı vardı. Telefon bir süre çaldıktan sonra sustu. Yağmur, gözlerini kapatıp elinden gelebilecek tek şeyi yapmaya devam etti. "Ey benim güzel Allah'ım. Senin merhametine ve şefkatine sığınıyorum. Senden yardım istiyorum. Kendimi ve kaderimi senin şefkatli ellerine bırakıyorum. Şu yanmış topraklara yağmuru verdiğin gibi, bana da Toprak'ımı geri ver. Senden ne para ne pul ne de başka bir şey istiyorum. Sadece karşıma çıkardığın ve alnıma yazdığına inandığım adamı bana bağışlamanı istiyorum. Senin keremine ve senin şefkatine güveniyorum." diye dua etti. Gözlerini açtı ve meraklı gözlerle hastane koridorlarına baktı, kendisine yardımcı olan hemşireyi tekrar görebilmek umuduyla sessiz koridorlarda bir süre yürüdükten sonra geri döndü ve biraz hava almak için kapıya yöneldi. Kapının kenarındaki bankta el ele tutuşmuş şekilde uyuyan bir çifte takıldı gözleri. Önlerinde kısa bir süre durdu. Süzülen gözyaşları kayıp giderken yanaklarından, "Pes etme Toprak, pes etme yalvarırım. Yanındayım sevgilim." diye mırıldandı. Kapıdan çıkmadan telefonu bir kez daha çaldı. Yine annesi arıyordu. Artık cevap vermesi gerektiğini çok iyi biliyordu. Dışarıya çıktı ve annesinin öfkeli sesinden önce, "Toprak kaza geçirdi anne." diye hıçkırarak ağlamaya başladı. Kısa bir sessizlikten sonra annesi, "Kızım, bebeğim neredesiniz? Sen iyi misin?" diye endişeli bir ses tonuyla soruları sıralamaya başladı. Yağmur'un düğümlenen boğazından güçlükle çıkıyordu sözcükler. "Anne ben iyiyim ama Toprak hiç iyi değil. Bilkent Atatürk Eğitim ve Araştırma Hastanesi'ndeyiz. Beni almaya gelirken kaza yapmışlar." Annesi ağlamaklı bir ses tonuyla, "Hemen geliyoruz bebeğim." diyebildi sadece.

Yağmur gökyüzüne doğru kaldırdı başını. Şiddetli yağmurun ardından bulutlar dağılmıştı ve yıldızlar süslemişti gökyüzünün her bir yanını. Serin bir rüzgâr çıkmıştı ve o en çok sevdiği toprak kokusu sarmıştı her yeri. Ankara'ya ne zaman yağmur yağsa ve eğer onlar birliktelerse, yağmur sonrası Toprak'ın gözlerine bakıp, "Yine sen kokuyor her yer aşkım." derdi. Toprak da onun gözlerine bakıp, "Yağmur'u verene şükürler olsun" diye karşılık verirdi.

Yağmur derin bir nefes alarak ve ciğerlerine toprak kokusunu doldurarak, "Bak sevgilim, bedenin olmasa da, kokun yine benimle." dedi. Ve daldı gözleri gökyüzündeki yıldızlara. Sonra yaklaşan bir ambulans sesiyle irkildi. Bir kez daha Toprak'ı görebilmek umuduyla içeriye girdi. Koridordan gelen ağlama sesi dikkatini çekti. Hızlı adımlarla sesin geldiği yere doğru ilerledi. Küçülmüş göz bebekleri birden kocaman açıldı. Olduğu yerde kalakaldı, koridorun ortasına yığılmış bir şekilde ağlayan Toprak'ın babasını görünce, "Hayır Allah'ım, hayır! Lütfen, hayırrrr!" diye son gücüyle haykırdı. Yaşlı adam, Yağmur'a hüzünlü gözlerle baktıktan sonra dizlerine kapanıp, "Evladım! Toprak'ım! Biricik aslan oğlum benim!" diye hıçkırıklara boğuldu. Yağmur kendisine doğru yönelen hemşirelerin gözlerine bakarak, "O iyi değil mi? Lütfen söyleyin, Toprak iyi deyin bana. Yalvarırım size, lütfen." diye bağırdı. Bu acı dolu bakışlar karşısında hiçbiri onu kaybettiklerini söyleyemedi. Ama Yağmur bu çaresiz bakışları ve öne doğru düşen gözleri görünce dışarıda bedenini saran toprak kokusunun sebebini anladı. Hemşireler, olduğu yere yığılan Yağmur'un bedenini yan odaya taşıdılar ve onu sedyeye yatırıp sakinleştirici bir iğne yaptılar. Sakinleştirici Yağmur'un bedeninde yayılırken Toprak'ın kendisine ilk doğum gününde söylediği o sözler geldi aklına:

"Gözlerin gözüme değdiği o ilk an, seninle birlikte sonsuz bir hayat diledim. Seni tanıdığım günden bu yana hiç hak etmediğim hâlde bana böyle bir mutluluk verdiği için, şu Toprak kuluna Yağmur'u gönderdiği için Allah'a sonsuz şükrettim, hep teşekkür ettim. Eğer bir gün gidersen benden ya da gidersek birbirimizden hiç istemeden, bil ki sevgilim, benim açımdan bu ayrılığın sebebi kendi kararım olmayacaktır. Takdir-i ilahi dışında ben sana asla veda etmeyeceğim. Sana söz veriyorum ki, ölüm olmadan seni bu dünyada asla terk etmeyeceğim. Ve ben, seni ilk tanıdığım günkü gibi değil, yaşadığım son gün gibi seveceğim hep."

"Ben de seni hep seveceğim" diye mırıldandı Yağmur usulca.

"Yağmur, kızım... Bebeğim, geldim yavrum." diyen annesinin ellerini yüzünde hissettiğinde, bir kez daha boşaldı yaşlar gözünden. Babası ellerinden tuttuğu kızını, "Benim güzel kızım, baban yanında bak." diye teselli etmeye çalışıyordu. Onların gözlerine bakıp, "Son bir kez göreyim onu." diye yalvardı. "Ne olur son bir kez." Annesi ve babası çaresiz gözlerle birbirlerine baktılar. Annesi önce kızının, sonra da kendi gözyaşlarını silerek, "Elbet göreceksin kızım ama şimdilik izin vermiyorlar bebeğim." dedi. Yağmur başını yana doğru düşürüp babasının ellerine koydu yanağını. Kızının acı çektiğini, içinin yandığını yüreğinde hisseden babası, diğer eliyle kızının saçlarını okşadı. Gözlerinden akan yaşlar, çoğu beyazlamış sakallarından güçlükle ilerliyordu yanaklarında. Kapının önünde Volkan'ı gördüğünde, titreyen bir ses tonuyla, "Volkan, o yok artık." diyebildi sadece. Volkan kapının kenarına kafasını dayayarak, "Çok üzgünüm Yağmur, çok üzgünüm." diyebildi.

Babası kızının ellerini bırakıp yanaklarındaki gözyaşlarını silerek, "Kızım, hadi eve gidelim." dedi. Yağmur gözlerini babasının gözlerine sabitleyerek, "Onu görmeden asla gitmem, gidemem baba." dedi. Annesi sözü babasından alarak ve kızının ellerini tutup, "Kızım biliyoruz çok istediğini, biz de görmeni istiyoruz ama..." dedi. Yağmur sedyeden doğrulup, "Ama ne anne?" diye sordu. Annesi başını öne doğru eğdi, "Toprak'ın annesi burada olmamızı istemiyor ve Toprak'ı görmeni de istemiyor kızım." dedi. Yağmur duydukları karşısında şaşkınlıkla, "Neden anne, neden!" diye haykırdı.

"Kızım onları da anlamaya çalış. Şu an çok üzgün durumdalar. Ve acılarından ne dediklerini bilmiyorlar belki de." diye soruyu cevaplamaya çalıştı.

"Ya benim acım, benim üzüntüm ne olacak anne? Beni kim anlayacak?" diye çaresizce uzandı tekrar sedyeye.

Yağmur, annesinin ve babasının kollarında hastaneyi terk ederken, saat gece yarısını çoktan geçiyordu. Yağmur'u, Toprak'la görüştüren hemşire, Yağmur'un arkasından uzun uzun baktıktan sonra kolyesinin ucundaki alyansı öperek, "Keşke yaşadığın bu acının zamanla geçeceğini söyleyebilseydim sana. Ama geçmiyor. Geçmedi." diye yaşlı gözlerle mırıldandı.

# II. BÖLÜM

*Artık böyle oldum ben.*
*Biraz güvensiz, biraz hissiz, biraz kimsesiz ve*
*çok şeye karşı da isteksiz.*

Sabahları gözlerini açtığında karşısında hep aynı yüzü gördü Yağmur, annesinin yorgun ama gülümseyen yüzünü. Oysa haftalar geçmişti Toprak'ın vefatının ardından ama annesi hiç pes etmeden kızını her sabah hep aynı güler yüzle uyandırmıştı. Endişeliydi kızı için, haftalardır çorba dışında bir şey yemiyor, odasından dışarıya çıkmıyor ve günden güne zayıflıyordu. Yavrusunun kötü bir hastalığa yakalanmasından korkuyordu. Dua etmekten ve sabretmekten başka elinden gelen bir şey yoktu. Gece yarılarına kadar kızıyla konuşuyor, her sabah kızını sevgi dolu sözcüklerle ve gülen bir yüzle uyandırıyordu ama Yağmur sanki bu dünyada yaşamıyordu artık. Ruhu da haftalar önce Toprak'la beraber ölmüştü sanki. Doktorların verdiği depresyon hapları da Yağmur'u uyutmaktan başka bir işe yaramıyordu. Ne Toprak'ın cenazesine katılmak ne de her akşam kendisini görmeye gelen Volkan'ı görmek istemişti. Uyanık olduğu zamanlarda pencerenin önüne oturuyor ve saatlerce kiraz ağacını seyrediyordu. Yatağına uzandığı zamanlarda ise gözlerini tavana dikip boş boş bakıyordu. Doktoru bu durumun aylarca sürebileceğini ve belki de yatarak tedavi olması gerektiğini söylemişti. Hastayı asla yalnız bırakmamaları ve sürekli kontrol altında tutmaları gerektiğini de eklemişti. Kendisine bir zarar verebileceğinden korkuyordu herkes. İşte bu yüzden annesi o günden beri kızının yanında uyumaya başlamıştı. Bütün aile neredeyse Yağmur'un eski hâline dönmesi için çabalıyordu. Ama her geçen gün umutları daha da azalıyordu. Evi neşeye boğan, güler yüzüyle aydınlatan Yağmurları karanlıklara bürünmüştü sanki. Onun bu durumuyla beraber, neşeli akşam yemekleri, hafta sonu gezmeleri ve kahvaltı sohbetleri de çıkıp gitmişti kapıdan. Yağmur sanki yaşamayı inatla reddediyordu. Toprak'a saplanıp kalmıştı.

Annesi her sabah olduğu gibi, bu sabah da kızının saçlarını okşadı. Yine her sabah olduğu gibi kızının gözlerine bakıp titreyen dudaklarından "Yağmur'um, evladım artık ne olur dön bize. Ses ver kızım, ne olur ses ver annene. Seni çok özledik bebeğim." sözleri döküldü. Sonra nemlenen gözlerini silip sehpada duran çorba kâsesine uzandı. "Bak yavrum." dedi. "Senin en sevdiğin çorbayı yaptım yine. Hatırlar mısın Yağmur, bu tarhanayı geçen sene beraber yapmıştık."

Yağmur'un solgun dudaklarının arasında kaybolup giden bir kaşık çorbanın mutluluğunu yaşadı. Kızının içtiği her kaşık çorbada, sanki ona can veriyormuşçasına seviniyordu.

"Ve hatırlar mısın Yağmur'um, 'Bu tarhananın kokusu o kadar güzel ki anne, ben bu tarhananın kokusuyla bile doyarım.' demiştin bana. Ve ellerine sinen tarhana kokusunu tüm gün koklamıştın kızım. Seninle daha çok tarhana yapacağız bebeğim, hele sen bir iyileş, kendine gel, ben sana daha ne yemekler öğreteceğim." dedi derin bir nefes alıp. Sonra kızının ellerinden tutup, "Dün akşam yine Volkan geldi. Sen uyuyorsun diye girmedi içeriye. Bu çocuk günlerdir o kadar uzun yola aldırmadan gelip gidiyor yavrum. Ne olur bir kez konuş bebeğim. Benim hatırıma konuş lütfen Yağmur." dedi.

Yağmur annesinin gözlerine uzun uzun baktı ve annesini onaylarcasına gözlerini usulca kapatıp açtı. Annesi için, Yağmur'u hayata bağlayacak olan her girişim denenmeye değerdi. Bu ağır bir travmaydı kızı için ve mutlaka geçecekti. Her şeyin bir sebebi vardı, bir sonu vardı. Elbet bu sıkıntı da bir gün bitecekti.

"Ben hastanede yatarken ameliyat sonrasında, senin bana söylediklerini hiç unutmadım bebeğim. Ben henüz kendime gelmişken ve gözlerimi daha henüz açmamışken, senin o güzel sesini duydum kızım. Ve o an tüm yorgunluklarımı, ağrılarımı unuttum. Bana, 'Ne kadar zor olursa olsun, ne kadar yolumuz uzun olursa olsun ve neye mal olursa olsun, seni asla bırakmayacağım meleğim.' demiştin yavrum."

Yağmur hatırladığını ifade edercesine sıktı annesinin elini ve gözlerinde küçük de olsa bir parıldama oldu. Annesi evladının saçlarını usulca okşarken devam etti sözlerine: "Ve sen de sakın unutma bebeğim, yüzüme gülümseyeceğin, sabahları 'Günaydın meleğim.' diye bana sarılacağın, evden çıkarken önce aynaya sonra da bana bakıp 'Nasıl olmuş bu elbise?' diye soracağın, her akşam yemek sonrası yine bize kahve yapacağın günleri sabırla bekleyeceğim. Biz seninle ne kadar zor günler atlattık yavrum. Bunun da üstesinden gelecek kadar sabrımız vardır inşallah."

Annesi kızının alnına bir öpücük kondurup mutfağa doğru yöneldi. Yağmur, masada duran ve iki yıl önce bir okul gezisi sırasında, Bolu Gölcük'te Toprak'la birlikte çektirdikleri siyah beyaz fotoğrafa baktı uzun uzun. Gözlerinden iki damla yaş ve titreyen dudaklarından "Seni çok özledim aşkım." sözleri döküldü.

Serin bir temmuz akşamı yaşıyordu Ankara. Akşam ezanı öncesi gökyüzünde cıvıldayan kırlangıçların sesleri, odanın açık penceresinden içeriye doluyordu. Yağmur, pencere kenarındaki sandalyeye oturmuş, gökyüzünde kırlangıçların danslarını seyrediyordu. Kapısı çalınınca irkildi. Ama gösteriyi seyretmeye devam etti. Volkan'ın önce pencereye düşen yansımasını gördü, sonra da "Selam Yağmur." diyen sesini duydu. Volkan elinde getirdiği ve Yağmur'un çok sevdiğini bildiği orkideleri tereddüt içinde masaya koyarken, "Orkidelerin en çok hangi rengini sevdiğini bilmiyorum ama ben beyazını tercih ettim senin için. Orkidelerin yıl içerisinde ne kadar çiçek açacağı, onu yetiştiren ve bakan kişiyle arasında kurduğu bağa bağlı olduğunu biliyor muydun? Yani onun da insanlar gibi, sevildiğini hissettiği anda yüzü gülüyor." dedi.

Volkan orkideler için doğru bir yer ararken, bir yandan da gözleriyle Yağmur'un tepkilerini takip ediyordu arkasından. Nihayetinde orkideleri komodinin üzerine bırakırken, "Bence orkideler için en doğru yer burası. Sabahları onun kokusuyla uyanmak hoşuna gidecek eminim. Zaten senin parfümlerinin birçoğunda da orkide kokusu var. Yani senin odanda ve yanında yabancılık çekmez diye düşünüyorum." dedi.

Hüzünlü ve alçak bir ses tonuyla Yağmur'a doğru bakıp, "En azından benim şu an çektiğim kadar yabancılık çekmez." diye ekledi.

"Aslında bu akşam seni dışarıya çıkarabilirim. Biraz hava almak iyi gelir diye düşünmüştüm ama annen bunun için daha erken olduğunu söyledi. Bu arada avukatlık stajı için birkaç yerle görüştüm. Kafama yatan bir büro var. Büyük bir ofis. Senin adına da görüştüm, seni de kabul edecekler. Hele sen bir toparla kendini." diye konuşmasına devam etti.

Volkan oradan buradan ne diyeceğini bilemez bir hâlde konuşurken anlattığı konularla Yağmur'un pek alakasının olmadığını, onun ilgisini çekmediğini de biliyordu. Sonra Yağmur'un oturduğu sandalyenin yanındaki masaya dayandı ve yarayı kanatmanın iyileşmeyi geciktiren nedenleri hafifleteceğini düşünerek konuşmaya başladı:

"Günlerdir buraya gelip gidiyorum Yağmur. Sen benimle bugüne kadar hiç görüşmek istemedin. Neden böyle davrandığını da çok iyi biliyorum. Beni görmek, Toprak'tan bir parça görmek gibi senin için. Onu hatırlatan her şeyden kaçmak ve uzaklaşmak istiyorsun. Ama böyle kendini toparlayamazsın Yağmur. Aksine ondan kalan her şeyi severek, hatıralarına sahip çıkarak ve o anıları yaşayarak bu süreci en sağlıklı şekilde atlatabilirsin. Her şeyin ötesinde aileni düşün Yağmur. Lütfen bir kez olsun annenin ve babanın yüzüne dikkatlice bak ve her geçen gün nasıl da eriyip gittiklerini, yüzlerine oturan o hüzün tablosunu seyret. Biz her ne kadar tahmin etmeye çalışsak da içindeki acı dolu fırtınaları, yine de yaşayan sensin, çeken sensin Yağmur. Unutma ki, ben de en yakın arkadaşımı kaybettim. Çocukluktan bu yana hiç ayrılmadığım arkadaşıma veda ettim. Benim için de çok zor. İşte bu yüzden şu dünyada seni en iyi anlayacak olan kişi yine benim. Lütfen izin ver bölüşelim acımızı. Yardım etmeme izin ver."

Volkan yavaşça başını Yağmur'un omzuna koydu. Odayı saran sessizlik, bir süre sonra yerini gözyaşlarına ve hıçkırıklara bıraktı. Her ikisi de bir süre hiç kıpırdamadan içlerinde birikmiş olan hüzünlerini gözyaşlarıyla paylaştılar. Volkan, Yağmur'un yanağından akan gözyaşlarını silip, "Seni yorduğumun farkındayım. Ama şunu bil ki, seni asla yalnız bırakmayacağım Yağmur. Sen istemesen de ben hep yanında yakınında olacağım. Ta ki gözlerim o eski gülen yüzünü görene kadar." diye devam etti.

Yağmur dizlerini karnına çekip başını dizlerinin üzerine yasladı. Yalnız kalmak istediğinin mesajını verircesine kendi içine kapandı. Volkan odadan ayrılırken bir kez daha baktı Yağmur'a ve kararlı bir ses tonuyla, "Dışarıda acısıyla tatlısıyla devam eden bir hayat var ve ben sabırla senin o hayata geri dönmeni bekleyeceğim." dedi ve ayrıldı odadan.

Yağmur bir süre daha sandalyesinde oturduktan sonra, pencerenin önünden kalkıp çalışma masasına yöneldi. Eski günlüğünü çekmeceden çıkardı. Yazmayı bıraktığı ve hayatını karartan o acı dolu günün olduğu sayfayı açtı. Büyük harflerle yazdığı, *"BUGÜN BENİM DOĞUM GÜNÜM. İÇİNDE SEVGİYLE BÜYÜDÜĞÜM BU GÜZEL AİLE VE BANA TOPRAK GİBİ BİR SEVGİLİYİ VERDİĞİN İÇİN BİNLERCE KEZ ŞÜKÜRLER OLSUN SANA ALLAH'IM. SABRETMELERİMİN KARŞILIĞI OLARAK BANA VERDİĞİN HER NİMET İÇİN TEŞEKKÜR EDERİM."* günlüğü okudu. Sonra kalemini aldı eline, aynı yazının altına yine büyük harflerle yazdığı, *"HANGİ GÜNAHIMIN KARŞILIĞI BU ALLAH'IM, HANGİ MUTLULUĞUMUN İMTİHANI BU? BEN BUNU HAK EDECEK YANLIŞ BİR ŞEY Mİ YAPTIM?"* diye yazdı. Başını masaya koyup ağlarken bir damla gözyaşı "*sabret*" yazısının üzerinden akıp gitti.

Annesi odaya girdiğinde kızının masaya uzanmış hâlini görünce sessizce yanına yaklaştı. Masada uyuyakalmış kızının saçlarını okşadıktan sonra, "Bebeğim bir şeyler yer misin? Yeşil fasulye yaptım, yanına da karpuz keserim. Sen seversin bu ikiliyi. Hasta olmandan korkuyorum Yağmur. Kaç gündür yediğin içtiğin doğru dürüst bir şey yok. Ne olur bebeğim kırma beni. Eriyip gidiyorsun gözümün önünde. Yapma bize bunu bebeğim. Sen ki hiç üzmedin, kırmadın bizi. Bir dediğimizi iki etmedin. Hani sen, ben hasta olduğum zamanlarda getirdiğin yemekleri ben yemediğim zaman bana, 'Hayatta hiç kimse kendisi için yaşamaz annem. Herkes sevdikleri için yaşar. Senin mutluluğun bizim mutluluğumuz, senin sağlığın bizim sağlığımız. Bizim için yemelisin.' derdin ya. İşte şimdi sıra sende. Bizim için hayata tutunmalısın bebeğim."

Yağmur masadan doğruldu ve günlüğünü kapatıp çekmecesine koydu. Sonra yatağına uzanıp sırtını annesine döndü ve gözlerini tekrar kapattı. Annesi üzgün bir ses tonuyla, "Tamam bebeğim. Dinlenmek istiyorsun sanırım. Sonra yersin yemeğini. İstediğin bir şey olursa mutfaktayım bebeğim." diyerek başını öne eğdi ve yüzündeki hüzünle birlikte odadan ayrıldı.

Yağmur'un zayıflamış bedeni ve yorgun ruhu daha fazla dayanamadı ve hemen uyudu. O kadar istemesine rağmen bir türlü rüyalarına gelmeyen Toprak'ı gördü rüyasında. Toprak yeşil çimlerin üzerine oturmuş, önünde akan dereye bakıyordu. Simsiyah saçları rüzgâra bırakmıştı kendisini. Altında ve üstünde beyaz ipekten yapılmış bir kıyafet vardı. Arkasında boy boy uzanan kiraz ağaçları sıralanıyordu. Akan derenin şırıltısını ve rüzgârın sesini çok net duyabiliyordu Yağmur. Sonra Toprak'ın, yanındaki beyaz papatyalardan birini kopararak kendisine uzattığını gördü. Çimenler üzerinde koşarak sevdiğinin yanına gitmek istedi özlemle. Ama o yaklaştıkça Toprak uzaklaşıyordu. Nefesi tükenince olduğu yere oturdu. "Özledim seni aşkım!" diye haykırdı. Toprak kafasını kaldırıp gülen gözlerle uzun uzun baktı Yağmur'a. Toprak'ın gözlerindeki sevgi ve şefkat Yağmur'un bütün özlemini ve yorgunluğunu o anda aldı sanki. Toprak sevgi dolu bir ses tonuyla konuşmaya başladı:

"Ayağa kalk bebeğim artık. Koşmaya devam et ve sakın durma. Ben de seni özledim, bekledim ama sen hiç bana gelmedin bebeğim." dedi. Yağmur ayağa kalktığında, Toprak çoktan gitmişti bile. Yağmur "Bekle beni Toprak!" diye seslendiği anda uyandı ve "Gitme lütfen aşkım!" sözleri dökülürken dudaklarından, gözyaşları sözlere eşlik etti. Sonra kalktı ve günlüğünü alıp yazmaya başladı. *"Bekledim seni aşkım. O durakta, o yağmurun altında bekledim seni. Sonra sen uyurken hastanede başucunda bekledim, görmedin mi? Geldim aşkım. Yanına geldim. Seslendim sana dualarımda kaç kez, duymadın mı aşkım? Bekledim aşkım. İyi olmanı dört gözle bekledim. Dışarıda yağmur yağarken, kokunu çektim yine içime, hissetmedin mi? İstedim aşkım. Seni rüyalarımda görmeyi çok istedim, kaç kez çağırdım seni, duymadın mı? Özledim seni aşkım, hem de çok özledim."*

Gece, yerini yeni güne teslim ederken Ankara semalarında, serin hava da üşütmeye başlamıştı Yağmur'un bedenini. Yağmur, saatin sabaha yaklaştığından habersiz, her zamanki yerinde oturmuş rüzgârla yaprakların dansını izliyordu. Ara sıra pencereden içeriye doğru esen serin rüzgârla üşüyor ve elleriyle bedenini ısıtmaya çalışıyordu. Rüzgâr saçlarına vurdukça gözlerini kapatıyor ve saçlarında Toprak'ın ellerini hayal ediyordu. Uzun zamandır orkide kokmuyordu saçları. Yüreği gibi onlar da kırılmıştı ve sevgisiz kalmıştı. Ellerini saçlarına doğru götürdü ve parmaklarının arasında dökülen saçlarını görünce, "Siz de mi beni terk ediyorsunuz?" diye acı acı gülümsedi. Sabah ezanını gözleri kapalı dinledikten sonra uzun uzun birazdan gökyüzüne veda edecek yıldızları seyretti. Kendini şu kocaman evrende yapayalnız hissetti. Ezbere bildiği o şarkının sözleri geldi aklına, "Gökyüzünde yalnız gezen yıldızlar, yeryüzünde sizin kadar yalnızım." Sonra içinin fena hâlde yandığını hissetti. Yanan içini bir nebze de olsa ferahlatmak için çıktı odadan. Mutfağa doğru ilerlerken oturma odasından babasının sesini duydu. Yavaşça kapı aralığından baktığında babasını ellerini semaya açmış dua ederken gördü. Babası gözleri kapalı ve tam bir teslimiyet hâlinde dua ediyordu. Babasını hiç ağlarken görmemişti Yağmur. İlk defa onun gözyaşlarına şahit oldu. Boğazı düğüm düğüm oldu birden. Görünmeden odasına tekrar dönmek istedi ama ayakları buna izin vermedi bir türlü. Babasının yalvaran ses tonuyla ettiği duayı dinledi:

"Ey benim güzel Rabb'im, sen ki ne istediysem verdin bana. Hayırlı bir iş istedim senden, bana fazlasıyla verdin. Hayırlı bir eş istedim senden, en hayırlısından verdin. Vefalı ve sağlıklı bir çocuk istedim senden, iki tane nasip ettin. Hem de bunları hiç hak etmediğim hâlde layık gördün bana. Eşim o kötü hastalığa yakalandığında beni yalnız bırakmamanı ve onu bana bağışlamanı istedim. Sen dualarımı kabul ettin. Zor zamanlarımda beni hiç geri çevirmedin Rabb'im. Şimdi yine kapındayım Allah'ım. Kızımın şu hâlini gördükçe yüreğim acıyor, bir şey yapamamanın ve yavrumun gözlerimin önünde eriyip gitmesinin çaresizliğini yaşıyorum. Biz ne yaparsak yapalım reddediyor. Ne ağzımızda bir tat ne de huzurlu bir uykumuz kaldı. Ne çalıştığımdan ne de yaşadığımdan bir zevk alıyorum. İmtihanların en ağırı, evlatla imtihan edilmektir biliyorum Rabb'im. Ama gücümüz kalmadı bizim. Bize bir yol göster, bir kapı aç, bir sebep ver yalvarırım sana. Kızımın bir daha yüzüme gülümsemesi için her şeyi yapmaya hazırım. Ömrümden ömür al, canımdan can al ama lütfen yavrumu bana bağışla Rabb'im. Onun iyiliğini, mürüvvetini görmeyi ve boynuna sarılıp iyi olduğunu söylemeyi bana nasip et."

Yağmur, daha babasının duası bitmeden olduğu yere çömelmiş, her kelimede biraz daha kapanmıştı dizlerine. Babası duasını bitirip odadan çıktığında, kızını duvarın dibinde dizlerine kapanmış bir hâlde görünce telaşlandı ve hızlıca gözyaşlarını silip titreyen bir ses tonuyla, "Yağmur, yavrum iyi misin? Hadi kalk odana götüreyim seni kızım." dedi ve panik olmuş bir hâlde eşini çağırdı.

Yağmur olduğu yere kilitlenmişti ve hıçkıra hıçkıra ağlıyordu. Babası da, kızının bu hâli karşısında fazla ayakta duramadı. Çözülen dizleri daha fazla taşıyamadı bedenini ve kızının yanına oturdu. Evladına sıkıca sarılıp "Geçecek yavrum, bu günler de geçecek. Biz yine senin ellerinden kahve içeceğiz, yine hep beraber akşam sohbetleri edeceğiz, sen yine türküler dinleteceksin bize, yine eski günlerimize döneceğiz yavrum." diye teselli etti kızını bir çocuk gibi ağlayarak. Yağmur, başını kaldırdığında annesinin gülümsemesine karışmış gözyaşlarını görünce hayatla ilgili bir gerçeği daha anlamıştı. Bazen içinin acılarını en iyi sevdiklerinin gülümsemesi kapatır. Hayatın kendisine bakıyordu sanki anne ve babasının yorgun, umutlu, hüzünlü yüzlerine bakarken. Sanki herkes birilerinin mutluluğu için yaşıyordu, birilerinin mutluluğunu görebilmek için çabalıyordu ve sanki herkes hep birileri için nefes alıyordu. Ama şunu da adı gibi biliyordu ki, o hüzün hep içeride bir yerde duracak, nereye giderse gitsin, ne yaparsa yapsın Toprak'ın eksikliği hep içinde duracak ve onun yerini hiç kimse dolduramayacak. İşte bu da Yağmur'un bu hayattaki sınavı olacak.

Sabah gözlerini açtığında annesinin gülümseyen yüzünü gördü Yağmur. Ellerini uzatıp annesinin yanaklarını okşarken gözlerine uzun uzun baktı. Sadece anneler ve kızlarının arasında yaşanabilecek bir şeydi bu. Dudakları kıpırdamadan, gözleriyle haftaların acısını çıkarırcasına dertleşiyorlardı ve birbirlerine sevgi dolu, özlem dolu şiirler söylüyorlardı sanki. Bu tablo dakikalarca sürdü. Sonra annesi, bu sessiz sohbeti kızının yanağına kondurduğu bir öpücükle sonlandırdı. "Hadi benim güzel kızım, kahvaltı hazır, baban da bizi bekliyor mutfakta." dedi. Yağmur annesinin avuç içini öpüp "Birazdan gelirim." dercesine göz kapaklarını indirip kaldırdı. Annesi odadan çıktıktan sonra kalktı ve aynaya doğru yöneldi. Yorgun yüzüne ve dün gece ağlamaktan şişmiş olan gözlerine baktı. Elleriyle saçlarını toparlayıp yüzünü inceledi bir süre. Yüzüne dokunmak istercesine aynaya doğru uzattı parmaklarını. İçinde pes etmek ve direnmek duygusunun verdiği ağırlığı hissetti yorgun yüzünde. Sonra iç sesiyle fazla yüzleşmemek için çıktı odadan ve mutfağa indi. Mutfak masasında kendisini bekleyen anne ve babasının sevgi dolu bakışlarını, mutluluklarını görünce neden direnmesi ve ayakta kalması gerektiğini bir kez daha anladı. Babasının yüzünde duası kabul olmuş bir kul mutluluğu, annesinin gözlerinde ise bebeğini ilk kez eline almış bir kadının huzuru vardı sanki. Babası ayağa kalkarak kızına sıkıca sarıldı. Şefkatle saçlarını okşarken, "Bundan sonra işe erken gitmek yok. Kahvaltıyı her sabah kızımla birlikte yapacağım. Hiçbir şey ailemden daha önemli değil." dedi.

Kızının elinden tutup sandalyeye oturttu. Annesinin ve babasının gözleri sürekli olarak kızlarının gözlerini takip ediyordu. Kızlarının göz bebeklerinde mutluluk ve iyi olduğuna dair izler arıyorlardı. Yağmur, bu bakışlarının anlamını çok iyi biliyordu. Çünkü annesi hastayken ve hayata tutunmaya çalışırken, aynı izleri o da annesinin gözlerinde aramıştı. Annesi o kadar acı çekerken, iyi olduğu ifadesini gözlerinden hiç eksik etmemişti. Çünkü sevmek kadar değerliydi sevildiğini bilmek. Çünkü mutlu olmak kadar güzeldi, birilerini mutlu etmek. Çünkü gülmek kadar güzeldi, sevdiklerinin gülümsemesine neden olmak. Evet, içinde derin ve tarifsiz bir yara henüz tazeliğini korusa da, hayatında onun mutluluğu için çırpınan insanları da görmemezlikten gelemezdi. Annesini bağışlayan Allah'a bunun için her gün dua ederken, Toprak'ı aldı diye de isyan edemezdi. Ama içinde böylesine bir hüzün varken, bir anda da gülemezdi. Zamana ihtiyacı olduğunu çok iyi biliyordu. Ailesinin bu durumu normal karşılayacağından da emindi. Ama yine de eksik etmedi babasının ve annesinin gözlerine bakarken, yüzüne iliştirdiği tebessümü. Ne kadar zor olursa olsun, bu güzel insanların o tebessümü yüzünde görmeye fazlasıyla ihtiyaçları vardı. Yağmur'un da onların dualarına.

Yağmur, kahvaltı sonrası odasına döndü. Kendini yatağa bıraktı. Tavana gözlerini dikmiş bir şekilde dakikalarca öylece kaldı. Hayatının dönüm noktalarının birinde olduğunu çok iyi biliyordu, bir şeylere başlamak ya da bir şeyleri geride bırakmak gerektiğini de. Ama yorgun bedeni ve darmadağın olmuş yüreğiyle bunu nasıl yapacağını bir türlü bulamıyordu. Bir ara Volkan'ı aramak geçti aklından ama nedense içinden bir ses, sürekli olarak Volkan için "hayır" diyordu. Bu gizemi bile çözmeye çok istekli değildi. Nihayetinde Volkan ona hep Toprak'ı hatırlatıyordu. Bir yerden başlayacaksa eğer, Volkan şu an beklemeliydi. Dostluğunu sevmesine rağmen, yine de zamanı değildi şu an. Bir süre daha düşündükten sonra hızlıca yatağından doğruldu. Saçlarını toplayıp altına bir pantolon, üstüne de bir tişört geçirdikten sonra hızlıca odasından çıktı. Mutfakta günlük işlerle uğraşan annesi, Yağmur'u giyinmiş hâlde görünce biraz mutluluk ve biraz da heyecanla karışık, "Yağmur dışarıya mı çıkıyorsun?" diye sordu. Yağmur ayakkabılarını giyerken annesine, "Yarım kalan bir işim var anne. Geç kalmam beni merak etme." diye cevap verdi.

Annesi nereye gittiğini bile soramadan, Yağmur kapıdan çıkmıştı. Telaşlı ve biraz da meraklı bir şekilde eşini aradı annesi. Telefon konuşması sonrası, belli ki eşi yüreğini ferahlatan şeyler söylemişti ki, annesi telefonu sakin bir şekilde kapattı.

Yağmur bir süre kaldırımlarda yürüdü. Gazino'nun kalabalık caddelerine bıraktı kendini. Sanki yıllardır görmediği bir yeri geziyormuşçasına heyecanlandı. Ankara'yı bulanık ve serin bir hava kucaklıyordu. Parkları dolduran çocuklara, kaldırımlarda alışverişten dönen yaşlılara ve kafelerde oturan gençlere baktı uzun uzun. Kimilerinin gözlerinden akan yorgunluğu, kimilerinin ise, yaşama sevincini gözlemledi. "Bu kalabalıklar arasında dertsiz insan var mı acaba?" diye düşünmeden alamadı kendini. Sonra, yol kenarında bekleyen bir taksiye bindi. Taksicinin, "Nereye ablacım?" sorusuna, titreyen dudaklarıyla, "Karşıyaka Mezarlığı." diye yanıt verdi.

Taksi Tepebaşı'ndan Etlik'e doğru ilerlerken Yağmur'un gözleriyle beraber, yüreği de buğulanmıştı. Ağlamamak için dudaklarını ısırırken aklından hep aynı soru geçiyordu. "Doğru zaman mı acaba?" Ama yüreği bu soruya sürekli hep aynı cevabı veriyordu. "Geç bile kaldın." Titreyen ayakları ve terleyen avuç içlerine bir türlü engel olamıyordu. Kim derdi ki bir gün, Toprak'la bu şekilde buluşacağını. Ama öyle ya, kul plan yapar, kader gülermiş, diye geçirdi içinden. Taksi Karşıyaka Mezarlığı'nın beşinci kapısının önünde durduğunda, Yağmur bir süre gözlerini kapatıp bekledi. Ta ki, taksicinin, "Ablacım burası uygun mu?" diye sorduğunu duyana kadar. Yağmur gözlerini açıp, "Evet, teşekkür ederim." diyerek ücreti ödeyip taksiden indi.

Taksi uzaklaşırken, Yağmur bir süre daha olduğu yerden, koca bir şehirden daha büyük olan Karşıyaka Mezarlığı'na baktı. Sonra, kapının kenarındaki danışma ofisine doğru yürüdü. Görevli memurun yanına yaklaşarak, "Bir yakınımın mezarını ziyaret edeceğim ama nerede olduğunu bilmiyorum. İlk kez geliyorum. Yardımcı olabilir misiniz?" diye rica etti.

Görevli memur, "İsim ve ölüm tarihi bilgilerini verebilirseniz yardımcı olabilirim." diye yanıtladı.

Yağmur bir cümleyi kurmakta hiç bu kadar zorlanmamıştı:

"Toprak Gülpınar, 21 Haziran 2014."

Memur, bilgileri bilgisayara girdikten sonra bir kâğıda harf ve numaradan oluşan şeyler yazarak Yağmur'a uzattı ve ekledi: "Biraz yürümeniz gerekecek hanımefendi. Ama ben size nasıl gideceğinizi tarif eden bir kroki de çizip vereceğim. Başınız sağ olsun."

Yağmur kâğıdı aldıktan sonra çantasından bir adet selpak çıkarıp gözünün kenarında bekleyen yaşı güçlükle silebildi. Memur anlaşılır bir kroki çizdikten sonra kâğıdı Yağmur'a doğru uzattı.

"Bu krokiyle aradığınız mezarı çok rahat bulabilirsiniz hanımefendi. Şimdi buradan aşağıya doğru yürüyün ve çizdiğim okları takip edin. Oklar sizi mezara ulaştıracaktır." dedi.

Yağmur güçlükle, "Teşekkür ederim ilginiz için." diyebildi.

Mezarlığın sokaklarını adımlarken, ara sıra mezarlık ziyaretine gelen insanların hıçkırıklarını duyuyordu. Boğazına bir yumru şeklinde takılmıştı bir şeyler. Kendini fazlasıyla sıkıyordu. Ara sıra kâğıda bakıp kavşaklardan dönerek yeşilliklerin arasında ilerliyordu. Geçerken mezar taşlarındaki isimleri okuyor, ölüm tarihlerine takılıyordu gözleri. Bu dünyadan erken giden ne kadar da çok insan vardı. Bebekler, çocuklar, gençler sıra sıra dizilmişti sanki toprağa. "Bir anne ve baba nasıl katlanır evlat acısına?" diye düşündü. "Ölümün ne yaşı belli ne de zamanı. Allah'ım sen sabır ver sevdiklerine, sen sabır ver, sen sabır ver." diye tekrarladı içinden. Mezar başında Kuran okuyan bir teyzeyi görünce neyi unuttuğunu hatırladı. Evden çıkmadan önce çantasına koyduğu, anneannesinin hacdan getirdiği eşarbını çıkardı ve başını örttü. Bir daha krokiye göz attı. Gelmiş olmalıydı artık. Yüreği yerinden çıkacak gibi atıyor ve bir yandan da mezar taşlarını kontrol ediyordu. Gökyüzünden düşmeye başlayan yağmurlar altında birkaç adım daha attı ve aniden durdu. Yeşil çimlerin henüz boy verdiği, üzerinde kırmızı güllerin tomurcuğa durduğu ve yanında küçük bir çam ağacının olduğu bir mezara tüm yüreğiyle sarıldı. Gözyaşları mı daha çok ıslatıyordu toprağı, yoksa gökyüzünden yağan yağmurlar mı kimse bilemezdi o an. Tek bilinen ve duyulan, dudaklarından çıkan, "Ben seni çok özledim sevdiğim." sözüydü. İçinde biriken her ne varsa, boğazına düğümlenen her şey ve gözlerinde günlerdir bekleyen yaşlar işte o an toprakla buluşuyordu. Yüreğinden sanki toprağa sızıyordu. Elleriyle mezar taşına dokunurken dudaklarından özlem dolu sözler dökülüyordu:

"Toprak'ım, sevdiğim bak yanındayım. Kızıyorsun bana biliyorum, 'Seni çok bekledim.' dediğini hissediyorum. Ne ben sana bunun açıklamasını yapabilecek kadar haklıyım ne de sen beni affedebilecek kadar bana yakınsın artık. Sen burada sonsuzluk âleminde yatarken, ben sensiz bir dünyanın karanlığında yaşıyordum. Bilmiyorum sevdiğim, kalmak mı zor geride, yoksa gitmek mi daha kolay, inan ki bilmiyorum. Umarım sen orada, benim dünyadaki hâlimden daha huzurlusundur, daha mutlusundur. Ayrılığın ve ölümün olmadığı bir dünyada tekrar buluşmak üzere sevdiğim. Seni çok seviyorum."

Sonra başını yavaşça kaldırdı topraktan. Çamur içindeki ellerini ve yüzünü semaya kaldırıp, "Ey benim güzel Allah'ım; nasıl sevdiğimi bir sen bilirsin ki ben, dualarımda o kadar çok yalvarmıştım ki sana, hakkımda hayırlısı neyse onu lütfetmen için. Ben o kadar çok istemiştim ki senden Rabbi'm bana yazdığın kaderi gönlüme de razı etmen için. O kadar el açmıştım ki sana seni seven ve senin de sevdiğin bir kula nasip etmen için. Şimdi görüyorum ki, sen onu benden daha çok sevmişsin ki, onu benden aldın. Ne dün ne bugün ne de yarın sana asla isyan etmem, edemem. Ama dua ederim, yardım dilerim ve yalnızca sana boyun eğerim. İki gözümün nuru annemi bana bağışlayan da sen, yüreğimin sahibi sevdiğimi alan da sen. Veren sen, alan sen. Başka ne diyebilirim? Şu yağdırdığın rahmet hatırı için, rahmetinden nasiplenip çiçekler açan şu dallar hatırı için, şu mezarlıkta okunan Kuran hatırı için, yalnız sana el açan ve yalnız senden yardım isteyen şu kul hatırı için sevdiğimin kabrini nur, makamını Cennet eyle. Şu geçen zamanda üzmüşsem eğer annemi ve babamı, beni de affeyle. Bize bu dünyada kavuşmak kısmet olmadı, ahrette kavuşmayı nasip eyle. İçimin yangınını nasıl dindiririm bilmiyorum ama senin şu yanan topraklara verdiğin yağmurlardan yüreğime de lütfeyle. Bilirim ki senin her şeye gücün yeter. Âmin." diye etti duasını.

Yağmur taksiden inip eve doğru yürürken annesinin pencerede onu beklediğini fark etti. Kapıyı açan annesiyle göz göze geldiğinde, kendisini annesinin kollarına bıraktı ve dudaklarından "Çok zor annem, çok zor." sözleri döküldü. Annesi kızının ıslak saçlarını okşadı ve titreyen bedenine sarıldı. "Bu da senin imtihanın bebeğim. Sana şu an içini çok rahatlatacak kelimeler söyleyemem belki ama şundan eminim ki, geçecek. Şu yağan yağmurun dindiği gibi geçecek, karanlığın, yerini güneşe bıraktığı gibi geçecek. Beraber atlattığımız o zor günler gibi, bunu da beraber atlatacağız. Kolay olduğunu ve kolay olacağını söylemememem ama bu acı da sonsuza dek kavurmayacak yüreğini, elbet bir gün bitecek kızım." diye onu teselli etmeye çalıştı.

Yağmur gözlerindeki yaşı elleriyle silip annesinin gözlerine baktı. "Çok yoruldum anne, çok yoruldum. Sizlerden saklamak isterken birçok şeyi, kendi içimde biriktirdiklerimden çok yoruldum. Sen, en çok da sen, yüzümün bütün kıvrımlarını, içimin bütün hüzünlerini ezbere bilen sen, bugün de ne yaptığımı, nereye gittiğimi çok iyi biliyorsun. Bunu yapmam gerektiğini de. İnsan yüreğine sırtını dönemiyor be anne. İnsan elinden gelmeyecek şeyler için, bir daha asla göremeyeceği yüzler için ve asla yaşamayacağı hayalleri için kendini nasıl teselli eder anne? Nereden başlar, nasıl yaşar ve hiçbir şey olmamış gibi nasıl tekrar adım atar anne? İnsan şu genç yaşında bu kadar acıyı ve bir yanı daha taze çocukluk anılarıyla doluyken, bu kadar olgunluğu omuzlarında nasıl taşır anne? Çok yorgunum anne." dedi.

Annesi kızının ellerinden tutup, "Hadi yavrum, önce şu ıslak giysilerinden kurtulalım. Sonra ılık bir duş al ve dinlen. Sonra ben sana güzel bir kahve yaparım. En azından böyle başlayalım. Önce sağlığını koruyalım. Sonrasını zamana bırakalım. O üstat ki, benim sana veremeyeceğim bütün soruların cevabını bir gün elbet verir. Mevla'm görelim neyler, neylerse inşallah güzel eyler." dedi.

Yağmur bedenini ılık sulara bıraktığında, saçlarından suya karışan toprak tanelerine takıldı gözü. Sonra gözlerini kapattı ve uzun bir süre suyun altında hiçbir şey yapmadan öylece durdu. Sonra banyodan çıkıp odasına geçti. Önce odanın ortasında bir süre bekledi. Aynada kendini fark etti. Sandalyeye oturup yüzüne baktı. Biraz daha yanaşıp aynaya gözlerinin içine odaklandı. "Yaşamalısın Yağmur." dedi. "Hayatta hiç kimse kendisi için yaşamıyor, sen de şu güzel insanlar için yaşamalısın. Belki eski Yağmur olamayacaksın ama şu güzel insanların yüzlerine eski Yağmur gibi bakabilmelisin. Belki yine gözyaşların karışacak bazı gecelere ama seni seven insanların yüzlerine gülebilmelisin. Mademki dünya bu kadar; mutluluk kursakta, hayaller içinde kalıyor, buna da alışabilmelisin." dedi.

Kendini yatağa bıraktı. Kafasında hep aynı soru vardı. Şimdi ne olacak? Toprak'la birlikte her anı planlanan bir hayat, bundan sonra nasıl yalnız yaşanacak? Nereden başlanacak? Ama artık plan yapmak da istemiyordu. Sonra annesinin sözü geldi aklına: "Zamana bırak yavrum, Mevla'm görelim neyler, neylerse güzel eyler." Gözlerini kapattı ve kuş seslerine bıraktı kendini.

Annesi odaya girdiğinde vakit akşam olmaktaydı. Uyuyan kızına baktı uzun uzun. Bir melek gibi uyuyordu âdeta. Uyandırmaya kıyamadı. Tekrar kapıyı sessizce kapatıp ayrıldı odadan.

Çalan telefonun sesiyle irkildi Yağmur. Gönülsüz ve yavaş hareketlerle telefona uzandı. Arayan Volkan'dı. Cevap vermek istemedi ve sessize alıp tekrar gözlerini kapattı. Ama dağılan uykusunu tekrar toparlayamadı. Saate baktı. Vakit akşama yaklaşmaktaydı. Yataktan kalkıp kurutmadan yattığı saçlarını topladı. Odasından ayrılıp mutfağa doğru yöneldi. Annesi yine mutfaktaydı ve yine akşam için bir şeyler hazırlıyordu. Masanın üzerinde yıkanmış duran yeşil fasulyeleri gördü.

"Anne bunları kırayım mı?" diye seslendi annesine.

Annesi kızının sesiyle bir an irkildi. Sonra memnuniyetini belli eden tatlı bir gülümsemeyle, "Tamam, meleğim, yanına da bulgur pilavı yapacağım. Bir de cacık yaptık mı, akşam yemeği hazır. Bu üçlemeyi baba kız çok seversiniz bilirim. Ben de bu arada söz verdiğim kahveyi yapayım." dedi.

Annesi hastayken, Yağmur nasıl davranıyorsa, annesi de Yağmur'a işte öyle davranıyordu. Her ikisi de bunun farkındaydı. İşte bu yüzden birbirlerine bu kadar çok tutkunlardı. İşte bu yüzden birbirlerinin yüzlerini ezbere biliyorlardı. Onların birbirine iyi geldiği gibi, deva olduğu gibi kimse onlara iyi gelmiyordu. Aralarında çok güçlü bir bağ vardı. Yağmur, babasının da kendisini çok sevdiğini bilirdi ama annesiyle iletişimi bambaşkaydı. Annesi olmasa bu kadar güçlü olamazdı, hayatı bu kadar kucaklayamaz ve düştüğü anlarda tekrar yeniden kalkamazdı. Varlığında annesinin sesi, yokluğunda ise duaları ona çok iyi geliyordu. Annesi kahveleri ve limonlu keki servis ederken masaya, Yağmur fasulyeleri kırma işini bitirmek üzereydi. Karşısına oturan annesine şöyle bir baktı. Annesi ne zaman kahve içmeyi ağırdan alsa, bilirdi ki bir şeyleri kendisine söylemek için fırsat kolluyor. Annesinin işini daha da fazla zorlaştırmamak için, "Seni dinliyorum anne." dedi.

Annesi kahvesinden bur yudum alıp, "Senden hiç mi bir şey saklayamayacağım ben?" diye gülümsedi ve devam etti, "Dün gece babanla konuştuk biraz kızım. Yaşadıkların kolay atlatılır şeyler değil biliyoruz ama hayat da bir şekilde devam ediyor yavrum. Hem daha çabuk toparlanabilmen hem kendini daha fazla dinlememen hem de bir şeylerle uğraşmanın sana daha iyi geleceği düşüncesiyle, artık avukatlık stajına başlasa diye düşündük. Ama yine de karar sana ait kızım. Sen ne kadar istersen dinlenebilirsin."

Yağmur yerinden doğrulup temizlediği fasulyeleri bir kez daha yıkadıktan sonra ellerini kuruladı ve sandalyesine tekrar oturdu.

"Bu şekilde devam etmeyi ben de düşünmüyorum anne. Bir yerlerden başlamam gerektiğini biliyorum. Ama bunu nasıl yapacağımı bilemiyorum. Toprak orada yatarken, sanki her yaşam isteğim ona ihanet gibi geliyor. İçimde büyük bir savaş veriyorum anne. Bu da bedenimi, ruhumu fazlasıyla yoruyor." dedi.

Annesi geriye doğru yaslanıp, "Biz de senden hemen mutlu olmanı, eğlenmeni, gülmeni beklemiyoruz kızım. Sadece hayata tutunmaya, adım atmaya çalış istiyoruz. Bak göreceksin, sana çok iyi gelecek bir şeylerle uğraşmak. Beni, hastayken o kötü ruh hâlinden uzaklaştıran şeyin okuduğum kitaplar olduğunu biliyorsun kızım. Onlar bana hastalığımı unutturdu. Doktorun söylediğini hatırlar mısın? Kitapların ilaçlar kadar etkili olduğunu ve bana iyi geldiğini düşündüğünü söylemişti. Senden istediğimiz de bu zaten. Senin ilacın da hayatın içinde saklı bebeğim." dedi.

Yağmur hafif bir tebessümle annesine, "Kitapların sana nasıl da iyi geldiğini biliyorum anne ama bunu bir de babama sor istersen. Sen de babamın şu sözünü hatırla: 'Kızım dikkat et, evde artık bir filozofla beraber yaşıyoruz. Ben eski eşimi istiyorum, yenisi çok fazla düşünüyor.'" dedi.

Anne kız kahvelerini içerken, annesi ara sıra Yağmur'un yüzüne bakıp kızının yüzünde eskiden gördüğü o gülümsemeyi ve gözlerindeki ışığı gördükçe mutlu oluyor ve kahvesini daha bir keyifle içiyordu. Sürekli "Çok şükür Allah'ım!" diye tekrar ediyordu…

# III. BÖLÜM

*Üç günlük dünya bu yahu.*
*Birini çektiklerine say, birini sevdiklerine ve birini de beklediklerine.*
*Çektiklerine "imtihan" de, sevdiklerine "şükür", beklediklerine de "ya nasip" de gitsin.*

Yağmur ağır adımlarla yürürken Balgat sokaklarında, bir yandan da elinde tuttuğu kartvizitten adresi kontrol ediyordu. Kısa bir yürüyüşten sonra, Avukat Hüsamettin Çetiner'in tabelasını gördü. Gösterişli binanın kapısında, büyük saksılara dikilmiş benjaminler karşıladı Yağmur'u. Etrafında parlayan gri granit fayansların sonunda asansöre ulaştı. Dördüncü kat düğmesine bastı. Bu arada aynada yüzüne baktı. Yaptığı hafif makyajı kontrol etti. Siyah kotun üstüne giydiği gökkuşağı desenli tişörtünü düzeltti. Kotun altında beyaz spor ayakkabılarına takıldı gözü. Bir iş görüşmesi için oldukça spor giyinmişti. Volkan'ın ve annesinin ısrarı olmasa zaten bir süre daha çalışmayı düşünmüyordu. Volkan, Hüsamettin Bey'in çok iyi bir insan olduğunu ve bir yerden başlayacaksa eğer buranın çok doğru bir yer olduğunu ısrarla belirtmişti. Hüsamettin Bey, babasının yakın arkadaşı olduğu için ve her hafta görüştükleri için kendisine bu yeri pek de uygun bulmamıştı Volkan. Anlayamadığı konularda ve dosya takibinde herhangi bir hatası olduğunda, Hüsamettin Bey durumu anında babasına yetiştirirdi. Katı ve oldukça kuralcı olan babası da, kendini bu konularda acımasızca eleştirir diye korkmuştu. Bu yüzden Yağmur için buranın daha uygun olduğunu düşünmüştü. Yağmur zili çaldı ve bekledi. Orta yaşlarda bir kadın ofisin kapısını açtı.

"Hüsamettin Bey'le görüşecektim." dedi Yağmur.

Kadın, Yağmur'u göz ucuyla süzdükten sonra, "Sizi bekliyor muydu?" diye sordu.

"Evet, bilgisi vardı geleceğimden." dedi.

"Kendisi duruşma için adliyede şu an ama gelmesi an meselesi. Siz buyurun lütfen." dedi kadın.

Yağmur içeriye buyur edildikten sonra kendisine gösterilen koltuğa oturdu. İlk etapta, beyaz ve siyah ağırlıklı mobilyalar ve pencere kenarında sıralanmış çiçekler dikkatini çekti. Sonra yerdeki el dokuması kilimi ve duvardaki kalın çerçeveli köy çeşmesi tablosunu inceledi. Sehpanın üzerinde duran seyahat dergilerinden birini aldı ve sayfalarına göz atmaya başladı. Dikkatini Rize'yi anlatan fotoğraflara verdiği sırada, "Beklerken bir şey içmek ister misiniz?" diye seslendi sekreter. Yağmur kafasını dergiden kaldırıp, "Çok bekleyeceksem eğer açık bir çay alabilirim." dedi.

Sekreter bir süre sonra beyaz fincanda getirdiği çayı, Yağmur'un yanındaki sehpaya bıraktı.

"Boşanma davası mı açacaksınız?" diye sordu. "Eğer öyleyse kesinlikle doğru yerdesiniz." diye ekledi ardından. Yağmur hafif bir tebessümle, "Hayır, evli değilim. Ben staj başvurusu için geldim." dedi. Sekreter, Yağmur'u tepeden tırnağa tekrar süzdükten sonra, "Hımm, anladım." diyerek şaşkınlığını belirtti.

Yağmur, sekreterin gözlerinde "Bu kıyafetle mi?" ifadesini gördükten sonra saatine baktı ve tekrar dergiye uzandı. Tam sayfaları çevirmeye başlayacakken dolaptaki duruşma dosyalarını düzenleyen sekreter, "Benim kızım da senin yaşlarında. Okumasını çok istedim ama olmadı. Liseden sonra evlendi. Şimdi bin pişman okumadığına ama artık iş işten geçti. Bir an sana bakınca onu gördüm karşımda sanki." dedi.

Yağmur derginin kapağını kapatıp sohbet etmek isteyen sekretere tekrar baktı. Kıyafetinden ve masasının düzeninden titiz ve disiplinli olduğu belliydi. Krem rengi gömleği, altına giydiği siyah eteği oldukça temiz ve güzel ütülenmişti. Boynuna taktığı fıstık yeşili fular ve aynı renkteki tokasıyla oldukça uyumluydu. Topuklu ayakkabıları bile ışıl ışıldı.

"Ankara'da mı yaşıyor?" diye sordu Yağmur.

Sekreter sohbetine karşılık bulmanın verdiği bir memnuniyetle, "Hayır, Balıkesir'de yaşıyorlar. Burhaniye'ye yakın, Ören diye turistik bir yer var. Orada eşi pansiyon işletiyor. O da eşine yardımcı oluyor." diye cevapladı soruyu.

"Peki siz evli misiniz?" diye konuyu daha da derinleştirmek istedi Yağmur.

Sekreter eline kalın bir dosya alıp masasına oturduktan sonra, "Yok, ben evli değilim. Kızım doğduktan iki ay sonra eşim beni terk etti." dedi.

Yağmur elindeki çayı bir kenara bırakıp, "Nasıl yani? Kızınızı ve sizi bırakıp öylece gitti mi?" diye sordu.

Sekreter dosyanın içindeki evrakları düzenli bir şekilde masaya koydu ve arkasına yaslanıp, "Evet, ben de bu soruya aylarca cevap aradım. Bir insan yeni doğmuş yavrusunu nasıl bırakıp gider? Nasıl bir sebep yavrusundan daha önce gelir? Ben nasıl bir insanla evlenmişim? Nasıl da körmüşüm. Nasıl da bu adamın böylesine acımasız bir insan olduğunu anlayamamışım diye aylarca sorguladım kendimi." dedi.

Yağmur meraklı bir ses tonuyla, "Peki aramadınız mı, sormadınız mı hiç?" diye sordu.

"Tabii ki aradım, yakınlarımıza sordum. Kimsenin haberi yoktu. Telefonuna ulaşılamıyordu. Önceleri başına kötü bir şey geldi sandım. Karakola gidip kayıp diye bilgi verdim. Gerçek, bir hafta sonra ortaya çıktı. Tanımadığım bir numaradan aradı beni bir gece vakti. Nerede olduğunu sormaya kalmadan, boşanma davası açacağını söyledi ve bana gelecek dilekçeyi imzalamamı istedi. Onu uğraştırmamam için beni tehdit etti. Ben, 'Allah belanı versin senin.' diyemeden de yüzüme kapattı telefonu. Sonrasında tekrar o numarayı aradım ama cevap alamadım. Bir süre sonra da hat sanırım kapatıldı." diye anlattı.

Yağmur duydukları karşısında biraz şaşkın, biraz da sorgulayıcı bir ifadeyle, "Peki ama neden? Ne sorununuz vardı ki bir insan bu şekilde davranır?" diye sordu.

Sekreter yüzündeki tebessümle, "Herkes aynı şeyi düşündü önce. Herkes benim bu gidişte bir payım ya da hatam olduğunu düşündü. Biz görücü usulü evlenmiş olsak da ben eşimi hep sevdim. Hep çok sevdim. Hanımlığımdan, kadınlığımdan ve sevgimden hiçbir şey eksilmedi. Kendisi boyacıydı. İnşaatlarda çalışırdı yevmiye karşılığı. Ama ben ne yokluktan şikâyet ettim ne de olmayacak şeyleri ondan talep ettim. Kızıma hamile kalana kadar da evlere temizliğe gittim, evin geçimine yardım ettim. Yüzümü hiç düşürmedim, onu her akşam güzel karşıladım. Her sabah ondan önce kalkıp kahvaltısını hazırladım, onu yolcu ettim. Yani benim güzel kızım, gençliğimi onun ayaklarının önüne serdim. O, bir başkası için beni çiğneyip geçti. Üstelik kendisinden on yaş büyük bir kadın için. Tabii bırakmadım olayın arkasını. Ailesi benim yanımda durmasa da bu olaydan sonra, küçük kız kardeşinden öğrendim bütün hikâyeyi. Evini boyadığı bir kadın çelmiş bizim adamın aklını. Bir ev ve bir araba karşılığında bizimkini başına herif etmiş. Kardeşinin söylediğine göre annesi çok uğraşmış vazgeçirmek için ama sonuçta o da bir anne, oğlunu affetmiş." diye anlattı tüm hikâyesini.

Yağmur hüzünlü bir ifadeyle ve oturduğu koltuğun ucuna biraz daha yanaşarak, "Peki ya boşanma süreci nasıl oldu? Hemen imzaladınız mı?" diye sordu.

Sekreter, Yağmur'un yanındaki boş fincanı alıp, "Dur sana bir çay daha doldurayım. Farkındayım ilk çay oturmamıştı. Bu arada benim adım Berna. Berna Abla diyebilirsin bana kızım. Hüsamettin Bey de bana Berni diye hitap eder. İlk zamanlar alışmakta zorlanmıştım. Bana her Berni dediğinde, içimden ona sövüp saymıştım ama artık onun sesinden seviyorum bu lakabı. Çünkü bir süre sonra onu ikinci baba gibi kabul ettim, sevdim." dedi.

Berna Hanım çay koymak için mutfağa gittiğinde, Yağmur bütün konuşmaları bir kez daha düşündü. Birçok soru sıralandı beyninde. Böyle bir dava kendisine gelmiş olsa acaba nasıl davranırdı. Sakinliğini mahkemede nasıl koruyabilirdi. Tekrar tekrar kendini sorguladı. Birçok örnek davayı incelemişti okulda ama bunları yaşayan birinden dinlemek onu bir hayli etkilemişti. Bu meslekte kim bilir daha neler neler göreceğini düşündü.

Berna Hanım çayı ikram ederken Yağmur'a, "Senin adın neydi kızım, kendi hayatımı anlatmaktan unuttum sormayı. Lütfen sen benim kusuruma bakma." dedi.

"Benim adım Yağmur." dedi. Berna Hanım, Yağmur'un yüzüne bir süre baktıktan sonra, "Umarım bahtında bir yağmur tanesi gibi tertemiz ve bereketli olur. Çok güzel ismin var maşallah." dedi.

Yağmur başını öne eğerek ve alçak bir ses tonuyla, "İnşallah." diyebildi sadece.

Berna Hanım masasına doğru ilerlerken Yağmur'un düşen yüzüne göz ucuyla tekrar baktı ve ellerini masada birleştirerek anlattı:

"Nasıl boşandığımı sormuştun bana. Hani birçoğu der ya, hayatımı yazsam roman olurdu diye. İşte benim hikâyem de hakikaten öyle. Dilekçe elime ulaştığında hemen açtım okudum. Şöyle yazıyordu boşanma sebebinde: Şiddetli geçimsizlik. Önce öfkeyle, şaşkınlıkla karışık bir kahkaha attım. Ulan dedim, bula bula bunu mu buldun boşanma sebebi olarak. Utanmadan, hiç sıkılmadan şunu buraya nasıl yazdırdın dedim. Sona kinlendim ona karşı. Ama tarif edilemez bir kin biriktirdim içimde. Dilekçeye bakıp, 'Sen görürsün şiddetli geçimsizliği!' diye haykırdım. Ona yemek hazırladığım, kahve pişirdiğim ellerime kızdım. Her akşam yemek hazırlayıp onu camlarda bekleyen gözlerime kızdım. Sırf o daha fazla çalışmasın, yorulmasın diye ertelediğim hayallerime, o inceliğime kızdım. Sonra kızıma baktım. Bu durumu büyüdüğünde ona nasıl açıklayacağım diye düşündüm bir an. 'Baban seni iki aylıkken bırakıp başka bir kadına gitti kızım. Seni babasız, beni de hayata karşı yarım ve savunmasız bıraktı,' demeyi nasıl başaracaktım? Ben bunları düşünürken ve kızımın yüzüne bakıp ağlarken, o anda bir şey oldu."

Yağmur, Berna Hanım'ın duraksaması ve gülümsemesi karşısında merakını açıklamak için heyecanlı bir ses tonuyla, "Ne oldu Berna Abla? Ne oldu?" diye sordu.

Berna Hanım, düğümlenen boğazını açmak ve biraz da göz pınarlarına toparlanan yaşlara hâkim olabilmek için bir yudum su içti ve titreyen sesiyle devam etti:

"Kızım gülümseyerek gözlerime baktı ve o küçücük parmaklarıyla işaret parmağımı tuttu ve var gücüyle sıktı. Oracıkta dondum kaldım. Elimden dilekçe kayıp gitti. Ve ben hayatımın hiçbir döneminde, o kadar huzurla dolduğumu ve dünyaya meydan okuduğumu daha hatırlamıyorum. Bir dakika önce eşim için intikam planları kurarken, onu mahkemelerde süründürmek isterken, bir dakika sonra 'Ondan gelecek hayır Allah'tan gelsin, kızımın boğazından o şerefsizin bir kuruşu bile geçmesin.' dedim. Ve o gün, kızımı hiç kimseye muhtaç etmeden, ona hem analık hem de babalık yaparak büyütmeye yemin ettim."

Yağmur duydukları karşısında çok duygulanmıştı. O anda, o koca yürekli kadına sarılmak gelmişti içinden. Soğumuş çayından bir yudum aldıktan sonra, "Eğer anlatmak sizi rahatsız etmeyecekse, devamını dinlemek isterim Berna Abla." dedi.

Berna Hanım çantasından cüzdanını aldı ve yerinden kalkıp Yağmur'un yanına oturdu. Cüzdanından bir resim çıkarıp Yağmur'a gösterdi ve anlatmaya devam etti: "Bak bu kızım Melek. Bu fotoğrafı hep yanımda sakladım. Burada henüz daha üç aylık. Ne zaman gücüm bitecek, yüzüm düşecek ve pes edecek olsam, çıkarıp bu fotoğrafa bakıyorum. Sonra kaldığım yerden hayata devam ediyorum. Çünkü bu gözler bana hep aynı şeyi söylüyor: 'Sakın pes etme anne!' diyor."

Yağmur, Berna Hanım'ın elinden fotoğrafı alıp uzun uzun baktı. Simsiyah iri gözleriyle gülümseyen ve gerçekten ismi gibi bir melek vardı fotoğrafta.

"Bahtı da şu gülen gözleri gibi açık olur inşallah." dedi. Berna Hanım, Yağmur'un elinden tutup, "Ben herkese öyle kolay ısınabilen bir insan değilim. Nedendir bilmiyorum ama seni sevdim. İnşallah senin de bahtın açık olur kızım." diye dua etti.

Yağmur elindeki fotoğrafı Berna Hanım'a uzattı, "Berna Abla çok soru soruyorum biliyorum ama ne olur merakımı bağışla. Sonra hayatında neler değişti? Bugünlere nasıl geldin? Nasıl ayakta kaldın?" diye sordu.

Berna Hanım kızının resmine bakarak, "Eğer hayatta tutunmak ve yaşamak için çok güzel bir nedenin varsa ve onun varlığı, onun bir gülümsemesi, mutlu olması yaşadığın tüm kötülükleri unutturuyorsa, ben yaşamamam gereken şeyler yaşadım ama o yaşamasın diyorsan, hayata bir yerinden tutunmak için ihtiyaç duyduğun güce de ulaşmışsındır işte o zaman." dedi.

Yağmur, "Peki ya imkânlar? Yani ihtiyaç duyduğun güç dışında, hayatını devam ettirmek için gerekli olanlar?" diye sordu.

Berna Hanım başını yukarıya doğru kaldırıp, "İnancın varsa kızım, imkânın da oluyor. Eğer yürekten inanıyorsan sen o yüce Mevla'ya, "Bittim." dediğin yerde sana yetişiyor. Hüsamettin Bey'le tanışmamız da Rabb'imin vesilesi işte. Ben Allah'a dua ettim. Rabb'im de benim karşıma, bu kocaman yürekli adamı çıkardı." dedi.

Bu arada Berna Hanım'ın telefonundan yükselen müzik sesi dikkatleri dağıttı. Berna Hanım hızlı bir şekilde yerinden kalkıp telefonu açtı. Kısa bir konuşmadan sonra tekrar yerine oturdu. "Arayan Hüsamettin Bey'di. İşlerinin biraz uzayacağını söylemek için aramış. Ama fazla geç kalmayacağını, en fazla bir saate kadar burada olacağını söyledi. Yani daha konuşacak ve bir kahve içebilecek vaktimiz var. Bu arada sormayı unuttum kızım, sen müsait misin? Gitmen gereken bir yer var mı? Benim çenem düşünce unutuyorum karşımdaki insanın işini gücünü." dedi.

Yağmur ayağa kalkıp, "Hikâyeni dinlemeden hiçbir yere gitmeyi düşünmüyorum abla. İznin olursa kahveleri de ben yapacağım. Sen sadece nasıl içersin onu söyle." diye gülümsedi.

Berna Hanım Yağmur'un bu kararlı duruşu karşısında, "Kızım da buraya geldiğinde bana kahve yaptırmaz. Zahmet olacak sana ama orta şekerli lütfen." diye ekledi. "Dur sana fincanların ve kahvenin yerini göstereyim." diye oturduğu yerden doğrulmak istedi.

Yağmur daha hızlı davranarak, "Abla sen hiç zahmet etme, hepsinin yerini ben bulabilirim." dedi.

"Tamam kızım, ben de sen kahveleri getirene kadar şu yarınki dava dosyasını hazırlayayım." dedi.

Yağmur mutfağa doğru yöneldi. Berna Hanım masasına oturup önünde duran evrakları inceleyerek dilekçeleri tek tek ayırmaya başladı.

"Aman kızım evleneceğin adamı iyi seç." diye seslendi Yağmur'a. "Eğitimli olması bile adam olmasına yetmiyor artık. Bak bu boşanma davasını açan kadın bir üniversitede araştırma görevlisi. Eşi olacak boyu devrilesi de, elektronik mühendisiymiş. Bir yıl evli kalmışlar ama kırk yıllık ömrünü yemiş kadının. Kocasından sürekli şiddet görmüş. Dilekçeden daha çok doktor raporu var dosyada. Bazen ben kadınlara da şaşıyorum. Evlenmeden önce, evlenecekleri erkeğin davranışlarından nasıl bir adam olduğunu hiç mi anlayamıyorsunuz? Hadi biz cahiliz, okumamışız, insan psikolojisini pek bilmeyiz. Peki ya siz? O kadar kitap okuyorsunuz, insanlarla iletişim kuruyorsunuz ve üstelik evlenmeden önce uzun zaman flört ediyorsunuz. Karşınızdaki insanın içindeki canavarı hiç mi fark etmiyorsunuz?" dedi.

Berna Hanım sorularına karşılık alamayınca seslendi:

"Yağmur kızım, duydun mu söylediklerimi?"

Yağmur elindeki tepsiyle kapıdan göründü, "Ablacım hepsini duydum ama kahveyi taşırmamak için dikkatimi ocağa yoğunlaştırmıştım." diye cevap verdi.

Bol köpüklü kahveyi Berna Hanım'ın masasına bıraktı. Kendisi de fincanını alıp yerine oturdu. Berna Hanım kahveyi önce kokladıktan sonra bir yudum içti. Hoşnut olmuş bir şekilde gülümseyip, "Ellerine sağlık kızım, tam istediğim gibi olmuş. Ama dur bekle, bunun yanına taze çekilmiş Afyon lokumu da koyalım. Hüsamettin Bey'in yeğeni Yiğit, geçen hafta Antalya'dan gelirken almış. Her gelişinde mutlaka benim için gül lokumu alır." dedi.

Berna Hanım, kutudan birkaç lokumu ağzına attıktan sonra, iki parça lokumu da Yağmur'un fincanının kenarına bıraktı. Masanın üzerinden aldığı peçeteyi Yağmur'a uzattıktan sonra, "Nerede kalmıştık kızım? Ne anlatıyordum ben?" diye sordu.

Yağmur ağzındaki lokumu yedikten sonra, "Hüsamettin Bey'le nasıl tanıştığında kalmıştık abla." dedi.

"Ha evet, doğru diyorsun, onu anlatacaktım sana. Ben ertesi gün dilekçeyi alıp düzenli olarak temizliğine gittiğim Sezen Hanım'ın kapısını çaldım. Kocasının adliyede müdür olarak çalıştığını duymuştum. Konuyu anlattım. O da kocasına anlatmış. İki gün sonra beni çağırdı Sezen Hanım. Elinde Hüsamettin Bey'in ismi ve telefonu olan kâğıdı verdi bana. Aradım ve randevu aldım bir gün sonrasına. O zaman bürosu Maltepe'deydi. Neyse verilen adrese gittim. Kapıyı çaldım. İçerden bir erkek kükremesi geliyordu âdeta. Ama nasıl bir ses anlatamam sana, bütün apartmanda yankılanıyordu. Kapıyı genç bir kız açtı. Suratından düşen bin parçaydı. Hani dokunsam ağlayacaktı. İçerdeki odadan gelen kükreme sesi devam ediyordu. Sürekli olarak, 'Bu kaçıncı dikkatsizlik, bu kaçıncı kaçırdığım duruşma!' diye bağırıyordu. Kız bir süre sonra çantasını ve ceketini alıp kapıyı da hızlıca çarpıp çekip gitti. Hüsamettin Bey'i ilk kez o zaman gördüm. Odasından çıktığında gözlerinden ateş fışkırıyordu, boncuk boncuk terlemişti. Nefes almakta zorlanıyordu âdeta. 'Nereye gitti?' diye sordu bana. Ben de 'Az önce kapıyı çarpıp çıktı.' dedim korkudan titreyen bir ses tonuyla. Kravatını gevşetti ve sekreterin masasına oturdu. Yüzü bembeyaz olmuştu. 'Su ister misiniz?' diye sordum. 'Lütfen.' diye karşılık verdi. Kalktım, mutfaktan bir bardak su getirdim. Odanın camını açtım ve masanın üzerindeki kolonyadan ikram ettim. Bir süre gözlerini kapatıp dinlendi. Ben hiç ses etmedim. Nefes alışverişlerini takip ettim. 'Ambulans çağırayım mı?' diye sordum. Gözleri kapalı bir hâlde, 'Hayır teşekkür ederim, birazdan geçer.' dedi. Bir süre sonra kravatını düzeltti, kolonyadan biraz daha alıp bileklerine sürdü. 'Kusura bakmayın lütfen hanımefendi. Sekreterimin dikkatsizliği yüzünden yine önemli bir duruşmayı kaçırdım. Gerginliğim bu sebepten. Böyle karşılamak istemezdim sizi.' dedi. Az önce kükreyen adam, bir anda naif bir adama dönüşmüştü. 'Önemli değil.' dedim. 'Siz iyi misiniz, kendinizi iyi hissediyor musunuz?' diye tekrar sordum. 'Ben alışkınım bu yoğun iş stresine ve bedenimin bu duruma verdiği tepkiye. Sormayı unuttum, lütfen kusura bakmayın. Size nasıl yardımcı olabilirim?' diye sordu. Ben de hikâyemi baştan sona anlattım. Dikkatlice dinledi beni. Yardımcı olacağını ve eğer istersem ciddi tazminatlar alabileceğimi söyledi. Ben de kendisine 'Hayır hiçbir şey istemiyorum. Tek istediğim o insandan hemen ayrılmak.' dedim. Tek celsede bu durumu halledebileceğini söyledi. Ve bürosundan ayrılırken 'Bir işe ihtiyacın var mı?' diye sordu. 'Evet, var.' dedim. Ama kızımın henüz çok küçük olduğunu, birkaç ay sonra annemin yanıma geleceğini ve kızımı ona teslim ettikten sonra bir işte çalışabileceğimi söyledim. 'Tamam, o zaman önce şu duruşmanı halledelim, sonra bunu tekrar konuşuruz.' dedi. Avukatlık ücreti için ne kadar ödemem gerektiğini sordum. Yüzüme gülümseyerek baktı ve 'Bunu bu ofiste çalışmaya başladığın zaman aylığından düşerim.' dedi. Ben işe başlayana kadar, her ay düzenli olarak maddi manevi babalık yaptı bana. Ona olan borcumu da, ne maaşımdan kesti ne de yaptığı yardımları benden geri talep etti. Çok iyi bir ekip olduk onunla. Ben işimi ve onun insanlığını çok sevdim, o da maddi manevi hep yanımda oldu. Kızımın bütün eğitim masraflarını üstlendi. Kızım onu dedesi gibi sevdi, kabul etti. Dediğim gibi, onu bana Allah gönderdi."

Yağmur derin bir nefes alıp, "Böylesi bir zamanda, böyle güzel bir insanla karşılaşmanızın başka nasıl bir açıklaması olabilir ki?" diye onayladı.

Berna Hanım camları açmak ve odayı havalandırmak için yerinden kalktığında, "Hadi sen de bahset biraz kendinden. Nerede yaşıyorsun? Kaç kardeşsiniz? Gelecek için planların neler? Erkek arkadaşın var mı?" diye sordu.

Yağmur bu soru karşısında önce duraksadı sonra başını önüne eğdi, "Ailemle Keçiören'de yaşıyorum." diye söze başladığı anda çalan kapı ziliyle sustu.

Berna Hanım hızlı adımlarla yürüyüp kapıyı açtı. Uzun boylu, göbekli, seyrek beyaz saçları ve dikkat çeken yeşil gözleri olan yaşlı bir adam odaya girdi. Tok bir ses tonuyla, "Artık emekli olup bir dağ evine yerleşmenin zamanı geldi sanırım Berna Hanım. Artık bünyem kaldırmıyor bu tozlu adliye koridorlarını ve mahkeme salonlarını." dedi.

Berna Hanım, Hüsamettin Bey'in elindeki çantasını aldı.

"Ben şimdi size bir yorgunluk kahvesi yaparım, hiçbir şeyiniz kalmaz." diye gülümsedi.

Hüsamettin Bey, Yağmur'a bakıp, "Berni, hanımefendi senin misafirin mi, yoksa benimle mi görüşmek ister?" diye seslendi mutfağa doğru.

Berna Hanım mutfaktan salona gelip, "Sizi bekliyor Hüsamettin Bey." diye cevap verdi.

Hüsamettin Bey eliyle odasını gösterip, "Buyurun, odamda görüşelim." dedi.

Yağmur odaya doğru ilerlerken Hüsamettin Bey, Berna Hanım'a dönüp, "Kızımıza da bir kahve yap Berni. Bu kahve de, bekletmemizin ardından özrümüz olsun." dedi.

Yağmur, "Biz sizi beklerken Berna Abla'yla içtik, çok teşekkür ederim. Ben bir şey almamayım." dedi.

Hüsamettin Bey, Berna Hanım'a doğru gülümseyip, "Müvekkillerim benimle konuştuklarından daha çok onunla konuşurlar. Benim odamda oturduklarından daha çok onun odasında otururlar. Duruşmalara benim yerime katılsa, kaybettiğim bütün davaları da kazanırdı, bundan da şüphem yok. Eksik olmasın, bu sayede gözüm hiç arkada kalmadı yirmi beş yıldır." dedi.

Berna Hanım mutlu bir ifadeyle, "Ankara'nın en çok duruşma kazanan ve en çok tercih edilen avukatı olduğunuzu da ekleyin lütfen Hüsamettin Bey." dedi.

Yağmur, Hüsamettin Bey'in odasına girdiğinde dikkatini ilk olarak duvarlardaki resimler çekti. Resimlerden Hüsamettin Bey'in gezmeyi ve doğayı çok sevdiği fazlasıyla belli oluyordu. Diğer yanda ise, ailesinin olduğunu düşündüğü resimleri inceledi göz ucuyla. Katılım, teşekkür ve sertifika belgeleri ise diğer yandaydı. Masanın sağında birçok antika eşya vardı. En arkada ise, siyah bir kum saati duruyordu. Kütüphanesinde dizili kalın hukuk kitapları boylarına göre sıralanmıştı. Kütüphanenin üstünde ise, adaleti temsil eden terazili bir kadın figürü vardı.

Hüsamettin Bey çantasından telefonunu ve birkaç evrakı çıkardıktan sonra, "Evet, hazırım sizi dinlemeye. Nasıl yardımcı olabilirim?" diye sordu.

Yağmur koltuğun ucuna ilişmiş ve heyecanlı bir ses tonuyla, "Ben staj başvurusu için gelmiştim. Volkan Bey size bilgi verdiğini söylemişti bana." dedi.

Hüsamettin Bey, Yağmur'a uzunca bir süre baktıktan ve arkasına yaslandıktan sonra, "Hımm, evet hatırladım. Sen bizim Volkan'ın üniversite arkadaşıydın değil mi?" diye sordu.

"Evet, üniversiteyi beraber okuduk."

Hüsamettin Bey elindeki dosyayı incelemeye başladı. "Adın neydi senin?"

"Adım Yağmur."

Hüsamettin Bey evraklar üzerinde bir şeyler karaladıktan sonra, "Yarın gel başla Yağmur." dedi.

Yağmur görüşmenin bu kadar kısa süreceğini tahmin edememenin şaşkınlığıyla, "Teşekkür ederim, yarın sabah görüşmek üzere." deyip odadan ayrılırken Hüsamettin Bey'in tok sesi yükseldi arkadan, "Yarın biraz daha ofise yakışır bir şeyler giyersen mutlu olurum." dedi.

Yağmur mahcup bir ses tonuyla, "Peki Hüsamettin Bey." dedi ve odadan ayrıldı.

O sırada mutfakta elinden kahveyle çıkan Berna Hanım, Yağmur'u görünce, "Nasıl geçti görüşmeniz?" diye sordu.

"Yarın sabah başlıyorum Berna Abla. Ama bana hiç soru sormadı neredeyse. Biraz bunun şaşkınlığı var üzerimde." dedi Yağmur.

Berna Hanım tebessümle, "Hüsamettin Bey konuşarak değil, hissederek tanır insanları. Yıllarca avukatlık yapmış olmanın nimetleri bunlar sanırım. Uzun sohbetler yerine, birlikte mesai yaparak seçer çalışma arkadaşlarını. Ve biliyor musun, ben adım gibi emindim seninle çalışmak isteyeceğinden. Hüsamettin Bey'le hislerimiz genelde tutar." dedi.

Yağmur, Berna Hanım'ın yüzüne sıcak bir şekilde gülümseyerek, "Abla çok teşekkür ederim her şey için. Ben geç kalmayayım eve. Annem merak etmiştir. Yarın kaç gibi burada olmam gerek?"

Berna Hanım, "Ben saat dokuz gibi açıyorum ofisi. Hüsamettin Bey de düzenli olarak on gibi geliyor. Duruşması varsa daha erken gelir. Yarın sabah duruşma yok. Sen dokuz buçuk gibi burada olursan yeterli olur." dedi.

Yağmur kapının önüne doğru ilerleyip, "Tamam abla, o zaman yarın görüşürüz. Yarın sabah kahveleri yine benden." diyerek ve gülümseyerek ayrıldı ofisten.

Dışarıya çıktığında bir mutluluk hissetmesi gerekirken, bir anda hüzünle doldu içi. Birkaç adım attıktan sonra durdu. Ofiste durduğu süre boyunca Toprak'ın hiç aklına gelmemesi içinde derin bir suçluluk hissi yaratmıştı. Kafasını ve ellerini gökyüzüne doğru kaldırdı. Eylül ayının siyahı beyaza karışan bulutlarıyla bezenmişti gökyüzü. Sonra gözlerini kapadı ve içinden "Allah'ım yeni başlangıçlarımda, içime dolan şu hüzünlerimde ve yaşama tutunma gayretlerimde sen bana yardım et. Her gülen yüzüm sonrası acı hisseden yüreğime, her yaşama isteğim sonrası yorgun düşen bedenime ve dayanma gücüme sabırlar ver. Beni seven insanların mutluluğu buna bağlıysa eğer, her direnişim, her sabredişim ve her gülümseyişim feda olsun onlara. Bana yazdığın kader buysa eğer ve buysa benim imtihanım seve seve çekmeye hazırım." diye dua etti, Hüsamettin Bey'in pencereden ona baktığını fark etmeden.

# IV. BÖLÜM

***Ben suskun değilim, sevdiklerim bana sağır.***

O gün yine Ankara Adliyesi koridorları hınca hınç doluydu. Sabahın dokuzunda bu kadar insan birbirleriyle ve avukatlarıyla sürekli iletişim hâlindeydiler, bir de mübaşirlerden yükselen sesler vardı tabii. Bazen yüksek sesli tartışmalar duyuluyor, sonra görevlilerin uyarılarıyla başladığı gibi bir anda bitiyordu. Herkesin yüzünde, duruşma öncesi bir gerginlik ifadesi vardı. Davalı tarafların birbirine kaçamak bakışları dikkatten kaçmıyordu. Koridorlar, davalı ve davacılardan daha çok, onların yakınlarıyla doluydu. Yorucu ve yoğun bir güne hazırlanıyordu mahkeme salonları.

Yağmur oturduğu bankta elindeki dava dosyasını incelerken, kafasını kaldırıp kalabalığa doğru baktı. Yaklaşık bir aydır, günün birçok saatini bu tozlu ve karanlık koridorlarda geçiriyordu. Hüsamettin Bey'den önce geliyor ve ön hazırlıkları yapıyordu. Duruşma salonlarına Hüsamettin Bey ile giriyor ve ondan mesleğin ipuçları hakkında bilgiler alıyordu. Bu bilgiler daha çok gözleme dayalı bilgilerdi. Davacı ve davalılarla nasıl iletişim kurduğunu, mahkeme kalemlerinde dosyaların nasıl incelendiğini, hâkimlerle yapılan görüşmelerde nasıl davranıldığını, şahitlerin neye göre belirlenip nasıl konuşulması gerektiğini öğreniyordu. Bir aydır öğrendiği kesin ve net bir bilgi vardı ki, o da Hüsamettin Bey'in gerçekten çok iyi bir boşanma avukatı olduğu. Her davayı kabul etmiyordu. Açacağı davayı ya da savunacağı davanın bütün ayrıntılarını bilmek istiyordu. Saklanan bir konu olduğunu hissettiğinde ise davayı asla kabul etmiyordu. Mahkeme salonunda duruşuyla, ses tonuyla ve derin tecrübesiyle karşı avukatları bile kendine hayran bırakıyordu. Adliyede tanımadığı hâkim ve personel yoktu neredeyse. Adliyede çalışan çaycılar bile ona saygı duyuyordu. Hüsamettin Bey'in adliyede karşılaştığı bütün avukat arkadaşları kendisine hep aynı şeyi söylüyordu, "Bu mesleği öğrenmek için en doğru insanı bulmuşsun." Yağmur bu konuda kendini her ne kadar şanslı hissetse de, yine de ne beyni ne de yüreği bu durumu coşkuyla karşılayabiliyordu. Çoğu zaman bir inatla hayata tutunmaya çalışıyordu. Yüzünün güldüğü çoğu zaman aynı anda içinde tarifsiz bir acı hissediyordu. Zamanla azalması gereken o hüzün, sanki hiç eksilmiyordu içinden. Toprak'ın yaşamadığı bir dünyada, kendini fena hâlde yalnız hissediyordu.

Dikkatini tekrar dava dosyasına verdi Yağmur. Dava dilekçesine tekrar göz attı. Üç yıllık bir flört döneminden sonra evlenen bir çiftin boşanma davasına gireceklerdi biraz sonra. Aşk ile başlayan bir ilişkinin ardından gelen evliliğin, altı ay sonunda nasıl boşanma sürecine dönüştüğünü okudu. Dilekçede davacı bir kadının, eşine ve eşinin annesine yöneltmiş olduğu birçok suçlama vardı. Anne sözünden çıkmayan bir koca ve çiftin hayatına sürekli karışan, müdahale eden bir kaynana vardı. Ağır hakaretler, kocanın kendisine uyguladığı sözlü ve fiziksel şiddet ve sonunda anne evine dönüş. Sonuçta egosunu tatmin etmiş mutlu bir kaynana ve mutsuz bir çift. Çekişmeli bir boşanma süreci ve ömürden kaybolan yıllar. Hüsamettin Bey bu dava için hatırı sayılır bir tazminat ve boşanma talebinde bulunmuştu. Karşı taraf her ne kadar boşanmayı kabul etse de, tazminat konusunun oldukça uzun süreceğini söylemişti. Sonra dikkati Hüsamettin Bey'in sesiyle dağıldı:

"Günaydın küçük hanım. Hazır mıyız bugünkü yoğun tempoya?"

Yağmur yerinden doğrulup, "Size de günaydın Hüsamettin Bey. Hazır olduğumu düşünüyorum. Dava dosyasına biraz göz gezdirdim." dedi.

Hüsamettin Bey çantasını bankın üzerine koyup içinden cübbesini çıkardı ve giydi. Dört ayrı avukat cübbesi vardı Hüsamettin Bey'in. Bir gün giydiğini, diğer gün asla giymezdi. Berna Hanım her akşam o gün giydiği cübbeyi yıkar ve diğer günler için ütüleyip hazır tutardı. Duruşma günleri sürekli olarak siyah takım elbise ve beyaz gömlek giyer, sadece kravatlarının ve mendillerinin rengi değişik olurdu. Berna Hanım'ın söylediğine göre, onlarca siyah takım elbisesi vardı Hüsamettin Bey'in. Sanırım bu da Hüsamettin Bey'in takıntısıydı. Kullandığı parfümü de hiç değiştirmezdi. Hangi koridordan geçtiği bu parfüm sayesinde anlaşılırdı. Diğer avukatlar, "Hüsamettin Bey az önce buradaymış." diye bu konunun esprilerini yaparlardı. Cübbesini giydikten sonra, Yağmur'dan elindeki dava dosyasını istedi, "Bu ilk duruşma. Ve şu bir aylık süre içerisinde anlamış olmalısın ki, ilk duruşmalar genelde çabuk biter. Bugün bir boşanma kararı çıkmaz. Zaten tazminat davası için oldukça uzun bir süreç bekliyor olacak bizi." diye bilgi verdi.

Hüsamettin Bey dava dosyasındaki belgelere göz atarken, "Bugün çok şıksınız küçük hanım." dedi.

Yağmur hiç beklemediği bu iltifat karşısında, biraz şaşkınlık biraz da utangaçlıkla, "Çok teşekkür ederim. Bu meslekte güzel giyinmenin ne kadar etkili olduğunu sizden öğrenmeye çalışıyorum." diye karşı iltifatta bulundu.

Hüsamettin Bey gözlerini dosyadan kaldırıp Yağmur'a baktı, "Hepimiz birbirimizden bir şeyler öğreniyoruz." dedi.

Yağmur, Hüsamettin Bey'in tam olarak ne demek istediğini anlamamakla beraber, kafasını sallayarak söyleneni onayladı. Hüsamettin Bey saatini kontrol ettikten sonra banka oturdu ve eliyle Yağmur'un da oturmasını istedi.

"Bugün tek duruşmamız var. Yani saat on bir gibi burada işimiz biter. Sonrasında izinlisin. Şu bir aydır yoğun çalıştın küçük hanım. Git biraz alışveriş yap, ailenle vakit geçir ya da ne bileyim gez toz işte." dedi.

Yağmur bu teklifi fazla düşünmeden, "Büroda yapacağım çok iş var Hüsamettin Bey. Bana verdiğiniz dava dilekçelerini yazmayı henüz tamamlamadım. Niyetim buradan çıkıp büroya gitmek. Önce Berna Hanım'la bir kahve içmek ve sonra işlerimi tamamlamak istiyorum." diye geri çevirdi.

Hüsamettin Bey hafifçe tebessüm ederek, "Seni de kendime benzetmekten korkuyorum. Ben hayatımı işe verip birçok şeyi kaçırdım. Sana tavsiyem bunu sakın yapma. Bu yaşlar bir daha insanın eline geçmiyor küçük hanım." dedi.

Yağmur, "Ben hâlimden memnunum. Dışarıda kaçıracağımı düşündüğüm bana göre bir hayat da yok." diye karşılık verdi.

Hüsamettin Bey verilen bu cevap karşısında önce sessiz kaldı, sonra, "Her zaman yaşamak için bir neden vardır küçük hanım. Bugün bulamıyor olabilirsin ama bu yarın karşına çıkmayacağı anlamına gelmez. Mesela bak şu koridordaki insanlara. Kimi yılların avukatı, kimi davalı, kimi davacı, kimi anne, kimi baba, kimi çaycı, kimi müdür, kâtip ya da hâkim. Ama hepsinin hayattaki konumlarının dışında ortak bir noktası var. Hepsi bir şeye tutunmaya çalışıyorlar. Hepsini buraya getiren bir sebep var. Kimi inatçı olduğu için, kaybetti demesinler diye tutunuyor hayata, kimi kariyeri için koşturuyor, kimi evlatları için, evlatlar sevdikleri için, kimi de yaşamak için hayata tutunuyor." dedi.

Yağmur sözün arasına girip, "Peki ya siz? Siz hangi sebeple hayata tutunuyorsunuz Hüsamettin Bey?" diye sordu.

Hüsamettin Bey bir an için duraksadı. Sonra Yağmur'un gözlerinin derinliklerine bakarak, "Benim sebebimi, belki yıllar sonra hayatta olursak eğer sana anlatırım küçük hanım. Ama şunu bil ki, şu koridorda bulunan herkes ama herkes mutlaka bir şeylerin bedelini ödüyor. Bazen seçimlerinin, bazen vazgeçtiklerinin. Buna ben de dâhilim, buna sen de dâhilsin küçük hanım." dedi.

Hüsamettin Bey'in verdiği cevap Yağmur'u fazlasıyla etkiledi. Kendi bedelini mi düşünse, yoksa Hüsamettin Bey'in nedenlerimi sorgulasa tam olarak bilemedi. Hüsamettin Bey tekrar saatine bakarak, "Hadi şimdi duruşma vakti. Bu hâkim biraz titizdir. Mübaşirin davetinden sonra tarafları hemen karşısında ister. Bu arada giderken unutma, öğle yemeği için Balgat'tan mantı alacağız. Berna Hanım ne zamandır söyleyip duruyor." dedi.

Yağmur, Hüsamettin Bey'den önce ayaklanıp, "Tamam, unutturmam Hüsamettin Bey." dedi.

* * *

Yağmur ve Hüsamettin Bey, içi mantı dolu poşetlerle ofisin kapısını açtıklarında, Berna Hanım, Volkan'ın kahve falına bakıyordu. Hüsamettin Bey Volkan'a doğru ilerleyip, "Evlat, avukat Haldun Bey kızmıyor mu sana? Mesainin çoğunu burada geçiriyorsun. Bari stajını burada tamamlasaydın da, bir orada bir burada koşuşturmak zorunda kalmasaydın." dedi.

Hüsamettin Bey'in bu sözü karşısında derin bir sessizlik oldu. Ne Volkan ne Yağmur, ne de Berna Hanım bu konuşmanın ne kadarının ciddi ne kadarının şaka olduğunu anlayabildi. Sonra Hüsamettin Bey elindeki poşetleri Volkan'a doğru uzatıp, "İyi bir avukat olmanın sırrı nedir biliyor musun küçük bey? Tabii ki karşındaki insanın söylediği sözün gerçeği yansıtıp yansıtmadığını hissedebilmek. Sebep sonuç ilişkilerini doğru kurabilmek. Yani küçük bey, benim şu an yaptığım şakadan sonra kahkahalarla gülebilmek." deyip bastı kahkahayı.

Berna Hanım ve Hüsamettin Bey kahkahalar atarken, Yağmur durumu hafif bir tebessümle geçiştirdi. Volkan ise göstermelik bir gülücükle durumu kurtarmaya çalıştı. Hüsamettin Bey'in elinden poşetleri alıp mutfağa giderken, Hüsamettin Bey de odasına doğru yöneldi. Yağmur, Berna Hanım'a, "Abla mantı aldık. Hüsamettin Bey senin ne zamandır istediğini söyledi. Hüsamettin Bey sanırım fena aç şu an. Sen onun yemeğini hazırla, ben de odama geçip şu dava dilekçelerini yazmaya başlayayım." dedi.

Berna Hanım mutfağa ilerlerken, Volkan da biraz kendini toparlamış hâlde mutfaktan çıktı ve Yağmur'la birlikte odaya geçti. Koltuğa oturduktan ve ayaklarını sehpaya uzattıktan sonra, "Nasıl geçti günün? Duruşma nasıldı?" diye sordu.

Yağmur odayı havalandırmak için camı açtıktan sonra yerine oturdu. "Taraflar boşanma davalarına itiraz etmediler ama hâkim karar duruşması için aralık ayına gün verdi. Tazminat konusu başka bir duruşmada görülecek sanırım. Ayrıca gerçekten Hüsamettin Bey'in söylediği kadar titiz bir hâkime denk geldik. Gözlüğünün altından herkesi tek tek inceliyordu resmen. Bir ara beni incelerken göz göze geldik. Gözlerimi kaçırmaktan başka bir yol bulamadım." dedi.

Volkan elinde tuttuğu kalemi çevirerek, "Sana yardıma geldim. Dün konuştuğumuz dava dilekçesini beraber yazabiliriz. Benim bugün duruşmam yok. Haldun Bey de şehir dışında. Yani akşama kadar buradayım." dedi.

Yağmur bilgisayarını açarken, "Falında ne çıktı? Neler söyledi Berna Hanım?" diye sordu.

Volkan gülümseyerek, "Berna Hanım'ın fallarını bilirsin işte. Bir sürü şekiller gösterdi bana. Vay efendim bir kız varmış da, o kız aslında beni çok seviyormuş da, bunu belli etmiyormuş da, onun açılması için yardımcı olmam gerekiyormuş da, sonrasında buralardan gidecekmiş de, bana da yol görünüyormuş da... Yani senin anlayacağın hep aynı hikâye. Ben hayatımda kimse yok derken, o ısrarla var diyor. Hâlbuki kaç kez söyledim ona, benim liseden sonra hiç kız arkadaşım olmadı. O kızın da bir kez elini ya tuttum ya tutmadım." diye anlattı.

Yağmur göz ucuyla Volkan'a doğru bakıp, "Tuttun mu, tutmadın mı karar ver." diyerek gülümsedi.

Volkan aynı gülümsemeyle karşılık vererek, "Tuttum ama o an annesi bizi gördüğü için tam olarak bir şey anlamadım. Zaten sonrasında da böyle bir şanssızlıkla başlayan hikâyem başlamadan bitti." dedi.

Yağmur aynı zamanda bilgisayarında bir şeyler yazarken tekrar Volkan'a bakıp, "Bitmesin diye ne kadar uğraştığımı ben bilirim. Üniversitede ne kadar kız arkadaşım varsa hepsiyle tanıştırdım seni. Hepsini anladım da Aysu'nun neyini beğenmedin, işte onu hâlâ anlamış değilim. Kız için sınıftaki erkekler birbirine girerken, senin sadece bir evet demene bakıyordu iş." dedi.

Volkan ayaklarını sehpadan indirip ayağa kalktı. Camın önüne doğru yürüyüp gökyüzüne baktı. "Ben dupduru bir gökyüzünü sevmem. Yani baktığımda sadece mavilik istemem gökyüzünde. Bulutları da arar gözlerim. Rengi önemli değil ama mutlaka bir başka renk süsleyecek baktığım şeyi. Mesela gece bulutlu gökyüzünü de sevmem. Yıldızları ararım, Ayı ararım. Siyahı beyazla severim, suyu yeşil ağaçlarla, yolu virajlarla, toprağı da yağmurla severim." dedi.

Bu son cümleden sonra Yağmur aniden irkildi ve yerinden kalktı. Volkan bilmeden ve istemeden söylediği o son cümle karşısında kıpkırmızı kesildi. Yağmur'un yanına gelip, "Çok özür dilerim Yağmur, inan isteyerek kurmadım bu cümleyi. Çok özür dilerim. Niyetim seni incitmek değildi inan." dedi.

Yağmur tekrar yerine oturup başını ellerinin arasına aldı, "Beni biraz yalnız bırak Volkan." dedi.

Volkan, Yağmur'a doğru bir adım daha attığında Yağmur, "Lütfennn!" diye ısrar etti.

Volkan ağır hareketlerle ve Yağmur'a bakarak, "Tekrar özür dilerim. Eşeklik ettim beni bağışla lütfen." diyerek odadan ayrıldı.

Berna Hanım hızlı bir şekilde odadan ayrılan Volkan'ı görünce, "Volkan gidiyor musun? Masaya senin için de bir tabak koymuştum. Hem yarım kalmıştı falımız." diye seslendi.

Volkan, Berna Hanım'la göz göze gelmeden, "Acil bir işim çıktı, ofise geçmem gerek Berna Abla." diyerek ofisten ayrıldı.

Katta asansörü beklerken sürekli olarak kendisine "Eşeksin oğlum, şu söylenecek söz müydü şimdi?" diyerek kızdı. Asansörün kapısı açıldığında, karşısında Yiğit'i gördü. Yiğit, Volkan'ı görmüş olmanın memnuniyetiyle elini uzatıp, "Selam Volkan, nasılsın dostum?" dedi.

Volkan, Yiğit'in uzattığı eli hızlı bir şekilde sıkıp bıraktı ve Yiğit'in indiği asansöre binerken yüzünde istemsiz bir ifadeyle, "İyiyim, sağ ol." diyerek konuşmayı başlamadan bitirdi ve zemin kat düğmesine bastı.

Yiğit kapanan kapının arkasında, yüzünde anlamsız bir ifadeyle bir süre durdu ve sonra ofisin ziline bastı. Kapıyı açan Berna Hanım, karşısında Yiğit'i hem mutlu hem de şaşkın bir ifadeyle karşılayarak, "Kimler gelmiş, kimler!" diyerek sarıldı delikanlıya. Sarılırken, "Daha üç hafta beklemiyorduk seni Ankara'ya. Hangi rüzgâr attı seni buralara?" dedi.

Yiğit elindeki poşeti Berna Hanım'a uzatıp, "Hem hoş geldim hem de boş gelmedim ablam. Belki bitmiştir diye sana gül lokumlarından aldım." dedi gülerek. Salonda Yiğit'in sesini duyan Hüsamettin Bey odasından çıkıp, "Vay aslanım benim!" diyerek sarıldı Yiğit'e. Yiğit sırt çantasını çıkarıp koltuğa oturduktan sonra, "Bakanlığa uğramam gerekiyordu. Yeni inşaat için gerekli belgeleri teslim ettim. Sonra da işim bitince size de bir sürpriz yapmak istedim." dedi.

Hüsamettin Bey, Berna Hanım'a dönerek, "Berni, hadi bize birer yorgunluk kahvesi yap, Yağmur'a da sor bakalım o da içer belki." dedi.

Berna Hanım elindeki poşeti masaya bırakıp, "Daha yemeğini yemedi ki Yağmur. Ama yine de bir sorayım kendisine." dedi.

Hüsamettin Bey, "Az önce giden Volkan mıydı?" diye sordu Berna Hanım'a.

"Evet, kalır diye bekliyordum, yemeğe de kalmadı. Acil işim çıktı dedi ve gitti."

Yiğit, "Evet, asansörde karşılaştık Volkan'la. Selam verdim ama pek konuşası yoktu. Bir şeye canı sıkkın gibiydi sanki." dedi.

Hüsamettin Bey koltuğa oturup, "Benim yaptığım şakaya bozulmuş olmalı. Zaten bu aralar bir şeye canı sıkkın gibi. Babasıyla konuştum geçen gün. Evde de eski hâli yokmuş. Odasına kapanıp kimseyle fazla iletişim kurmuyormuş. Annesine de tavırları pek hoş değilmiş son zamanlarda. Bir derdi var bu çocuğun, belli. Ben de biraz fazla üstüne gitmiş olabilirim bugün. Zamansız bir espri oldu sanırım. Neyse gençliğin gel-git hâlleri işte." dedi.

Hüsamettin Bey, Yiğit'in sırtını sıvazlayıp, "Anlat bakalım delikanlı, nedir bu yeni iş? Geçen geldiğinde hiç bahsetmedin bana." dedi.

Yiğit amcasına doğru dönüp, "Benim oturduğum yere yakın bir boş arazi vardı amca. Ne zamandır uğraşıyordum o araziyi almak için. Belki bahsetmişimdir sana, hani şu çok mirasçısı olan ve birçok müteahhidin almak için uğraştığı arazi. Sonunda razı ettim mirasçıları ve biraz da daire üstüne para önerdim. Onlar da kabul ettiler. Sıcağı sıcağına gerekli izinler ve belgeler için atladım geldim bakanlığa." diye anlattı.

Hüsamettin Bey kendisinden emin bir şekilde, "Benim yeğenimden daha iyisini mi bulacaklardı? Tabii ki sana vereceklerdi. Gurur duydum evlat." dedi.

Berna Hanım'ın mutfaktan sesi duyuldu o anda, "Yağmur, kızım yemeğin hazır. Hadi, soğumadan ye. Mantı soğuyunca bir şeye benzemiyor."

Yiğit amcasına dönerek, "Yağmur bana bahsettiğin kız mı amca?" diye sordu.

Hüsamettin Bey, eliyle sus işareti yaparak kısık bir sesle, "Yavaş konuş evlat, seni duyacak ve bir çuval inciri hiç edeceksin şimdi." dedi.

Yağmur odasından çıktığında, Yiğit gördüğü güzellik karşısında eli ayağına dolaşmış bir şekilde ve gözlerini Yağmur'dan alamayarak, "Hayırlı olsun Yağmur Hanım." diyebildi sadece.

Yağmur Hüsamettin Bey'e bakarak, "Teşekkür ederim." dedi.

Hüsamettin Bey ayağa kalkıp, "Bu benim yeğenim Yiğit, küçük hanım. İnşaat mühendisi kendisi. Antalya'nın parlayan yıldızı." dedi.

Yiğit mahcup bir şekilde amcasına bakarak, "Akıl hocam sağ olsun." dedi.

Yağmur, Yiğit'in dikkatli ve sürekli kendisine bakan gözlerinden rahatsız olup kibarca, "Tanıştığımıza memnun oldum Yiğit Bey. Müsaadenizle benim yemeğe geçmem gerek." dedi.

Yiğit, Yağmur'un bakışlarından, rahatsız olduğunu anlayarak gözlerini kaçırdı. "Tabii ki, size afiyetler olsun." dedi.

Yağmur mutfağa girince, Hüsamettin Bey Yiğit'e dönerek alçak bir ses tonuyla, "Daha vakti var toparlanması için. Yaşadığı travma korkunç. Volkan bana bu kızın yaşadıklarını anlattığında, ben karşımda daha tükenmiş birini bekliyordum. Ama düşündüğümden daha güçlü bir kız. En az senin kadar güçlü. Nasıl, beğendin mi Yağmur'u?" diye sordu.

Yiğit üzerindeki şaşkınlığı atamamış bir hâlde, "Amca beni çok iyi tanıyorsun. Ne istemediğimi bildiğin kadar, ne istediğimi de gerçekten çok iyi biliyormuşsun. Gerçekten uğruna savaşılacak bir kız. Kişiliği konusunda senin görüşlerine çok güveniyorum. Sen bana evlilik konusunda yıllardır hiç kimseyi önermedin. Geçen hafta konuyu bana ilk açtığında, amcam diyorsa ve öneriyorsa eğer, tanımam da fayda var diye düşündüm ve kalkıp geldim. Üstelik iş için zaten gelecektim, isabet oldu." dedi.

Hüsamettin Bey duyduklarından memnun bir şekilde, "Gerisi sana kalmış evlat. Ama şunu söyleyeyim sana, işin gerçekten zor. Yeri geldiği zaman ben de Berni de devreye gireriz ama iş sende bitiyor evlat." dedi.

Yiğit ne yapacağını bilemez bir hâlde ve telaşla, "Amca sen de iyi biliyorsun ki, bu konularda fazla girişken ve iyi olduğum söylenemez. Ne yapmam gerektiğini bilemiyorum." dedi.

Hüsamettin Bey tebessüm ederek, "Mesela mutfakta mantı yemekle başlayabilirsin." dedi.

Yiğit olduğu yerden hemen kalkarak mutfağa doğru yöneldi, Hüsamettin Bey de odasına çekildi gülerek. Mutfakta Berna Hanım mantıları servis ederken, Yağmur da bardaklara suları dolduruyordu. Yiğit, Berna Hanım'ın yanına giderek, "Benim için de mantı var mı abla?" diye sordu. Berna Hanım

Yiğit'e dönerek, "Olmasa bile ben ellerimle sana açarım." diye gülümsedi.

Berna Hanım masaya bir tabak daha koyup, "Bu oğlanı ergenliğinden beri tanırım neredeyse. Babasının dükkânından daha çok buraya gelirdi. Bana yarenlik ederdi. Ödevlerini bile burada yapardı neredeyse. Biz avukat olacak bu oğlan derken, biraz da amcasının zoruyla inşaat mühendisliği okudu. Sonra, ben deniz kenarında bir yerde yaşayacağım, işimi orada kuracağım diye uçup gitti Antalya'ya. Ama hiç unutmadı bizleri, her ay ziyaretimize geldi." dedi.

Yiğit, Berna Hanım'ın anlattıklarını dinlerken, bir yandan da gözleriyle çaktırmadan Yağmur'u izliyordu. Tepkilerini, hareketlerini gözlemliyordu. Dikkatini her ne kadar başka bir şeye vermeye çalışsa da Yağmur'a bakmaktan kendini alamıyordu. Berna Hanım mantıları servis ettikten sonra masaya oturdu. Tam bu sırada Hüsamettin Bey'in sesi duyuldu içeriden:

"Berni, ben çekmeceye kol düğmelerini koymuştum, şimdi yerinde bulamıyorum. Gel bir de sen bak."

Berna Hanım, duyduğu sesle birlikte yerinden fırlayıp mutfaktan ayrıldı. Masanın bir ucunda Yağmur, diğer ucunda Yiğit kalmıştı. Yiğit'in dili damağı birbirine dolaşmıştı âdeta. Konuşacak konu bulmakta zorlanıyordu. Ne konuşacağını bilemiyordu. Tam bu arada Yağmur, "Ben de hep denize kıyısı olan bir şehirde yaşamak istemiştim. Ama şimdiye kadar nasip olmadı." dedi.

Yiğit, Yağmur'un konuşmasından fazlasıyla memnun olmuş bir şekilde ve heyecanlı bir ses tonuyla, "Ben de aynı sebepten terk ettim buraları. Gerçi başka sebepler de vardı ama yine de gittiğime hiç pişman olmadım. Ankara'nın bu grisinden fazlasıyla sıkılmıştım. Aklımda İzmir vardı önce ama kader beni Antalya'ya gönderdi." dedi.

Yiğit bir yudum su içtikten sonra, "Siz nerede yaşamak isterdiniz?" diye sordu.

Yağmur çatalıyla tabağındaki mantı taneleriyle oynayarak ve başı önünde, "Ben de İzmir'i düşünmüştüm. Ama merkezini değil. Sığacık diye bir ilçesi var, bilmem bilir misiniz? Seferihisar'a çok yakın. Gerçi İzmir'e de yakın sayılır. Havasına ve pazarına bayılmıştım oranın. Kuşadası, Alaçatı, Çeşme, Urla ve daha birçok güzel yerlere yakın. Ama nasip olmadı işte." diye iç geçirdi.

Yiğit, Yağmur'un hassasiyetini bildiği için dikkatli bir şekilde, "Evet, birçok yerinde bulundum İzmir'in. Ama Sığacık'a hiç gitmedim. İlk fırsatta gideceğim mutlaka. Antalya'nın da çok güzel yerleri var. Yazın hava çok sıcak oluyor ama klimalarla idare ediyoruz. Daha doğrusu pek de edemiyoruz." diye gülümsedi.

Yağmur, "Ben hiç gitmedim Antalya'ya. Okuduğum üniversitede okul gezisi yapmışlardı. Ben de katılmak istedim ama grip olduğum için katılamadım." dedi.

Yiğit heyecanını bastırmak için bir yudum daha su içip, "Bu mevsim Antalya'nın en güzel mevsimidir. Hava, bahar havası gibidir. Denize bile giriliyor. Çünkü su hâlâ sıcaktır. Gerçi ben pek vakit bulamıyorum çalışmaktan ama yine de denizin orada masmavi bir şekilde seni hep beklediğini bilmek güzel." dedi.

Yağmur küçük bir mantı tanesini ağzına attıktan sonra, "Aileniz nerede yaşıyor?" diye sordu.

Yiğit, gözlerini Yağmur'dan kaçırıp bir süre sustu ve sonra, "Ben üniversiteyi kazandığımı öğrendiğim gün, tatilden dönerken Afyon'da trafik kazasında kaybettim onları." dedi.

Yağmur elindeki çatalı masaya bırakıp, "Çok özür dilerim, sizi üzmek istemezdim." diye üzüntüsünü belli etti.

"Önemli değil Yağmur Hanım, zamanla neye alışmıyor ki insan? Sonrasında amcam beni yanına aldı. Her şeyimle o ilgilendi. Şu an her neye sahipsem ve ayaktaysam, hepsini amcama borçluyum." dedi.

Yağmur, Yiğit'in iyi olduğundan emin olduktan sonra, "Hüsamettin Bey gerçekten çok iyi bir insan. Ben de bu konuda en az sizin kadar şanslıyım. Şu geçen kısa zamanda ondan çok fazla şey öğrendim mesleğim adına." dedi.

Bu arada Hüsamettin Bey ve Berna Hanım içeriye girdiler. Hüsamettin Bey, her yemek sonrası yaptığı gibi, bardağın yarısına kadar ayran doldurup kalan yarısını da sodayla tamamladıktan sonra, "Bu akşam için planlarım var gençler. Bu akşam yemeğinde evimde size mangal yapacağım. Berni'yle konuştum. O da bize katılacak. Mazeret kabul etmiyorum bilesiniz." dedi.

Yağmur mahcup bir ses tonuyla, "Hüsamettin Bey, benim gelmem mümkün değil. Hava kararınca dışarıda olmam ailem için sıkıntı olur. Zaten mesafe de epey var. Ben katılmasam olur mu?" dedi.

Hüsamettin Bey kararlı bir sesle, "Taksi diye bir şey var küçük hanım. Birazdan çıkarsın ve akşama hazırlanırsın. Taksiye biner gelir ve taksiyle de dönersin. Baban konusunu merak etme. Ben babanla konuşurum. Hem babanın da beni kıracağını zannetmiyorum." dedi.

Yağmur bir bahanesinin kalmadığını görünce, "Peki o zaman." dedi.

Yiğit mutluluğunu belli etmeyerek, "Mangal işini bana bırak amca. Ne zamandır o evin bahçesinde mangal yapmıyorum." dedi.

Yağmur masadan kalkıp, "O zaman ben müsaadenizi isteyeyim. Eve varmam bir saati alır ve biraz da dinlenirim belki." dedi.

Yağmur mutfaktan ayrıldığında, Berna Hanım ve Hüsamettin Bey birbirine bakıp gülümsediler. Hüsamettin Bey odasında Berna Hanım'a aklından geçen her şeyi anlatmıştı. Berna Hanım da duyduklarına sevinip bu konuda elinden geleni yapacağına söz vermişti. Yani her şey planlandığı şekilde gidiyordu.

Yağmur eve girerken, annesi de henüz pazardan dönmekteydi. Annesinin elindeki poşetleri aldı. "Hani beraber pazar yapacaktık anne, niye tek başına gittin? Şu hâline bak, yine ter içinde kalmışsın." diye sitem etti.

Annesi kapıyı açarken, "Kızım zaten yorgun geliyorsun işten. Ben tüm gün oturuyorum neredeyse. Hem hareket etmek iyi geliyor bana. Bakma sen böyle terlediğime. Bugün erkencisin, hayırdır?" diye sordu.

Yağmur poşetleri mutfak masasının üzerine bırakıp salona annesinin yanına geçti. "Fazla kalmayacağım evde. Akşama Hüsamettin Bey yemeğe davet etti beni." dedi.

Annesi meraklı gözlerle, "Nereden çıktı şimdi bu akşam yemeği?" diye sordu.

"Berna Hanım ve Hüsamettin Bey'in Antalya'dan gelen yeğeniyle birlikte, Hüsamettin Bey'in evinin bahçesinde mangal yapılacak. Katılmak istemediğimi söyledim ama Hüsamettin Bey çok ısrar etti. Kıramadım anne." dedi.

Annesi ayaklarını biraz dinlendirmek için sehpaya doğru uzatırken, "Hımmm, peki bu yeğen kaç yaşında?" diye sordu.

"Otuzlarında sanırım."

Annesi biraz daha kesin bilgiler almak adına, "Peki, neden gitmek istemedin? Seni rahatsız eden bir şey mi var?" diye sordu.

Yağmur arkasına doğru yaslanıp, "Bilmiyorum anne. İçimden gelmedi doğrusu. Beni rahatsız eden bir şeyler var. Ama Hüsamettin Bey'i de kırmak istemedim. Onun hatırı olmasa katılmazdım." dedi.

Aslında Yağmur'un annesine söylemek istedikleri tam olarak bunlar değildi. İçinde verdiği savaştan annesinin haberi olsun istemiyordu. Her şey yolundaymış gibi göstermek adına her şeyi yapıyordu. Ama bir annenin gözlerinden, kızının iç dünyasını saklamak ne kadar mümkün olabilirdi, bunu da kestiremiyordu. En yakınındaki insanlara içini açamamak ne kadar da kötüydü aslında. Yorgunluğunu, tükenmişliğini ve hayata tutunmak için nasıl da büyük bir uğraş verdiğini, o yapmacık gülümsemeleriyle kapatabiliyor muydu acaba? Annesinin, gözlerinin içine derin derin baktığını fark ediyordu aslında ve gözlerini kaçırmakla yetiniyordu. Ama anneler, yavrularının iç dünyalarını her hâliyle hissedebilecek kadar eşsiz yaratılmışlardı.

Annesi, Yağmur'a doğru dönüp, "Hayırdır kızım. Nedir senin içine sinmeyen şey? Nedir seni rahatsız eden?" diye sordu.

Yağmur yüzünü başka bir yöne doğru çevirip, "Bugün Toprak'tan sonra, ilk defa bir erkekle uzun bir sohbet yaptım. Hiç tanımadığım bir erkeğin gözlerime uzun uzun bakışına şahit oldum. Bu sohbetten sonra içimi tarifsiz bir hüzün sardı. Artık hayatta olmayan birine ihanet ettiğimi düşündüm. Bu kadar uzun konuştuğum için kendime kızdım. Onun gözlerinin içine baktım anne. Volkan'ın bile gözlerine bu kadar uzun bakmazken, o adamın gözlerine baktım anne. Orada gördüğüm şeyden utandım. Kafamın içinde yankılanan "acaba"lardan utandım anne. Onunla paylaştığım dakikalardan utandım. Yüzümdeki gülümsemeden, bir erkekle baş başa yemek yemekten utandım. Bana karşı hiçbir yanlışı ve saygısızlığı olmamasına rağmen. Bana bunların normal olduğunu, bir gün bu duygulardan kurtulacağımı söyle lütfen anne." dedi.

Annesi Yağmur'a sarılırken, bir yandan da kızının yanağından süzülen gözyaşlarını siliyordu. İçinde hem bir mutluluk hem de canı yanan kızının acısını hissediyordu. Parmaklarını kızının saçlarında dolaştırırken, "Benim prensesim, güzel meleğim, canım yavrum. Rabb'im seni öyle güzel yaratmış ki, hangi erkek baksa bu gözlere ve şu dupduru yüze, bu güzelliğe kayıtsız kalamaz. Her gün senin için ne kadar dua ediyorum bir bilsen kızım. Yaşadığımız o acı günler artık arkamızda kalsın diye, her namazımda Rabb'ime yalvarıyorum. Senin mutlu olmanı çok istiyorum. Artık bunu fazlasıyla hak ettiğine inanıyorum. Yaşadığın o kötü olayların seni nasıl yorduğunu da biliyorum. Ama sen yaşıtlarının çoğundan daha olgunsun bebeğim. Çok gençsin. Önünde seni bekleyen koca bir ömür var. Kendi kararlarını alacak yaştasın. Sen hiçbir zaman bizi utandıracak bir şey yapmadın. Başımızı hiçbir zaman öne eğdirmedin. Biz seninle hep gurur duyduk kızım. Hak etmediğin şeyler yaşadın diyemiyorum çünkü Rabb'imin sana nasıl bir yol çizdiğini, başına gelenleri neden yaşadığını hiçbirimiz bilemeyiz. Biz sadece dua ederiz yavrum. Benim elimden gelen de, senin elinden gelen de sadece budur." diyerek kızını teselli etmeye çalıştı.

Yağmur başını annesinin göğsüne koyup sıkıca sarıldı. Ellerinden tutup, "Sen olmasan ben ne yapardım hiç bilmiyorum. Bana o kadar iyi geliyorsun ki, yolumu her kaybettiğimde bana tekrar yolumu gösteriyorsun." dedi.

Annesi, Yağmur'un yüzünü avuçlarının içine alıp gözlerine baktı. "Sen benim şu dünyada en büyük şükrümsün meleğim. Hadi şimdi odana çık ve hazırlan. Ben de mutfağı biraz toparlayayım." dedi.

Yağmur duş alıp hazırlandıktan sonra aşağıya indi. Mutfak masasında oturup bamyaları ayıklayan annesinin yanına geldi. "Ben çıkıyorum anne. Geç kalmamaya çalışacağım." dedi.

Annesi kızını tepeden tırnağa süzdükten sonra, "Kızım biraz daha özenli giyinebilirdin. Nihayetinde bir akşam yemeği bu. Hem hava soğuk, bir tişörtle üşürsün sen." diye uyardı kızını.

Yağmur masanın üstünde duran sürahiden bir bardak su doldurup içtikten sonra, "Üşürsem mangal ateşiyle ısınırım. Hem hava hiç de soğuk değil." dedi.

Annesi masadan kalkıp çıkmakta olan kızına, "Kim alıp, kim bırakacak seni? Gece gece yollarda yürüme sakın tek başına. İstersen babana söyleyeyim o alsın seni." dedi.

Yağmur dış kapıya doğru ilerlerken, "Babamın haberi olmuştur bu gece çıkacağımdan. Hüsamettin Bey babamı aramış olmalı. Taksiyle gidip, taksiyle döneceğim anne." dedi ve evden ayrıldı.

Annesi kızının arkasından bakarken sessizce, "Allah'ım sana emanet. Yolu da, sonu da sana emanet. Sen hayırlara çıkar yavrumun bütün yollarını." diye dua etti.

* * *

İncek sokaklarında ilerleyen taksi bir villanın önünde durdu. Taksici kendinden emin bir şekilde, "Ablacım adres burası." dedi.

Yağmur ücreti ödeyip indi taksiden ve villaya doğru ilerledi. İncek'in soğuk havası, Yağmur'un içini üşüttü bir anda. "Keşke annemi dinleseydim." dedi içinden. Yüksek duvarları olan villanın zilini çaldı. Yan tarafta duran kameraya bakarken kapı açıldı. İçeriye girdiğinde, İngiliz cocker cinsi bir köpek havlayarak yanına yaklaştı. Yağmur biraz korkarak, biraz da sevgiyle yaklaştı ayaklarını koklayan bu sevimli köpeğe. O sırada uzaktan gelen Hüsamettin Bey'in sesi duyuldu:

"Herkül! Gel oğlum buraya, rahat bırak küçük hanımı."

"Demek senin adın Herkül. Hiç de ismine layık bir cüssen yok ama eminim bunun da mantıklı bir açıklaması vardır Hüsamettin Bey'de." diye gülümsedi.

Sesin geldiği yöne doğru ilerledi Herkül'le birlikte. Bahçede yürürken, bir yandan da evi inceliyordu Yağmur. Tek katlı ve duvarları taşlarla yapılmış olan, küçük ama sevimli bir evdi.

Yüksek duvarları kaplayan sarmaşıklar her yana yayılmıştı. Duvar kenarlarında aralıklarla dikilmiş çam ve meyve ağaçları çarptı gözüne. Yine taşlarla döşenmiş yürüme yolunda ilerleyip evin arkasına doğru geçti. Yaklaşık yüz metrekarelik bir alanı olan ve toprağı çimlerle kapanmış arka bahçeye ulaştı. Bahçenin ortasına kurulmuş eskitme bir masa vardı. Berna Hanım, tabakların kenarlarına itinayla çatal ve bıçakları yerleştiriyordu. Hüsamettin Bey ise, bir köşede mangalın ateşini harlıyordu. Berna Hanım, Yağmur'u karşısında görünce, "Hoş geldin kızım. Umarım kolay bulabilmişsindir. Çünkü yüksek duvarlardan dolayı, ev dışarıdan hiç görünmüyor." diye gülümsedi.

Yağmur masaya doğru ilerleyip, "Hoş bulduk abla. Taksici eliyle koymuş gibi buldu." dedi.

Hüsamettin Bey elindeki yelpazeyle mangalı harlarken, "Kusura bakma küçük hanım, seni kapıda karşılayamadım. Hâlim gördüğün gibi ortada. Şimdiye kadar aldığım en inatçı mangal kömürü bu olsa gerek. Ben tutuştum ama o hâlâ direniyor." dedi gülerek.

Yağmur çantasını sandalyeye asıp, "Abla yardım edilecek bir şey var mı?" diye sordu.

Berna Hanım, "Yok kızım. Her şey hazır sayılır. Ben erken gelip her şeyi hazırladım. Sen dinlenmene bak." dedi.

Hüsamettin Bey, boynundaki mendille alnındaki teri silerken, "Babanla telefondaki muhabbetimizi dinlemeliydin küçük hanım. Nasıl da hoş sohbet bir baban var senin. Yarım saat otomobillerden konuştuk. Onun da antika araba merakı varmış. Benim Chevrolet Nova marka arabamla ilgili uzun bir sohbet ettik. Haftaya yanına uğrayıp hem bir çayını içeceğim hem de arabada bazı sıkıntılar var onları göstereceğim babana. Bu arada kendi evinde olduğun gibi rahat ol küçük hanım. Evi gezebilirsin. Berni sana yardımcı olsun. Yiğit de sen evi gezene kadar burada olur diye düşünüyorum." dedi.

Yağmur, "Teşekkür ederim, eksik olmayın." dedi ve Berna Hanım'a sessizce, "Abla lavabo ihtiyacım var, tuvalet ne tarafta?" diye sordu.

Berna Hanım aynı sessizlikle, "İçeriye girince önce sağa dön, soldan ikinci kapı." diye cevap verdi.

Yağmur geniş sürgülü camlı panelden salona girdi. Salonun ortasında küçük bir el dokuması kilim vardı. Salonun zemini, koyu kahverengi maun laminantlarla kaplanmıştı. Şöminenin yanında küçük bir kitaplık ve onun yanında da sallanan bir sandalye vardı. Sağda ve solda geniş minderli, koyu bordo renkli iki kanepe vardı. Mutfak, salonun kenarında ve salonla küçük bir duvarla ayrılmıştı. Şöminenin üstünde duran fotoğraflara doğru ilerledi. Hüsamettin Bey'in gezi resimlerinin tam ortasında, beyaz gömlekli, genç ve kumral kıvırcık saçları olan bir bayan fotoğrafı vardı. Fotoğrafı incelerken, "Adı Safiye'ymiş." diyerek içeriye giren Berna Hanım'ın sesiyle irkildi.

Yağmur, "Hüsamettin Bey'in akrabası mı?" diye sordu. Berna Hanım fotoğrafa doğru ilerleyip, "Hayır, akrabası değil, eşiymiş. İki yıllık evlilerken, rahim kanserine yakalanmış Safiye Hanım. Bir yıllık bir tedavi sonrasında, doktorlar artık iyileştiğini söylemiş. Ama kötü hastalık bırakmamış Safiye Hanım'ın peşini, tekrar nüksetmiş. Altı ay içinde Hüsamettin Bey'in kollarında vefat etmiş. O kadar çok sevmiş ki Safiye Hanım'ı, ondan sonra ne evlenmiş ne de hayatına bir kadın girmiş. Bütün hayatı işi olmuş. Bu ev de, Safiye Hanım'ın hayaliymiş. Evin her yerini hayalinde planlamış. Ama içinde yaşamak ona nasip olmamış. Hüsamettin Bey'in bindiği o antika arabayı da beraber almışlar. Hüsamettin Bey'in antika araba tutkusu yok yani senin anlayacağın. Yan koltukta Safiye Hanım'ın kokusunu hâlâ aldığını, hayalinin durduğunu ve bu yüzden bu arabayla birlikte çürüyeceğini söyler hep." diye anlattı.

Yağmur ağlamamak için kendini zor tutarken, titreyen bir ses tonuyla, "Çocuklar mı?" diye sordu.

Berna Hanım derin bir iç geçirerek, "Hikâyenin en acıklı tarafı da o aslında. Safiye Hanım'a kanser teşhisi konulduğunda üç aylık hamileymiş. Safiye Hanım, Hüsamettin Bey'e kendisinden bir parça bırakabilmek için çok uğraşmış. Ama doktorlar bunun mümkün olamayacağını söylemişler." diye devam etti.

Yağmur mangalın başında duran Hüsamettin Bey'e uzaktan bakarak, "Herkesin kendine göre bir imtihanı, kendine göre bir derdi var. Hüsamettin Bey'in imtihanı da bu olsa gerek." diye söylendi içinden.

Berna Hanım bahçeye çıkarken, "Lavabo soldaki kapı, ben yalnız bırakmayayım Hüsamettin Bey'i." dedi.

Yağmur lavabodan çıkıp bahçeye ilerlerken, Yiğit'i mangalın başında gördü. Yiğit mangala kömür takviyesi yaparken, "Hoş geldiniz Yiğit Bey." diye seslendi.

Yiğit mangalın dumanı arasından başını kaldırıp, "Siz de hoş geldiniz Yağmur Hanım. Kusura bakmayın biraz geciktim. Ama Antalya'dan sonra şu Ankara'nın akşam trafiğiyle baş edemedim." dedi.

Berna Hanım, elindeki sarı renkli gülleri masadaki vazoya yerleştirirken, "Bu çocuk beni hep şımartıyor." dedi.

Sonra masanın diğer ucunda duran bir buket beyaz gülü alıp Yağmur'a doğru ilerledi. Gülleri kokladıktan sonra, "Bunu da senin için almış." diyerek hafif bir tebessüm etti.

Yağmur, gülleri aldıktan sonra ne diyeceğini şaşırmış bir hâlde, "Çok naziksiniz Yiğit Bey. Gerçekten hiç gerek yoktu. Çok teşekkür ederim." dedi.

Yiğit yüzündeki kızarıklığı saklamak için mangal dumanının arkasına saklanıp, "Size layık değil ama beğenmenize sevindim." dedi.

Hüsamettin Bey yavaşça Berna Hanım'ın kulağına eğilip, "Beyaz gülün bir anlamı var mı?" diye sordu.

Berna Hanım, "Beyaz gül, saf güzellik anlamına gelir." dedi.

Hüsamettin Bey yüzünde muzip bir ifadeyle, "Bak hele sen. Bizim çocuk neler de biliyormuş." dedi.

Yağmur, elindeki gülleri vazoya koyarken, bir yandan da içindeki karmaşık duygularla savaşıyordu. Göğsünün üstüne oturan bu ağırlıktan bir türlü kurtulamıyordu. Bir yanı bu senin hakkın derken, diğer tarafı kaçıp gitmek istiyordu. Köşede duran hamağa oturup dinlenmek istedi bir süre. Çünkü ne zaman yüreğiyle böyle savaşsa, bedeni hep yorgun düşüyordu. Hava soğuktu ve üşüyordu. Gözlerini kapattı ve ruhunu dinlendirmeye çalıştı. Tekrar açtığı zaman karşısında Yiğit duruyordu. Elindeki beyaz el örgüsü şalı Yağmur'a doğru uzatıp, "Bu yengemin şalıymış. Ona da annesi örmüş. Amcamdan rica ettim. O da bana bunu verdi. Hava soğudu ve sen üşüyorsun sanırım." dedi.

Yağmur, Yiğit'in elinden şalı alıp omzuna ve sırtına sardı. Sonra şalı koklayarak, "Evet üşüdüm. Hazırlıksız geldim sanırım. Teşekkür ederim." dedi.

Yiğit, Yağmur'un ısındığından emin olmak için, "Eğer şal yeterli gelmediyse arabada polar bir eşofmanım var. Ankara'nın havasını bildiğim için elime ne geçtiyse attım arabaya." dedi.

Yağmur şala biraz daha sarılıp, "Hayır, yün zaten çabuk ısıtır ve sıcak tutar. Antalya'ya ne zaman dönüyorsunuz?" diye sordu.

Yiğit, Yağmur'un konuşmak istemesinden de cesaret alarak, yanında duran sandalyeye oturup, "Aslında iki gün için gelmiştim. Ama Bakanlık'taki işimi henüz bitiremedim. Sanırım bir hafta daha burada olacağım. Bilirsin, bürokratik işler çok ağır işliyor. Hem Antalya'da bir bekleyenim yok. Ankara'da dinleniyorum, bu şehir bana iyi geliyor." dedi.

Yağmur salata servisi yapan Berna Hanım'a seslenip, "Abla yardıma gelmemi ister misin?" diye sordu.

Berna Hanım, "Hayır kızım ben hallederim, siz rahatınıza bakın. Yardıma ihtiyaç duyarsam çağırırım seni." dedi.

Yağmur, Yiğit'e dönüp, "Biz oturduk onlar çalışıyor. Kalkıp yardım etsek mi acaba?" diye sordu.

Yiğit gülümseyerek, "Güya etleri de ben pişirecektim ama amcam hepsini elimden aldı. Özlemişim bahçemde misafirlerime mangal yapmayı, asla bırakmam." dedi.

Sonra uzun bir sessizlik oldu. Yiğit hangi konu hakkında konuşacağının şaşkınlığıyla, "Sen nerede oturuyorsun?" diyerek sessizliği bozdu.

"Keçiören'de oturuyorum. Daha doğrusu, Gazino olarak geçiyor oturduğum semt."

"Seviyor musun oturduğun semti?"

"Sevdiğimi söyleyemem. Eskiden severdim ama artık çok kalabalıklaştı. İnsanlarla beraber trafik de arttı. Her yere yapılan binalar semtin bütün havasını ve çehresini değiştirdi."

Yiğit yerden aldığı kurumuş bir yaprağı parmaklarında çevirerek, "Benim buradan uzaklaşma sebeplerimden biri de bu zaten. Ankara'nın çehresi çok değişti artık. Eskişehir yolundan gelirken artık kocaman gökdelenler karşılıyor beni. Herkes buna gelişmişlik diyor ama ben adına kayboluş diyorum. İnsan doğası gereği aslında toprağa hep yakın olmalı. Ayakları kadar, gözleri de değmeli toprağa. Topraktan ne kadar uzaklaşırsan bir o kadar ruhun daralır. Çünkü insanın içindeki ruh, hep geldiği yeri özler. Hep onu görmek ister. Eğer ki sen ruhunun istediği şeyi betonla örter ya da ayaklarının hiç değemeyeceği kadar onun yükseğinde, yüksek binalarda yaşarsan, işte o zaman içinde o ruh seni sıkar. Öfkenle birlikte stres düzeyin de artar. Bir düşünsene, köylerde yaşayan eskilerimizin yüzünde, onca yokluğa ve onca zorluğa rağmen hiç gülümseme eksik olmazdı? Neden dillerinde hep bir şükür olurdu? Yanakları neden al al olurdu hep? Yalın ayak toprağı işlerken, bahçelerinden meyveleri toplarken, elleriyle o tohumları ekerken ve yorulduklarında dinlenirken, ruh sevgilisiyle olurdu her zaman. Elleri de, ayakları da, yaşlanınca yüzleri de toprak desenine bürünürdü." diye anlattı.

Yağmur gözlerini hiç kırpmadan dinliyordu Yiğit'i. İçine bir anda yerleşen o dinginlik, yüzüne yansıyordu âdeta. Sonra ayakkabılarını ve çoraplarını çıkarıp yeşil çimlere bastı. Ayaklarının altındaki soğukluğu ve çimenin tazeliğini hissetti. Yiğit, sessizce Yağmur'a doğru eğilip, "Ve eskilerimiz bir de şunu biliyorlarmış küçük hanım; soğuk havalarda çimlere basanların karnı çok fena ağrır." diye gülümsedi.

Yağmur çoraplarını tekrar giyerken Yiğit'in gülümsemesine eşlik etti. Bu karşılıklı gülümseme hâli, Berna Hanım'ın da, mangalda etleri pişiren Hüsamettin Bey'in de gözünden kaçmamıştı. Hüsamettin Bey coşkulu bir ses tonuyla, "İnsanın sevdiklerine yemek pişirmesinden daha büyük bir mutluluk bilmiyorum." dedi.

Yiğit oturduğu yerden doğrulup, "Amca, geri kalan etleri bana bırak ve sen hadi masaya otur artık. Yoksa yarın bu üstüne sinen duman ve yanmış et kokusundan bütün davaları kaybedersin." diyerek kahkaha attı.

Yemekler yendikten sonra Yağmur'un yaptığı çaylar içilirken Hüsamettin Bey, "Ne zamandır kendimi böyle mutlu hissetmemiştim. Bunu daha sık yapmalıyız. İnsan çoğu zaman yoğun iş temposundan ve hırslarından dolayı yaşamaya vakit bulamıyor." dedi.

Sonra çayından bir yudum daha alıp, "Evlat, sen neler yapıyorsun boş vakitlerinde Antalya'da?" diye sordu.

Yiğit, "Amca benim oturduğum semti de, evi de az çok biliyorsun. Evimin önünde deniz kenarında bir yürüyüş yolu var ya, orada sabah akşam yürüyorum. Fırsat buldukça falezlerden denize giriyorum. Bu genellikle sabah erken saatlerde oluyor. Çünkü yazın Antalya'da öğlen vakti bırak denize girmek, nefes almak bile çok zor geliyor. Her akşam yürüyüş sonrası bir kafeye oturup kahvemi içiyorum. Bazı akşamlar arkadaşlarla toplanıp tavla turnuvaları yapıyoruz. Antalya, Ankara'dan çok farklı, mutlaka yapacak bir şey buluyorum." dedi.

Yağmur, Yiğit'in anlattıklarını dinledikten sonra, "Peki Ankara'dan sonra Antalya'ya alışmak zor olmadı mı? Yani bir şehir değiştirmek, havasına, suyuna, insanlarına alışmak zor olmadı mı?" diye sordu.

Yiğit, Yağmur'un konuya dâhil olmasından memnun olmuş bir şekilde, "Antalya hiçbir şehre benzemiyor sanırım. Tabii ki çok zor oldu. İlk zamanlar kalmak ve dönmek arasında çok kararsız kaldım. Altı ay kendimle savaştım. Yalnızlık çektiğim çok gecelerim, gündüzlerim oldu. Birkaç ay uyku sorunları çektim. Ama bir süre sonra alıştım. Şehir beni, ben de şehri içime sindirdim sanki. Daha sonra birbirimizi çok sevdik. O beni bağrına bastı, ben de onu sımsıkı kucakladım. Her sabah gözlerime değen o denizdeki mavilik, ruhumu dinlendiren sakinlik olmadan yaşayamam artık." dedi.

Yağmur, Yiğit'in anlattıklarını hayalinde canlandırmaya çalıştı ve merakını gidermek için, "Peki ya ayakların çimlere değiyor mu orada?" diye sordu. Yiğit gülümseyerek, "Ben Muratpaşa'da oturuyorum. Lara diye bir semt var, evim orada. On katlı bir binanın giriş katından aldım evimi. Üstelik bilerek ve isteyerek. Balkonumun önündeki bahçe tamamen çimlerle kaplı. Her sabah o çimenlerin kokusuyla uyanıyorum. Üstelik biraz ileride, Düden şelalesinin denize döküldüğü bir park var. Muhteşem bir şelale. Eğer dikkatimi verirsem, şelaleden akan suyun sesini bile duyabiliyorum sabahın erken saatlerinde." diye anlattı.

"Gerçekten çok şanslısınız, siz anlatırken ben yaşadım sanki o ortamı." diye ekledi Yağmur.

Yiğit, yerinden kalkıp kendine çay doldururken, "Eğer Antalya'ya bir yıl dayanabilirsen, bu şehir dışında başka hiçbir yerde yaşanamaz, derler. Hatta gidenler ilk fırsatta tekrar Antalya'ya dönermiş." dedi.

Çayını dolduran Yiğit, Yağmur'un çayının bittiğini fark edip, "Bir çay daha?" diye sordu.

Yağmur bardağını Yiğit'e uzattı. Bu arada birbirine değen parmaklarıyla aynı anda gözleri de birbirine değdi. Yağmur, gözlerini bir anda Yiğit'in gözlerinden kaçırıp saatine baktı. Hüsamettin Bey de, Berna Hanım da fark ettirmeden gelişmeleri yakından takip ediyorlardı. Konuşulan kelimelerden, hareketlerden bir sonuç çıkarmaya çalışıyorlardı. Her ne kadar Berna Hanım, Hüsamettin Bey'den Yağmur'un hayat hikâyesini dinlemiş olsa da, yine de o ortamda Yağmur'un neler hissettiğini, içinde nasıl bir mücadele verdiğini, gel-gitlerini en iyi anlayan yine Hüsamettin Bey'di. Çünkü sevdiği bir insanı kaybetmenin ne demek olduğunu, bu acının insanı nasıl bir hâle getirdiğini, direnmenin zorluğunu, umutlu ve mutlu olmanın bile insanı nasıl rahatsız ettiğini çok iyi biliyordu. Her ne kadar Yağmur'un mutlu olmasını istese de, onu anlamak gerektiğini de, nerede durulması gerektiğini de çok iyi biliyordu. Yağmura doğru dönüp, "Babana geç kalmayacağın konusunda söz verdim küçük hanım. Saat on bire geliyor. Yolun uzun. Sen hazırlan, ben de sana bir taksi çağırayım. Sen de bu arada çayını içersin." dedi.

Yağmur saatini tekrar kontrol edip, "Evet, ben yolun uzunluğunu unutmuşum. Zahmet olacak size." diyerek çayından bir yudum daha alıp doğruldu masadan.

Yağmur'un kalktığını gören Yiğit de yerinden kalkıp Yağmur'a eşlik etti. Yağmur, Hüsamettin Bey'e ve Berna Hanım'a dönüp, "Uzun zamandır böyle iyi hissetmemiştim kendimi. Her şey için çok teşekkür ederim hepinize." dedi.

Yiğit, Yağmur'la geçirdiği vakti biraz daha olsun uzatabilmek adına, "İstersen ben bırakabilirim seni. Hem vakit de geç oldu." dedi.

Hüsamettin Bey, Yağmur'un cevap vermesini beklemeden, "Ben babasına taksiyle gelip, taksiyle dönecek dedim. Hem taksiciyi de iyi tanırım. Sıkıntı olmaz." diyerek Yiğit'in umudunu kırdı.

Yiğit, amcasının neden böyle davrandığını tam olarak anlamasa da, yine de teklifinde fazla ısrarcı olmadı. Yağmur'a kapıya kadar eşlik edip taksiyi beklemeye başladılar. Yağmur üzerinde unuttuğu beyaz şalı fark edip, "Nasıl da unutmuşum. Bunu Hüsamettin Bey'e verirsiniz." dedi.

Yiğit, Yağmur'un uzattığı şalı alıp tekrar Yağmur'un omzuna koyduktan sonra, "Hava gerçekten çok soğuk. Hem sana da çok yakıştı. Yarın ofiste kendin verirsin amcama." dedi.

Yağmur kafasıyla "tamam" işareti yaptıktan sonra, "Size de çok teşekkür ederim. Gerçekten çok güzel bir sohbet oldu benim için. Özellikle Antalya'ya hayran kaldım anlattıklarınızdan ve anlatış şeklinizden. Tüm ayrıntıları kafamın içinde hayal ettim ve kendimi orada hissettim sanki." dedi.

Yiğit, "Daha birçoğunu anlatmadım, zaman ve ortam çok müsait olmadı. Belki bir akşam yemeğinde Kaleiçi'nin eski evlerini, şelalelerin güzelliğini, Aspendos'un tarih kokan havasını, falezlerden güneşin batışını izlemenin huzurunu, Olimpos'un muhteşem denizini ve Adrasan'ın sakinliğini de de anlatırım.

Yağmur bu davet karşısında ne diyeceğini tam olarak bilemedi. Ne evet diyebildi ne de hayır. Sadece kısık bir ses tonuyla, "İnşallah." diyebildi.

Yiğit için bu bile başlı başına bir evet anlamı taşıyordu. Yağmur'dan gelen her umut verici söz ve davranış, içindeki kelebekleri uçuruyordu. Yaklaşan taksiye doğru ilerlediler. Tokalaşıp ayrıldıktan sonra, bir süre daha taksinin arkasından baktı Yiğit. Yağmur'un da dönüp geriye bakma umuduyla. Yağmur, Yiğit'in bu beklentisini karşılamasa da, yine de Yiğit, davetinin geri çevrilmemesine çok mutlu olmuştu. Tekrar bahçeye döndükten sonra masada oturan amcasına, "Neden bırakmama izin vermedin amca?" diye sordu.

Hüsamettin Bey, bir baba şefkatiyle Yiğit'in gözlerine bakıp, "Bak evlat, bazı insanlar yaşadıkları kötü olaylardan sonra uzun süre kabuklarında yaşarlar. Eski hayatlarına geri dönmekte, konuşmakta, güvenmekte ve hatta yaşamakta bile zorlanırlar. Özellikle yüreklerinin bir yanlarını kaybetmişlerse, orayı başka bir yürekle doldurmak yerine, kendilerini zamanın ve sabrın ellerine bırakırlar. Hüzünlerini sadece en yakınıyla paylaşırlar. Gözyaşlarını onların omuzlarına akıtırlar. Sadece onların kararlarına saygı duyar ve onların dediklerini yaparlar. Öğrendiğim kadarıyla Yağmur için bu kişi annesi. Yabancı yüzlerin öğütlerine ve ilgilerine kesinlikle kapalıdırlar. İşte bu insanlara bir kelebeğe yaklaşır gibi yaklaşmak gerekir. Önce varlığına alışması ve sonra sana güvenmesi gerekir. Ben senin bırakma teklifine olumsuz yanıt vermeseydim, Yağmur zaten kabul etmeyecekti. Bu kızın yüreğindeki ateş hâlâ cayır cayır yanıyor. Sen, yaraya merhem olmak isterken bütün iyi niyetinle, ona daha da çok acı verecektin. Bunları seninle telefonda zaten konuştuk. Gözlerinin onun yanındayken saçtığı ışığı gördüm. Bu beni mutlu etmekle birlikte, fena hâlde de korkuttu. Yanlış bir tek sözünle bu kızı kaybedebilirsin. Onun yanında çok dikkatli konuşmalısın. Önce ona bazı şeylerin tekrar mümkün olacağını ispatlamalısın. Ama bunu yaparken çok sabırlı olmalısın. Ben ise işin en zor, belki de en kolay kısmını halletmeye çalışacağım. Ailesiyle tanışacağım." diye anlattı içindekileri.

Yiğit, amcasının anlattıklarını can kulağıyla dinleyip bütün söylediklerini hafızasına kazıdı. Sonra amcasının yanına oturup ona sarılarak, "Allah biliyor ya amca; Antalya'dan gelirken içimde çok değişik duygular vardı. Her kavşakta, her yol ayrımında bu yolları tekrar dönerken yüreğimde biriyle döneceğimi hissediyordum. Söylediklerinin hepsinde sonuna kadar haklısın. Ben, eğer Yağmur için bir savaş vereceksem ne sizi ne de o kızı asla incitmek isterim. Kazanırsam dünyanın en mutlu insanı olurum. Kaybedersem de, adım gibi biliyorum ki bundan sonra yolumda hep yalnız yürürüm." dedi.

Taksi Konya yolundan terminal binasına doğru ilerlerken Yağmur telefonunu çantasından çıkarıp aramaları ve mesajlarını kontrol etti. Evden hiç kimse aramamıştı ama Volkan'dan gelen iki cevapsız çağrı ve mesajlar vardı. Mesajları okumak için açtı. Volkan, bütün mesajlarında istemeden ağzından çıkan o söz için defalarca kere özür diliyordu. Affedildiğini bilmek istiyordu. Yağmur'un neden cevap vermediğini merak ediyordu. Yağmur cevap vermek için parmaklarını tuşlara götürdü ama sonra vazgeçti bir cevap yazmaktan. Görüldü mesajını gören Volkan, birkaç dakika sonra tekrar aradı Yağmur'u. Yağmur telefonu sessize alıp tekrar çantasına koydu.

Yağmur taksiden inip eve geldiğinde annesinin ve babasının salondan seslerini duydu. Derin bir sohbete daldıklarını fark etti. Yağmur'u gördükleri anda her ikisi de sustu. Sonra annesi kızının yanına gelip, "Hoş geldin yavrum. Nasıl geçti yemek, hadi anlat bakalım." dedi.

Babası, Yağmur'un soruya cevap vermesini beklemeden, "Ne tatlı, hoş sohbet bir adam bu Hüsamettin Bey. Şimdiye kadar avukatlarla hiç işim olmadı ama hani bir işim olsa kesin onu tutardım. Nasıl güven veren bir ses tonu var öyle. Davalardan anladığı kadar, arabalardan da anlıyor ayrıca." dedi.

Yağmur babasının yanına oturup, "Aşk olsun baba, avukat kızın varken başka bir avukat mı tutmayı düşünüyorsun." diyerek gülümsedi.

Annesi baba ve kızın bu tatlı atışmasını bölerek, "Sohbetinizi bir kahveyle keseceğim. Beni de bekleyin. Geliyorum birazdan." diyerek mutfağa gitti.

Babası kızına sarılıp saçlarını okşayarak, "Ne zamandır konuşamadık seninle kızım. Nasıl gidiyor stajın? Ofisten memnun musun? Bir ihtiyacın var mı? Gerçi ben annene sürekli soruyorum ama bir de senden duymak istedim." dedi.

Yağmur babasının ellerini tutarak, "Yoğun ve yorucu gidiyor baba. Ama şikâyetçi değilim. Alışmaya çalışıyorum. Zaten bu mesleğin olmazsa olmazı bu yoğunluk. Çevre edinmeye çalışıyorum. Onun dışında ofis gerçekten çok huzurlu bir yer. Özellikle Berna Abla ve Hüsamettin Bey bana çok iyi davranıyorlar. Kendimi hiç yabancı gibi hissetmedim başladığım günden bu yana." dedi.

Babası duyduğu bu cevaptan oldukça mutlu olmuştu. Kızının bu günlerini gördüğü için içinden şükretti. Aslında sormak istediği o kadar çok şey vardı ki ama baba olmanın belki de en zor tarafı da buydu belki. Birçok şeyi annenin anlattıklarından biliyordu. Kızının yüreğine bir türlü dokunamıyordu. Her ne kadar kızının yüzünü ve gözlerini sürekli analiz etmeye çalışsa da, ayrıntıları soramıyordu. Artık eski Yağmur'u bir daha asla göremeyeceğini de adı gibi biliyordu. Bunu düşünmek bile ona çok acı veriyordu. Kızına sıkıca sarılıp, "Kimler vardı bu akşam yemekte?" diye sordu.

"Hüsamettin Bey, Berna Hanım ve Hüsamettin Bey'in Antalya'dan gelen yeğeni vardı."

"Volkan yok muydu?"

Yağmur, "Bilmiyorum baba, sanırım işi vardı." diyerek geçiştirmeye çalıştı soruyu.

Çiçekli tepside kahveleri getiren annesi, "Ne zamandır şöyle oturup karşılıklı kahve içmemiştik." diyerek kahveleri dağıttı.

Baba kızın karşısına oturup, "Hadi bakalım anlat şimdi, nasıldı yemek?" diye sordu.

Yağmur kahvesini sehpaya bırakıp, "Çok sıcak karşıladılar beni. Çok güzel bir evi var Hüsamettin Bey'in ve harika bir bahçesi. Biraz hukuktan, biraz hayattan biraz da insanlardan konuştuk." dedi.

Annesi kahvesini keyifle höpürdettikten sonra, "Soracaktım unuttum bak. O beyaz şal kimin kızım?" diye sordu.

Yağmur, annesinin ne kadar dikkatli bir kadın olduğunu bir kez daha kabul ederek, "Hava biraz soğuktu. Üşüdüğüm için Hüsamettin Bey verdi." diyerek söze başladıktan sonra, Hüsamettin Bey'in bütün hikâyesini ve Safiye Hanım'ı anlattı.

Annesi kızının anlattığı hikâyeyi gözyaşları içinde dinledi. Kendisinin de bir zamanlar savaştığı bu illet hastalığı bir kez daha hatırladı. Babasının da dinledikleri karşısında Hüsamettin Bey'e olan saygısı daha da arttı. Babası, kızının annesiyle daha rahat konuşması için, "Ben yatıyorum. Yarın bakıma gelecek beş tane arabam var. Hadi size iyi geceler." diyerek yatak odasına çekildi.

Annesi meraklı bir ses tonuyla, "Hadi bana babanın yanında konuşamadıklarını anlat şimdi bakalım." dedi.

Yağmur, annesinin ne demek istediğini, neyi merak ettiğini çok iyi biliyordu. Kahvesini bitirdikten sonra, Yiğit'le olan konuşmalarını paylaştı annesiyle. Son olarak da kendisini bir akşam yemeğine davet ettiğini söyledi çekinerek.

Annesi kızının verdiği cevabı merak ederek, "Kabul ettin mi peki?" diye sordu.

"Sadece inşallah diyebildim."

Annesi kızının üstüne fazla gitmek istemedi. O da kısa bir ifadeyle, "Hakkında hayırlısı olsun." dedi.

Ayağa kalkıp kahve fincanlarını tepsiye koyup mutfağa giderken, "Hadi geç oldu artık yavrum. Sen de yat da dinlen." dedi.

Yağmur odasına çekilip yatağa uzandığında uyumadan önce, "Hakkımda hayırlısını ver Allah'ım." diyerek dua edip gözlerini kapattı.

Rüyasında kendini ucu bucağı olmayan bir papatya tarlasında gördü. Sağında solunda tek tük sıralanmış kiraz ağaçları vardı. Ağaçların hepsi meyveden kırılacak kadar yüklüydü. Üzerinde bembeyaz ipek bir elbise ve saçlarında papatyalardan yapılmış bir taç vardı. Ayakları çıplak bir şekilde papatyaların arasında yürüyordu. Çok ilerde akan küçük bir derenin sesini duydu. Akan suya doğru ilerledi. Tam o sırada papatyaların arasına yatmış olan Toprak uzandığı yerden doğruldu ve "Buradayım prenses." diye seslendi.

Yağmur, karşısında beyaz bir takım elbise giymiş Toprak'ı görünce adımlarını hızlandırdı. "Bekle beni aşkım, yanına geliyorum." dedi.

Ama önünden akan şu küçük dereyi bir türlü geçemiyordu. Zıplıyor, üzerinden atlamaya çalışıyor ama bir türlü karşıya geçemiyordu. Toprak daha yüksek bir sesle tekrar seslendi:

"Seni bekliyorum prenses."

Yağmur karşıya geçmek için ne kadar uğraşsa da bir türlü başaramıyordu. Sanki önünde görünmez duvarlar vardı. Her karşıya geçme çabasından sonra biraz daha uzaklaşıyordu Toprak'tan. Sonra dere de Toprak da bir anda kayboldu. Küçük dere kocaman bir denize, ağaçlar yüksek dağlara ve papatyalar da kumsala dönüştü. Ayaklarına vuran her dalga, onu biraz daha derinlere çekiyordu. Kan ter içinde uyandığında, en son hatırladığı görüntü ise papatyaların bir duvağa, ipek elbisenin de bir gelinliğe dönüştüğüydü. Okunan sabah ezanını dinleyip tekrar kendini uykuya bıraktı.

Yağmur ertesi gün ofise girdiğinde, Berna Hanım çoktan gelmişti ve sabah kahvesini içiyordu. Yağmur, Berna Hanım'a doğru gülümseyerek, "Yine çok erkencisin abla. Dünkü yorgunluktan sonra, bugün geç gelirsin diye düşünmüştüm doğrusu. Bu arada, günaydın." dedi.

Berna Hanım kafasıyla Yağmur'un odasını göstererek ve biraz da memnuniyetsiz bir ifadeyle, "Günaydın kızım. Benden önce ofise gelip kapının önünde bekleyenler de vardı." dedi.

Yağmur merakla odasına girdiğinde Volkan ayaklarını uzatmış gazetesini okuyordu. Soğuk bir ses tonuyla, "Günaydın." dedi sadece.

Volkan, Yağmur'un sesini duyunca gazeteyi bir kenara bırakıp ayağa kalktı, "Günaydın Yağmur. Dün mesajlarıma ve aramalarıma dönmeyince merak ettim seni. Hem iyi olduğunu görmek hem de özrümü kabul ettiğini duymak için geldim." dedi.

Yağmur masasına geçtikten sonra, masanın üstünde bekleyen dosyaları karıştırmaya başladı. Ne Volkan'a baktı ne de bir cevap verdi. Volkan, durumun tahmin ettiğinden daha ciddi olduğunu anlayınca tekrar koltuğuna oturdu ve alçak bir ses tonuyla masanın üzerine eğilerek:

"Söyle ne yapmam gerekiyorsa onu yapayım Yağmur. Eğer o sözü isteyerek söylediğimi düşünüyorsan şu kapıdan çıkayım ve bir daha gözüne görünmeyeyim. Yok, buna inanmıyorsan da, lütfen bu küskünlüğü uzatma. Dünden bu yana ne uyuyabildim ne de kendimi işime verebildim. Son bir kez daha senden özür diliyorum. Lütfen beni affettiğini söyle." dedi.

Yağmur kafasını dosyaların arasından kaldırıp gözlerini de Volkan'ın gözlerine kilitleyerek:

"Eğer seni hiç tanımıyor olsaydım, söylediğin o sözün üzerinde fazla durmazdım. Ama sen en yakınımdaki insanlardansın. Neler yaşadığımı, hassas noktalarımı ve beni neyin çok inciteceğini bilen birisin. Sana bu tepkiyi veriyorsam eğer, bu senin bende değerli olduğun içindir. Affetmek konusuna gelince de, bu konuda lütfen için rahat olsun. Ben yıllanmış dostlukları, bu kadar çabuk harcayan biri değilim." dedi.

Volkan'ın gözlerinden başlayan mutluluk bir anda tüm yüzüne doğru yayıldı. "O zaman bu barışmayı kutlayalım." diyerek salona doğru yüksek bir sesle, "Berna Hanım bize iki tane orta kahve yapar mısın?" diye bağırdı.

Yağmur, ofiste kahvelerini hep kendi yapar ve kendi işlerini kendi görmeyi tercih ederdi. Sadece temizliğe karışmaz, onun dışındaki bütün ofis işlerinde Berna Abla'sına yardım ederdi. Bu ricadan bile rahatsız olmuş ve aynı yüksek sesle, "Abla sen zahmet etme lütfen, ben gelip yapıyorum hemen." dedi.

Berna Hanım, Yağmur'un ne kadar ince bir yüreği olduğunu ve bu teklifi de kendisini kırmamak için yaptığını çok iyi biliyordu. Yerinden kalkıp Yağmur'un odasının kapısından bakarak, "Kızım ben de zaten soracaktım size, bir kahve içer misiniz?" diyerek Yağmur'a göz kırptı.

Yağmur kaybedeceği bir konuya girmemek adına, "Tamam ablacım, çok teşekkür ederim." dedi.

Volkan arkasına yaslanarak, "Bu kadar iş güç arasında bir de kahve mi yapıyorsun sen?" diye sordu.

Yağmur bu soruyu, "Yeri geldiği zaman Hüsamettin Bey bile mutfakta yemek yapar, çay yapar, kahve yapar." diye cevapladı.

Volkan cebinden iki bilet çıkarıp masaya koydu. "Eğer özrümü kabul etmeseydin, B planı olarak bu biletleri kullanacaktım. Bunları temin etmek için çok uğraştım. Senin en çok sevdiğin sanatçılardan biri. Bu akşam Congresium'da konseri var. Bil bakalım kim geliyor?" diye sordu.

Yağmur hiçbir heyecan ve mutluluk belirtisi göstermeyerek, "Bilmiyorum kimin geldiğini ama şunu biliyorum ki, rahmetli

Neşet Ertaş bile yattığı yerden kalkıp konser verse, yine de gitmem mümkün değil bu akşam." diyerek gitmek istemediğini açıkça belirtti.

Volkan duyduğu bu cevap karşısında yüzü düşmüş bir şekilde ve son bir umutla, "Eminim konserden sonra böyle konuşmayacaksın. Hem ne zamandır sinemaya, tiyatroya ya da konsere gitmedin. Hem sana da, bana da değişiklik olur. Hadi lütfen kırma beni." diyerek şansını tekrar denedi.

Yağmur daha sert bir ses tonuyla, "Volkan lütfen bu konuda üstüme gelme. Kendimi böyle şeyler için henüz hazır hissetmiyorum. Biraz daha zamana ihtiyacım var." diyerek konuyu kapattı.

Volkan biletleri masanın üstünden kaldırıp tekrar cebine koyarken, "Farid Farjad geliyor bu akşam. Sen, kemanı ağlatan bu adamı çok severdin." diye sessiz bir şekilde söylendi.

İçerden gelen Hüsamettin Bey'in sesiyle birlikte, Yağmur da yerinden kalkıp salona doğru yürüdü. Hüsamettin Bey, her sabah olduğu gibi, pencere önündeki çiçekleriyle konuşuyordu. Yağmur'u kapıda gördükten sonra, "Günaydın küçük hanım. Dün gece rahat gitmişsin." dedi.

Yağmur şaşkınlıkla, "Günaydın Hüsamettin Bey, nereden anladınız?" diye sordu.

Hüsamettin Bey önünde duran menekşelerin yapraklarını severken, "Sabah babanı aradım teşekkür etmek için ve bugün müsait olup olmadığını öğrenmek için." diye cevap verdi.

Yağmur yine şaşkınlıkla, "Müsait olmak derken?" dedi.

"Benim antika için küçük hanım. Bugün yine zor çalıştı ihtiyar araba."

Yağmur gülümseyerek, "Kusura bakmayın lütfen, evet dün söylemiştiniz arabayı babama göstereceğinizi." dedi.

Bu kez Hüsamettin Bey merakla, "Misafirin var galiba. Davacı ön görüşmesi mi yapıyorsun?" diye sordu.

"Hayır, Volkan geldi. Onunla konuşuyorum." dedi.

Hüsamettin Bey yüksek sesle Yağmur'un odasına doğru seslenip, "Günaydın evlat. Bakıyorum yine asmışsın işi. Stajyerliğin onaylanmasa hiç şaşırma. Ama merak etme, ben onay veririm sana. Çünkü benim ofiste daha çok mesai harcıyorsun." diyerek kahkaha attı.

Volkan imalı bir ses tonuyla, "Size de günaydın. Evet, nasıl gittiyse babamın kulağına, dün o da aynı şeyleri söyledi bana." dedi.

Hüsamettin Bey hiç bozuntuya vermeden, "Ah bu kuşlar yok mu bu kuşlar!" diyerek bir kahkaha daha attı.

Sonra Yağmur'a dönüp, "Evet küçük hanım, söyle bakalım nedir bugün programımız?" diye sordu.

Yağmur dersini çalışmış bir öğrenci edasıyla, "Bugün iki duruşmamız var, biri saat on birde, diğeri öğleden sonra ikide. Ben dosya muhteviyatlarını hazırlar birazdan masanızın üzerine bırakırım." dedi.

Hüsamettin Bey odasına doğru çekilirken, "Ben de o zaman saat üç gibi babanın yanına geçebilirim." dedi.

Yağmur mutfaktan kahveleri alıp odasına geçtikten sonra tekrar dosyalara yoğunlaşmaya çalıştı. Volkan'ın tadı, bir de Hüsamettin Bey'in söyledikleri yüzünden kaçmıştı. Bir yandan kahvesini içiyor, bir yandan da söylenip duruyordu. Bir süre sonra çalan kapı zili duyuldu. Berna Hanım'ın kahkahası, Yağmur'un odasına kadar geliyordu. Daha sonra da salondan Yiğit'in sesi duyuldu. Yiğit elindeki poşetle Yağmur'un odasının kapısını çalarak içeriye girdi.

"Günaydın Yağmur, günaydın Volkan."

Yağmur gülümseyerek, "Size de günaydın Yiğit Bey." diye karşılık verdi.

Volkan kısa bir süre Yiğit'e baktıktan sonra keyfini hiç bozmadan ve oldukça soğuk bir ses tonuyla, "Günaydın." dedi.

Yiğit nazik bir şekilde, "Böldüm ama özel bir konu mu konuşuyordunuz?" diye sordu.

Yağmur eliyle boş koltuğu göstererek, "Hayır, lütfen buyurun oturun." dedi.

Yiğit koltuğa oturduktan sonra poşetten bir hediye paketi çıkardı.

"Umarım beğenirsin." dedi.

Volkan ilgisini gazeteden çekip Yiğit'e ve Yağmur'a vermeye başladı.

Yağmur hediye paketine bakarak, "Bu hediyeyi hak edecek ne yapmış olabilirim?" diye sordu.

Volkan da kulak kabartarak, Yiğit'in vereceği cevabı merakla beklemeye başladı.

Yiğit bir süre durduktan sonra, "Dün bahçede çok üşümüş olman benim için yeterli bir sebepti." dedi.

Yağmur yavaşça hediye paketini açtı ve önce karşısında duran beyaz şala sonra da Yiğit'e baktı. Sonra mahcup bir ifadeyle, "Biliyor musunuz, evde unuttum. Çok ayıp oldu Hüsamettin Bey'e." dedi.

Yiğit, Volkan'ın varlığını unutup Yağmur'un gözlerinin içine bakarak, "O şal amcam için değerli, bu şal da umarım senin için değerli olur." dedi.

Yağmur'un yüzündeki utangaçlık duygusuna karışmış mutluluk ifadesini gören Volkan, hafifçe öksürerek ve imalı bir sesle Yağmur'a bakıp, "Ben çıkayım bari. Bu arada dün beni neden aramadığın ve mesajlarıma neden cevap vermediğini de anlamış bulunuyorum. Ama anlamadığım şey, daha dün tanıdığın bir adamla bahçelerde buluşmaya vakit ayırırken, benim mesajlarıma bir cevap verme zahmetinde neden bulunmadığın." dedi ve yerinden kalktı.

Yiğit, Volkan'ın bu sert çıkışı ve sözleri karşısında aynı sertlikte bir ifadeyle yerinden doğrulup, "Konuştuklarına dikkat et Volkan. Burada kimse sana hesap vermek zorunda değil diye düşünüyorum." dedi.

Yağmur, bu durum karşısında ne yapacağını bilemez bir hâlde olanları izliyordu. Volkan, Yiğit'in üzerine doğru ilerleyip burun buruna geldikten sonra, "Dikkat etmezsem ne yaparsın? Ben kimseden hesap sormuyorum. Sadece hak ettiğimi düşündüğüm bir parça vefa arıyorum bu odada." dedi.

Berna Hanım, Yağmur'un odasından yükselen tartışma seslerini duymuş ve çoktan Hüsamettin Bey'e panik içinde haber vermişti. Hüsamettin Bey, Yağmur'un odasına girdikten sonra, Volkan ve Yiğit'in burun buruna o vaziyetlerini görünce, "Yeteerrrr!" diye bağırdı.

Her ikisinin de arasına girerek birbirlerinden uzaklaştırdı. Berna Hanım, Yağmur'un yanına gelerek ellerini tuttu. Hüsamettin Bey ise sert bir ses tonuyla, "Her ikiniz de derhâl benim odama gelin." dedi.

Yiğit odadan ayrılırken, Yağmur'un durumunu görmek için geriye doğru dönüp baktı. Yağmur'un sessiz gözyaşları, yanaklarından dosyaların üzerine damlıyordu. Elleriyle ağzını kapatmıştı. İçine hıçkırarak ağlamak diye bir şey varsa eğer, Yağmur'un şu anki hâli tam olarak buydu. Yiğit, Yağmur'un o hâlini gördükten sonra başını öne eğerek odadan en son çıktı.

Hüsamettin Bey, masasına oturduktan ve her iki genci de göz ucuyla şöyle bir süzdükten sonra gözlerinden âdeta ateşler çıkarcasına, "Benim ofisimde böyle davranma hakkını nereden buluyorsunuz siz? Neyi bölüşemediniz? Hangi sebep sizi böyle saçma sapan davranma noktasına getirdi?" diye sordu.

Yiğit başı önde amcasını dinledikten sonra, "Ben de tam olarak konuyu anlamış değilim amca. Volkan Bey dün Yağmur'a mesaj atmış ve aramış sanırım. Yağmur da cevap vermemiş, geri dönmemiş. Bu beyefendi de bu durumdan beni sorumlu tutuyor. Kızın üzerine fazla gitti. Ben de dayanamadım ve sözlerine dikkat etmesini söyledim. Sonrası malum zaten." dedi.

Hüsamettin Bey, Volkan'a dönerek, "Bir de senden dinleyelim olayı Volkan Bey." dedi.

Volkan, Yiğit'in gözlerinden öfkeli gözlerini ayırmayarak yüksek bir sesle, "Daha yarası taze olan arkadaşıma odasında aşk ilan etmeye kalkıştı. Gözümün önünde flört etmeye çalıştı. Şu ofiste Yağmur'un neler çektiğini benden daha iyi bileniniz yok. Onu ne incitir, hangi söz içini acıtır çok iyi biliyorum. Buna müsaade edemezdim." dedi.

Yiğit, Volkan'ın bu çıkışı karşısında, "Benden haz etmediğini biliyorum. Ama senden bu kadarını beklemezdim doğrusu. Babanın yıllardır beni sana örnek göstermesi, başarılı bir işadamı olmamı takdir etmesi ve amcamın sürekli benden bahsetmesi, seni bana karşı düşman etti. Oysa buna rağmen ben sana asla kötü davranmadım. Sana yardımcı olmaya çalıştım. Yeri geldiğinde nasihatler verdim, kol kanat gerdim. Yazıklar olsun, karşılığını böyle saygısızca alacakmışım. Ayrıca, her ikimiz de adımız gibi biliyoruz ki, verdiğim hediyeden ve konuşmalardan Yağmur'un incindiği falan yoktu. Aksine sevindi kız. Ama sen olup biteni değil, görmek istediğini gördün sadece." dedi.

Volkan dişlerini sıkarak, "Evet, senden haz etmediğim kesinlikle doğru. Hatta yüzünü bile görmek istemediğim de. Hatta bazen ne diyorum biliyor musun? O kazada ölmesi gereken ailen değil, sen olmalıydın bence." dedi.

Yiğit bu ağır söz karşısında Volkan'ın iki yakasını ellerine alıp yumruğunu sıktı. Hüsamettin Bey yerinden hızlıca kalktı ve Volkan'ın kolundan sert bir şekilde tutup, "Defol git buradan!" dedi.

Volkan gülümseyerek ofisten ayrıldığında, Hüsamettin Bey yaşananlar karşısında fazla ayakta duramadı ve koltuğa yığıldı. Yiğit, amcasının bu hâlini görünce panik içinde, "Berna Hanım çabuk yetiş!" diye bağırdı.

Berna Hanım ve Yağmur koşarak odaya girdiler. Hüsamettin Bey'i koltukta yüzü sapsarı olmuş bir şekilde otururken gören Berna Hanım, Yağmur'a dönüp, "Çekmecede, dışı kırmızı ve beyaz bir hap kutusu var. Onu çabuk bana ver kızım." dedi.

Sonra Yiğit'e dönüp, "Sen de şu camları aç. Sonra da amcanın telefonundan, Doktor Metin Bey'in numarasını çevir." dedi.

Yağmur ve Yiğit Berna Hanım'ın talimatlarını yerine getirmek için hızlıca hareket ettiler. Berna Hanım da, Hüsamettin Bey'in gömleğinin düğmelerini çözerek onu koltuğa sırtüstü yatırdı. Ayaklarının altına bir minder koyduktan sonra telefonda bekleyen Doktor Metin Bey'le konuşmaya başladı. Yağmur, Hüsamettin Bey'in yanına oturup gözlerini Hüsamettin Bey'in gözlerinden ayırmadan onun ellerini tutuyordu. Yiğit de amcasının başucunda durmuş, sürekli olarak amcasının nefes alış verişini takip ediyordu. Korkulan olmamış, birkaç dakika sonra Hüsamettin Bey gözlerini açmış ve rengi tekrar yerine gelmeye başlamıştı. Gözlerini açtığında, önce Yağmur'u gördü karşısında. Yağmur'un ellerini sıktı ve sonra başucunda bekleyen Yiğit'e baktı. Gözleriyle "İyiyim ben." işareti yaptı. Sonra tekrar Yağmur'a doğru dönüp yorgun bir sesle, "Duruşmalar?" diyebildi sadece.

"Hepsi aklımda siz sakın merak etmeyin, ben üstesinden gelirim. Siz sadece dinlenmenize bakın."

Hüsamettin Bey, Yağmur'un bu özgüveninden ve işlerin aksamayacak olmasının memnuniyetiyle gözlerini tekrar kapattı. Bir süre sonra odaya giren Doktor Metin Bey, muayenesini yaptıktan sonra Hüsamettin Bey'in durumunun gayet iyi olduğunu ve biraz dinlenmesi gerektiğini, kendini iyi hissettiği zaman da hastaneye beklediğini, birkaç tektik yapmak istediğini söyledi.

Yağmur, Hüsamettin Bey'in iyi olduğundan emin olduktan sonra adliyeye gitmek için ofisten ayrıldı. Yiğit de öğlene doğru dinlenmesi için evine götürdü amcasını. Berna Hanım ofiste kaldı.

Yağmur kısa süren ilk duruşmadan sonra öğle molasında durumunu sormak için Hüsamettin Bey'i aradı. Ancak bütün aramalarına rağmen karşıdan bir cevap alamadı. Sonra Berna Hanım'ı arayarak Yiğit'in amcasını evine götürdüğünü öğrendi. Berna Hanım, Hüsamettin Bey'in telefona cevap veremeyeceğini, ancak durumunu şu an yanında olan Yiğit'ten öğrenebileceğini söyleyerek, Yiğit'in telefon numarasını verdi. Yağmur, Yiğit'ten güzel haberler alınca sevindi. Öğleden sonraki duruşmaya da girdikten sonra taksiye atlayıp Hüsamettin Bey'in evinin yolunu tuttu. Eve vardığında zile bastı. Bir süre sonra otomatik kapı açıldı. Yiğit'i bahçede kendisine doğru yürürken gördü. Yiğit'in yüzünden, amcasının durumunun iyi olduğunu bir kez daha anladı. Yiğit, Yağmur'un elindeki orkideleri alarak, "Hoş geldin. Ne de güzel bir sürpriz bu. Amcam, seni ve bu güzel çiçekleri görünce çok sevinecek." dedi.

"Bütün gün aklım Hüsamettin Bey'deydi. Duruşmalarda ne konuştum, ne istedim, ne talep ettim hiç farkında bile değilim. Meslek hayatım bugün bitmiş olabilir." diye gülümsedi Yağmur.

"Amcam gayet iyi. Sanırım yarın tetkikler için hastaneye gideceğiz." dedi.

Yağmur duyduklarından memnun olarak, bahçeden salona doğru ilerledi. Hüsamettin Bey'i salondaki koltukta yatarken gördü.

"Ama neden yerinize yatmadınız? Burası pek rahat gibi görünmüyor." diye endişesini dile getirdi.

Hüsamettin Bey yattığı yerden doğrularak, "Şu bahçeyi görmek bana iyi geliyor. Yeşilliğe bakarak, köpeğimin komik hareketlerini izleyerek tedavi ediyorum kendimi. Zaten çoğunlukla burada uyurum ben küçük hanım." dedi.

Sonra Yiğit'in elindeki orkidelere bakarak, "Yoksa bunlar benim için mi?" diye sordu.

"Evet, umarım beğenirsiniz. Benim en sevdiğim çiçek türüdür orkide."

"Niye zahmet ettin küçük hanım? Düşünmen bile, beni ziyaret etmen bile yeterliydi benim için."

Yiğit'e bakarak, "Evlat şu dolabın içinde bir sürü vazo olması gerek. Hadi onları bir zahmet suya koyun. Bu arada nasıl geçti davalar? Yokluğumu aratmadın umarım." dedi.

Yağmur, Hüsamettin Bey'i merakta bırakmamak için, "Gayet güzel geçti. Ayrıca, tabii ki sizin yerinizi doldurmak mümkün değil. Hâkim bile sizin neden gelmediğini sordu." dedi.

"Dur tahmin edeyim, şu titiz hâkim sormuştur kesin."

"Doğru tahmin ettiniz. Kendinizi nasıl hissediyorsunuz?"

"Daha iyiyim. Doktorum kendimi yormamam gerektiğini söyledi. Hatta ona göre artık emekli olmalıymışım. Ama daha beş yıl kesinlikle emeklilik düşünmüyorum. Bu arada babanı aradım ve bugün gelemeyeceğimi söyledim. Yine uzun bir konuşma yaptık. Ama bu kez antika arabalar hakkında değil. Rahatsızlığımı söyleyince nelere dikkat etmem gerektiği hakkında önerilerde bulundu. Hatta, 'Kızım birçok hemşireye taş çıkarır, hastalandığında annesine de o baktı. Size de yardımcı olabilir.' dedi. İyi adam senin bu baban." dedi Hüsamettin Bey.

Yağmur çantasını koltuğa bırakıp, Hüsamettin Bey'in karşısındaki koltuğa oturdu.

"Babam okumamıştır ama hisleri çok güçlüdür. Birçok konuda kendisini geliştirmiştir. Özellikle annem hastalandıktan sonra onun iyileşmesi için çok kitap okumuş, çok fazla bilgi edinmiştir." dedi Yağmur.

"En kısa zamanda tanışmak istiyorum. Bizim kafalar fena hâlde tuttu sanki babanla."

Yağmur yerinden kalkıp, "Aç mısınız? Size ne yemek yapayım? Canınız ne istiyorsa lütfen söyleyin." dedi.

Hüsamettin Bey biraz düşündükten sonra, "Aslında canım menemen istiyor. Ama evde hiç domates yok sanırım. Berni'yi arayıp gelirken almasını söylerim. Ama menemeni bana Berni yapar. Siz ikiniz de bugün çok yoruldunuz. Siz dinlenmenize bakın. Bana hasta gibi davranmayın lütfen. Berni gelince sizi göndereceğim zaten. Gidin bir yerlerde yemek filan yiyin." dedi.

"Sizi bu hâlde bırakıp gitmeyi düşünmüyorum."

"Ne varmış benim hâlimde? Gayet iyiyim. Bugün her ikinize de yük oldum. Eğer beni mutlu etmek istiyorsanız çıkın biraz, gezin."

Yiğit amcasının arkasından boynuna sarılıp, "Bu yük olmak kısmını sevmedim amca. Sen de bizi mutlu etmek istiyorsan eğer, bir daha lütfen bu kelimeyi kullanma." dedi.

Hüsamettin Bey arkasına dönüp Yiğit'e baktıktan sonra, "Berni gelince her ikiniz de doğru dışarı." dedi.

Yağmur da, Yiğit de Hüsamettin Bey'in inadını biliyordu. Bu hasta hâliyle onu kırmak istemediler. Birkaç saat sonra Berna Hanım ellerinde poşetlerle geldi. Poşetleri Yağmur'a verip Hüsamettin Bey'in yanına geldi.

"Siz pek sevmezsiniz ama biraz da sebze aldım. Tek başına menemen sanırım yeterli olmaz. İyi beslenmeniz lazım." dedi.

"Anlaşıldı, sen yine brokoli, lahana ve havuç haşlaması yedireceksin bana."

"Hayır, yanında menemen de olacak elbet ve biraz da et haşlaması."

Yağmur sözün arasına girerek, "Menü gayet güzele benziyor. İzin verin biz de size eşlik edelim." dedi.

Hüsamettin Bey, "Siz hâlâ burada mısınız?" diye kükredi.

Yiğit ve Yağmur birbirlerinin gözlerine, "Yapacak bir şey yok gitmekten başka." der gibi baktılar ve evden ayrıldılar.

Yiğit'in arabasına bindikten sonra, Konya yoluna doğru ilerlediler. Yiğit, Yağmur'a dönüp, "Bak şimdi, USB'de yaklaşık altı yüz şarkı var. Ben şimdi hepsini karışık çalması için şu tuşa basıyorum. Bundan sonraki şarkı senin şarkın olsun. Bakalım ne çıkacak? Bu arada içinde bütün müzik türlerinden var. Yani yabancı da, pop da, türkü de, sanat müziği de, hatta arabesk bile çıkabilir." dedi.

Yağmur kendisine çıkacak şarkıyı merakla beklerken, "Çok şanslı olduğumu düşünmüyorum. Muhtemelen en olmadık bir parça bulur beni." dedi.

"Hep böyle karamsar mısın?"

"Son zamanlarda evet."

"O zaman bugün pozitif olmayı dene lütfen. Çok sevdiğin bir şarkının çıkacağını düşün. Hadi, şimdi gözlerini kapat ve müzik bitene kadar da sakın açma. Kendini müziğe bırak."

"Sen de çalacak şarkıyı ayarlama. Kaderime razıyım."

"Ben bile çoğunu dinlemedim. Şarkıları tamamen karışık çalıyor. Herhangi bir müdahalem zaten olamaz."

Yağmur gözlerini kapattı ve şarkısını beklemeye başladı. Biraz sonra hoparlörlerden Zeki Müren'in sesinden *Bulamazsın Benim Gibi Seveni* adlı şarkı duyuldu. Yiğit çıkan şarkıdan oldukça memnun olmuştu. Hani ayarlasa ancak bu kadar olurdu. Sesi biraz daha açtı ve Gölbaşı'na doğru yoluna devam etti.

Araç yol kenarındaki bir restoranda durdu. Görevli vale, arabayı teslim aldıktan sonra ikili içeriye girdi. Mogan gölünün üzerinde uçuşan dik kuyruklu kuşlar, harika bir görüntü sunuyordu. Cam kenarındaki bir masaya oturdular. Yağmur bir süre gölü inceledi. Göl kenarındaki küçük balıkçı teknelerine dalıp gitti. Garson menüyü getirince dikkati dağıldı. Yiğit garsona dönüp, "Ne tavsiye edersiniz?" diye sordu.

"Günün çorbası olarak mercimek çorbasını, salata olarak gavurdağı salatasını, ara sıcak olarak paçanga böreğini, ana yemek olarak da kekikli kuzu kavurmayı tavsiye ederim." dedi garson.

Yiğit, Yağmur'a baktı ve "Senin özel olarak istediğin bir şey var mı?" diye sordu.

"Ben zaten çok yemek yiyen biri değilim. Bir çorbayla ve salatayla bile doyabilirim." dedi.

Yiğit menüyü garsona doğru uzatıp, "Sen söylediklerinin hepsinden getir ama önce bize iki çay lütfen." dedi.

Yağmur, Yiğit'e bakarak, "Şarkıyı sen ayarladın değil mi?" diye sordu.

"Belki bana inanmazsın ama ben o şarkının orada olduğunu bile bilmiyordum."

Yağmur pek inanmamış bir bakışla, "Her ne yaptıysan ya da yapmadıysan iyi geldi bana." dedi.

"Şansına Ankara oyun havası da çıkabilirdi."

"Ben daha kötülerine de hazırdım."

"Bak pozitif düşününce ve hayatına güzel şeyler çağırınca nasıl da geliyormuş." diye gülümsedi Yiğit.

"Ben pozitif bir şey düşünmedim ki."

"O zaman ihtiyacın varmış ki seni buldu. Aslında çok da pozitif bir şarkı değil."

"Evet değil ama bilmiyorum nedendir, bana iyi geldi." dedi Yağmur.

Kısa bir suskunluktan sonra Yiğit, "Bu emrivaki için lütfen kusura bakma. Ben bu şekilde planlamamıştım. Ama amcamın rahatsızlığını ve bu şekilde davranacağını hiç hesaba katmadım." dedi.

Yağmur gözlerini tekrar Mogan gölünün üzerinde uçuşan kuşlara çevirip, "Evet benim için de sürpriz oldu. Ha aklımdayken söyleyeyim. Bugün Volkan'ın yaptığı o davranış için özür dilerim. Ben de böyle bir tepki göstereceğini hiç düşünmezdim. Benim tanıdığım Volkan asla böyle davranmazdı. Ama son zamanlarda değişti. Ben de nedenini çözebilmiş değilim. Ailesiyle hep bir sıkıntısı vardı. Belki bu yüzdendir diye düşünüyorum." dedi.

Yiğit, Volkan ismini duymuş olmanın rahatsızlığıyla, "Senin bugünkü olayda zaten bir kabahatin yoktu. Bu yüzden özür dilemen de gerekmez. Her ne sebebi olursa olsun, o ofiste ve o ortamda böyle davranmasını gerektirmezdi diye düşünüyorum. Senin ve amcamın hatırı olmasa, inan olay başka bir yere giderdi. Ailesi konusunda haklısın. Babasını iyi tanırım. Erdal Amca çok disiplinlidir. Başarı endeksli yaşayan bir adamdır. Zaten babasının bu disiplini olmasaydı, Volkan üniversiteyi bile zor kazanırdı." dedi.

Yağmur hüzünlü bir ses tonuyla, "Böyle değildi. Volkan bunları yapacak adam değildi." dedi.

Sonra gözlerini gölden alıp Yiğit'e baktı, "Neyse konuyu değiştirelim. Mesela merak ediyorum, hüzünlü olduğun zamanlarda, yalnız kalmak istediğin zamanlarda Antalya'da ne yaparsın? Ne iyi gelir sana?" diye sordu.

Yiğit arkasına yaslanıp gözlerini kapattı, "Eğer mevsimlerden yaz ise ve gündüzse, atlarım arabaya kendimi Adrasan'a atarım. Denize girerim, kumsalda yürüyüş yaparım. Akşamları sahilde oturur, yıldızlara bakarım. Ağustos böceklerinin şarkılarını dinlerim. Gidecek durumda değilsem, termosuma çayımı demlerim, sonra alırım oltamı ve koltuğumu falezlere giderim. Atarım oltamı denize ve oltamla birlikte stresimi de denize atarım." dedi.

"Dinlemek bile insanı bu kadar rahatlatırken, bunları yapmak kim bilir ne kadar da iyi gelir. Zaten denizin ve mavinin insan psikolojisi üzerinde çok olumlu etkilerinin olduğunu okumuştum. Mesela şu Mogan Gölü, eski hâli olmasa da, şu hâliyle bile insanları kendine çekiyor. Ankara, alışveriş merkezleriyle dolup taşan bir şehir. Neredeyse adım başı bir alışveriş merkezi var. İnsanlar boş vakitlerini genellikle bu alışveriş merkezlerinde geçiriyorlar. Canları sıkılınca kendilerini buralara atıyorlar. Ama biliyorum ki, bu stresli hâlleriyle çok fazla alışveriş yaptıkları için ya da ortamdan fazla elektrik ve radyasyon aldıkları için, streslerini atmak isterken daha fazlasıyla evlerine dönüyorlar."

Yiğit araya girerek, "Peki, sen hüzünlü zamanlarında ne yapıyorsun Yağmur?" diye sordu.

Bu kez Yağmur gözlerini kapatıp arkasına yaslandı. "Ben evde vakit geçirmeyi seviyorum. Özellikle annemle konuşmak her zaman iyi geliyor bana. Bazen onun yüzünü görmek bile bana umut veriyor, mutluluk veriyor. O benim her zaman şükür sebebim. Ama bir gün kısmet olursa eğer, küçük müstakil bir evim olmasını istiyorum. Her şeyi organik yetiştirmek istiyorum. Bahçemde küçük bir köpeğim ve meyve ağaçlarımın olmasını istiyorum. O küçük bahçemde, salçamı kendim kaynatmayı, reçellerimi yapmayı, turşularımı kurmayı, kışlıklarımı hazırlamayı istiyorum. Sonra ne istiyorum biliyor musun? Bir kenara küçük bir kümes kurup oraya civcivleri doldurmayı, onlar büyüyünce yumurtalarını sağda solda aramayı, emeğimin geçtiği ve büyümesinde katkım olan her şeyi afiyetle tüketmeyi istiyorum. Ama tüm bunlar için daha çok çalışmalıyım biliyorum. Bu hayali gerçekleştirmek bile fazlasıyla emek istiyor. Ama olsun, hayali kurulmayan hiçbir düşünce gerçek olamaz." dedi.

Yağmur gözleri kapalı bir vaziyette hayalini anlatırken Yiğit de Yağmur'un ışıldayan yüzüne bakıyordu. Anlattığı şeyler öyle güzel şeylerdi ve anlatış şekli o kadar içtendi ki, karşısında duran kadına sırf bunun için bile defalarca kere âşık olabilirdi. Ara sıra gülerken, yüzünde beliren gamzelerinin içine düşecek gibiydi. Değişen mimiklerini, titreyen kirpiklerini ve dolgun dudaklarını, gamzeleriyle bütünleşmiş o güzel yanaklarını inceliyordu. Karşısında ne kadar da çaresiz olduğunu düşündü sonra. Ne kadar zayıf. Hadi kalk dünyanın diğer ucuna gidelim dese, bırak işini gücünü dön Ankara'ya dese ya da kendini şu göle at dese, sorgusuz sualsiz yapacak kadar zayıftı. Hani birazcık cesareti olsa ya da Yağmur'dan ufak da olsa bir ışık alsa, avazı çıktığı kadar bağıracaktı, "Âşığım ben sana!" diye. Sevdiğinin karşısında bu kadar zayıf olmak ve onun iki dudağından çıkan her şeyi bu kadar sevmek ancak aşk ile mümkün olabiliyormuş diye düşündü içinden. Sonra, ya olmazsa, ya Yağmur kendini reddederse ne yapacaktı? "Hayır." dedi, "Kötü şeyler getirmeyeceğim aklıma. Bu kazanamayacağım bir savaş olsa bile, denemek bile yeterince tatmin edici bir zafer benim için." dedi. Sonra karşısındaki güzelliği tekrar seyre daldı, Yağmur hayalini anlatmaya devam ederken.

Yağmur gözlerini açtığında Yiğit'in gözlerini kırpmadan kendine baktığını fark etti.

"Belki senin kadar güzel cümlelere dökemedim hayalimi ama umarım yeterince açıklayabilmişimdir." dedi.

"Ben yaşadığım bir hayatı anlattım sana, sen ise hiç yaşamadığın bir hayatı. İnan ki gözlerimi kırpmadan seni dinledim." dedi Yiğit.

Yemek sırasında, bazen Yiğit Antalya hayatından ayrıntılar anlattı, bazen de Yağmur Ankara'ya karşı duyduğu soğukluğun nedenlerini. Mum ışığında tazelenen çaylar eşliğinde çocukluk günleri konuşuldu. Hobilerden, müzik zevklerinden, yemeklerden ve gelecekten konuşuldu. Sonra kahveler içilirken Yağmur, ofise başladığı o ilk günü, Hüsamettin Bey'le tanışmasını ve avukatlık mesleğini neden seçtiğini anlattı. Sonra çalan telefonu, her ikisinin de dikkatini dağıttı. Arayan annesiydi. Nerede ve kimle olduğunu soruyor ve geç kalmamasını istiyordu. Yiğit, Yağmur'un "Yiğit'leyim anne" cevabından çok mutlu olmuştu. Yağmur annesinden saklamamıştı kendisini. Hüsamettin Bey'in yanında olduğunu da söyleyebilirdi. Hem doğru söylemeyi tercih etmiş hem de annesine adını söylemişti. Bu Yiğit için çok umut verici bir gelişmeydi. Ama şansını fazla zorlamamak ve telefonda konuşulanları duymuş olmanın gereği olarak, "Annen haklı. Hadi artık kalkalım. En azından diğer akşam yemekleri izni için yüzüm olsun annene karşı." diyerek niyetini ve davetlerini sıraladı.

"Ben saatin on olduğunun farkında bile değilim. Gerçekten geç kaldım."

"Merak etme, ben seni Keçiören'e kadar bırakırım. Sonra bir taksiye binersin ve evine hızlıca geçersin. Bir saate kalmaz evde olursun."

"Bu kadar yolu gidip tekrar geri döneceksin. Buna gerek yok. Sen beni Oran sitesi kavşağından taksiye bindir. Sen İncek'e dön, ben taksiyle giderim." dedi Yağmur.

Yiğit amcasını aratmayan kararlı bir ses tonuyla, "Ha benimle gitmişsin, ha taksiyle gitmişsin. Üstelik mutluluk duyacağım şeylerden lütfen mahrum etme beni." dedi.

"Peki sustum." dedi Yağmur.

Yiğit, Yağmur'la geçireceği sürenin bir saat daha uzamasına sevinerek çıktı yola. Gölbaşı'nın içinden geçip Ankara'ya doğru hızla ilerledi.

Yağmur çalan şarkıyı dinlerken, "Şuraya mı basıyorduk şarkıları karışık dinlemek için?" diye sordu.

"Hayır, onun altındaki tuşa basman gerek."

"Peki anladım. Şimdi buraya bastıktan sonra gelecek şarkı da senin şarkın olsun. Bakalım senin şansına hangi şarkı çıkacak?" diye gülümsedi.

"Hadi bekliyorum."

Yağmur tuşa bastıktan sonra *Babam ve Oğlum*'un film müziği çalmaya başladı. Yağmur bu müziği çok iyi biliyordu. Bu müziği dinlemenin Yiğit'i nasıl üzeceğini de. Bu sebepten tuşa tekrar basmak için parmaklarını değiştirme tuşuna doğru götürdü. Yiğit ani bir hareketle Yağmur'un elinden tutup gözlerini yoldan hiç ayırmadan, "Lütfen çalsın. Ben şimdiye kadar bu müzik çaldığı zaman hiç değiştirmedim. Değiştirilmesini de istemedim. Çünkü bu müzik çaldığı an babamın yanımda, bu arabada olduğunu düşünüyorum. Annemin kokusunu alıyorum. Benimle gurur duyduklarını hissediyorum. Bunu hissetmek bana mutluluk veriyor. Gerçi film oğlunu kaybeden bir babanın hikâyesini anlatıyor ama benim için fark etmez. Şu hayatta hangi rolü üstlenirsek üstlenelim, adımız her ne olursa olsun, sevdiklerini kaybetmenin hüznü değişmiyor. Ben hüznümü onun üstüne giderek, ondan kaçarak değil; onunla birlikte yaşayarak, onu unutmaya çalışarak değil ve her fırsatta hatırlamaya çalışarak yenmeye çalışıyorum. Çünkü o zaman içime atmamış oluyorum. O zaman üstünü kapatmamış oluyorum. Zaten unutulması mümkün değil. Evet, zamanla azalıyor içinde yaşadığın acı ama ben acımı yaşayarak azaltmayı tercih ediyorum. Özlemiyor muyum? Hem de nasıl özlüyorum bir bilsen. Daha yeni gençliğe adım atmışken, hem anneni hem de babanı kaybetmenin acısı nasıldır, bilir misin? Ben her ay bu şehre geliyorsam, sebebi sadece amcamı görmek değil. Özlemimin artık dayanılmaz olduğu zamanlarda, mezarlarını ziyaret edip biraz nefes alabilmek, biraz da onların manevi huzurlarını tatmak için geliyorum bu şehre." dedi.

Yağmur, Yiğit'in yanağından akan yaşları görünce, kendisi de göz pınarlarında zor tuttuğu gözyaşlarını bıraktı. Çantasından bir selpak çıkarıp önce Yiğit'in gözyaşlarını sonra da kendi gözyaşlarını sildi. Yiğit'in anlattıkları Yağmur'u da derinden etkilemişti. Belki de en yaralı yerini acıtmıştı. Müziğin de etkisiyle sessizce ağladılar her ikisi de. Şarkıyı tekrar tekrar baştan dinlediler yol boyunca.

Yiğit, Yağmur'u Keçiören'in girişinde taksiye bindirdikten sonra tekrar Konya yoluna doğru ilerledi. Aklında sürekli olarak "Acaba Yağmur'u üzdüm mü, istemeden de olsa yarasını kanattım mı?" soruları dolanıp duruyordu. Eli kaç kez telefona gitse de arayamadı. Onu daha fazla rahatsız etmeye hakkı olmadığını düşündü. Sonra konuştuklarını bir kez daha aklından geçirdi. Sözlerin içinde Yağmur'u etkileyebilecek o kadar bölüm vardı ki... Bir an bencillik ettiğini düşündü. Bir çuval inciri berbat ettiğini düşündü. Bu güzel gece böyle bitmemeliydi diye düşündü.

Yağmur eve geldiğinde, her zamanki gibi annesini salonda kendisini beklerken buldu.

"Seni de uyutmadım değil mi?" diye sordu.

"Hayır bebeğim, zaten uykum yoktu. Bilirsin, sen gelmeden asla uyumam ben."

Yağmur annesinin yanına oturduğunda annesi, kızının kızarmış gözlerini gördü.

"Sen ağladın mı yavrum?"

"Evet anne, ağladım. Ama bu kez kendim için değil."

"Bir şey mi oldu kızım? Hüsamettin Bey iyi mi?"

"Herkes çok iyi anne. Hüsamettin Bey de iyi, toparlamış görünüyor. Yiğit kazada kaybettiği anne ve babasına ağlayınca ben de tutamadım kendimi."

Annesi kızının başını avuçlarının arasına aldı. "Ey benim yufka yürekli kızım. Aynı annen gibisin sen de. Kimin bir acısı varsa tutar ucundan alırsın."

"Anne ben alışmaktan korkuyorum bu adama. Nasıl oluyor bilmiyorum ama içimde Toprak dururken bütün ağırlığıyla, Yiğit'e alışmaktan korkuyorum. Bu korku ve Toprak'a duyduğum özlemin gün geçtikçe daha da artması yüzünden Yiğit'ten uzak durmayı düşünüyorum. Gerçi bunu yapıyorum, en azından yapmaya çalışıyorum kendimce. Ama nasıl oluyorsa oluyor, onu hep karşımda buluyorum. Bundan sonra daha kararlı olacağım anne. Bundan sonra hiçbir erkeği Toprak'ı sevdiğim kadar sevebileceğimi düşünmüyorum."

Yağmur ağlayarak odasına çekilirken, annesi oracıkta kalakaldı. Oysa kızının bir erkeği sevebilme ihtimalinden bile umutlanmıştı. Sevgi onu iyileştirebilirdi. Onu eski Yağmur yapabilirdi. Ama bir kez daha gördü ki, kızının içindeki bu yara asla kapanmayacak. Ya da kapanması çok uzun zaman alacak. Kızı da, bu büyük sevgisiyle imtihan olacak.

Yağmur ertesi sabah kahvaltı dahi etmeden ayrıldı evden. Otobüste yol boyunca, Yiğit'le yapacağı konuşmayı düşündü. Onu kırmak istemiyordu. Ama adı gibi biliyordu ki, ne söylerse söylesin Yiğit incinecekti, üzülecekti. Ama bu tanışmanın bu hâle gelmesini kendisi istememişti. Birçok şeyin farkındaydı aslında. Hüsamettin Bey'in, Yiğit'le kendisini yalnız bırakma çabalarının, Berna Hanım'ın kaçamak bakışlarının ve hatta annesinin bile Yiğit'i bu kadar çabuk kabul etmesinin sebebini çok iyi anlıyordu. Ama herkesin çok iyi niyetli olduğunu da biliyordu. Yiğit'in yüreğinin güzelliğinin de farkındaydı. Ama yapamıyordu işte. Yüreğinin büyük bir bölümü kan ağlarken, kalan diğer yanıyla yeni bir insana alışamıyordu. Belki de zamana ihtiyacı vardı annesinin dediği gibi. Belki de zaman bile ilaç olmayacaktı bu yaraya.

Otobüsten indikten sonra ofise doğru yürüdü. Tam apartmana girecekken, "Yağmur seninle biraz konuşmamız gerek." diye çıktı Volkan karşısına.

Yağmur korkmuş bir hâlde, "Burada ne işin var senin?" dedi.

"Seninle konuşmam gerek. Arayıp buluşalım desem, gelmeyeceğini adım gibi biliyorum. Zaten telefonlarıma ve mesajlarıma bile artık dönmeyen biri için bu gayet mantıklı bir tahmin."

"Sana neler oluyor Volkan? Son günlerde yaptıklarını düşünüyorum da, seni tanımakta gerçekten zorlanıyorum."

"Ne olur açıklamama izin ver Yağmur. Bana bir çay içecek kadar süre var. Hepsini açıklayabilirim sana."

Yağmur, Volkan'ın gözlerine bir süre baktıktan sonra, "Bugün çok işim var Volkan. Sadece yarım saatin var." dedi.

"Teşekkür ederim bana bu yarım saati lütfettiğin için. Şurada yol üstünde bir simitçi var. Orada oturup konuşabiliriz."

Simitçiye doğru yürürken birbirleriyle hiç konuşmadılar. Simitçide bir masaya oturduktan sonra iki çay sipariş etti Volkan.

"Bak, değiştiğimin ben de farkındayım. Ama hayatımda hiçbir şey planladığım gibi gitmiyor. Çalıştığım ofiste mutlu değilim. Hatta bu mesleğin bana uygun olduğunu bile düşünmüyorum artık. Babam sürekli üstüme geliyor. Kendimi kendim gibi hissettiğim tek yer ise senin yanındı. Senin yanında mutlu oluyorum sadece. Sırf bu mutluluk için, ofiste bana hakaret edip duran Hüsamettin denilen o adamın aşağılık esprilerine bile gülüyorum. Sonra senin, ağzımdan yanlışlıkla çıkan bir söz için bana küsmeni, beni dışlamanı da anlamıyorum. Sen beni yıllardır tanıyorsun. Seni üzecek herhangi bir davranışımı gördün mü? En zor zamanlarında ben hep yanında olmadım mı? Sırf kendini iyi hisset, o âşık olduğun mesleğine bir an önce başla diye sana şu lanet ofisi ben bulmadım mı? Her gün seni arayıp hatırını, durumunu ben sormadım mı? Son olarak, çocukluğumdan beri sevmediğim bir adamı sana hediyeler verirken görüyorum. Üstelik gözlerinin içine düşecek kadar sana bakarken. Sen sanıyorsun ki, Toprak'tan sonra sadece senin üstüne yıkıldı dünya. Ben de en yakın arkadaşımı kaybettim. O lanet kazada yanında ben vardım. Olup biten her şeye ben tanık oldum. Benim de canım yandı Yağmur. Hâlâ şuramda duruyor Toprak'ın acısı. Eğer bir şeyler ters gidiyorsa bende, bunun sebebi budur işte. Seni de kaybetmek istemiyorum Yağmur." diye döktü içindekileri Volkan.

Yağmur bir süre sustuktan sonra, "Bitti mi?" diye sordu.

"Evet bitti."

"Bak Volkan artık ne ben eski Yağmur'um ne de sen eski Volkan'sın. Belki de bizi birbirimize bağlayan tek şey Toprak'ın varlığıydı. Ben sana bakınca kaybettiğim sevgilimi hatırlıyorum, sen bana bakınca arkadaşını hatırlıyorsun. Bu seni mutlu ediyor olabilir ama bana acı veriyor Volkan. Ben senin sesini her duyduğumda, kulaklarım Toprak'ın sesini de arıyor. Seni her gördüğümde, gözlerim çevreye bakınıyor. Ben bu şekilde kendimi toparlayamam. Benim için yaptığın her şey için gerçekten çok teşekkür ederim sana. Ben de senin için aynı şeyi inan, yapardım. Birbirimize karşı bu kadar vefamız olmalı zaten. Hüsamettin Bey için söylediklerine ve dün yaptıklarına gelince, bu konuda seni asla affetmeyeceğim. Şu kısa zamanda, kocaman yürekli bir adam tanıdım sayende. Bunun için de ayrıca teşekkür ederim. Ne şu ofisten ne de Hüsamettin Bey'den vazgeçerim. Bana iyi gelmesi için burayı bulduğunu söylemiştin hatırla. Evet Volkan, bana burası gerçekten çok iyi geldi. Burada beni anlayan, beni seven insanlar var. Evimin dışında huzur bulduğum tek yer burası. Kimsenin onları üzmesine asla izin vermem. Hele bu benim üzerimden olursa. Yiğit'le aramda bir şey olduğunu söylüyorsun. Ben seninle bile bu kadar uzaklaşmışken, nasıl olur da henüz yeni tanıdığım bir insanı hayatıma buyur edebilirim? Evet, bana dostluğunu, arkadaşlığını sundu. Ben de bundan çok memnun oldum. Ama hepsi bu kadar işte. Ötesi yok, bir şey olacağı yok. Benim kimseye verebileceğim bir hayatım yok anlıyor musun? Ben bütün umutlarımı Toprak'la birlikte gömdüm Volkan. Artık seni de gömdüm." diye konuşmasını bitirdi Yağmur ve ağlayarak masadan ayrılırken, Volkan'ın arkasından bağırışlarını duymadı bile.

Ofisten içeri girdiğinde Berna Hanım mutfaktaydı. Berna Hanım'a günaydın diyerek odasına çekildi. Aynada yüzüne çekidüzen verdikten sonra masasına oturdu. Bir süre sonra Berna Hanım elinde sabah kahvesiyle kapıdan göründü. Yağmur'un yüzüne baktıktan sonra, güne hiç de güzel başlamadığını anladı.

"Bir sabah kahvesi her zaman iyi gelmiştir." diyerek tebessüm etti.

Yağmur, Berna Hanım'ın elinden kahvesini aldıktan sonra, "Kahvenin iyi gelmediği zamanlar da var abla." dedi.

"Anlatmak istersen dinlerim kızım." dedi Berna Hanım.

"Tabii ki isterim abla ama bugün değil. Cevap yazmam gereken dosyalar var ve Hüsamettin Bey geldiği zaman işlerin biriktiğini görmesini istemiyorum." dedi Yağmur.

"Tamam kızım. Ne zaman istersen buradayım, yanındayım." diyerek odadan ayrıldı Berna Hanım.

Öğlene doğru Hüsamettin Bey ve Yiğit ofise geldiler. Berna Hanım, habersiz ve bu kadar erken beklemediği Hüsamettin Bey'i kapıda görünce şaşırdı.

"Ama sizin üç gün istirahatiniz vardı. Doktor bu konuda tembihlemişti sizi." diye şaşırmış bir şekilde sordu Berna Hanım.

"Ben yatarak değil, her zaman çalışarak iyi olanlardanım. Kırk derece ateşle duruşmalara girdiğim günleri bilirim ben. Daha yatacak kadar ölmedik be Berni." dedi Hüsamettin Bey.

Yiğit'in gözleri Yağmur'un odasına bakarken, Yağmur heyecanlı bir ifadeyle kapıdan göründü.

"Kendinize çok güvendiğiniz için mi yoksa bana güvenmediğiniz için mi hasta yatağınızdan kalkıp geldiniz buraya Hüsamettin Bey?" diye sordu Yağmur.

"Doğru cevap tabii ki a şıkkı dedi. Sana güvenmesem burada ne işin var küçük hanım?"

"O zaman bugün hiç çalışmak yok. Ben dosyalar hakkında size bilgiler veririm, siz sadece eksik gördüğünüz yerleri bana söyleyin yeter."

Yiğit gözleriyle Yağmur'un gözlerini takip ediyordu. Dün Yağmur'u bıraktıktan sonra dönüşte aklına gelenleri doğrulayacak işaretler fazlasıyla vardı. Yağmur bir kez olsun bakmamıştı Yiğit'e. Ayrıca bir hayli solgun ve oldukça hüzünlü olduğunu da fark etti. İçi fena hâlde sıkıldı bu duruma. İçinden "Ne olacak be oğlum, söylediklerinden sonra koşup boynuna sarılacak değildi ya." dedi. Hüsamettin Bey odasına çekildikten sonra Berna Hanım da arayan ve soranlar hakkında bilgi vermek amacıyla notlarını alıp arkasından odaya girdi. Yağmur da odasına girerken, "Dün akşam için üzgünüm Yağmur. Buna hakkım yoktu biliyorum. Senin bana nasıl kırıldığını da hissediyorum. Beni affetmeni de beklemiyorum. Zaten yarın Antalya'ya dönüyorum. Bugün de işlerim var, ofise tekrar uğramam çok zor. Kötü ayrılmak istemem." dedi Yiğit.

Yağmur, Yiğit'in bu sözlerini biraz şaşkınlıkla, biraz da hüzünlü bir şekilde karşıladı. Ama kendisine verdiği bir söz vardı ve Yiğit'e daha fazla umut vermek istemiyordu. Yiğit'e doğru yaklaşıp elini uzattı, "Her şey için teşekkür ederim. Sana şimdiden hayırlı yolculuklar diliyorum. Amcanı da merak etme. O bize emanet, gözümüz gibi bakarız." dedi.

Bu sözler karşısında Yiğit'in hüznü ve göğsüne oturan ağırlık katlanarak arttı. İstemsizce elini uzattı, "Ben teşekkür ederim. Gözümün arkada kalmayacağını biliyorum. Hoşça kal Yağmur." dedi.

Yiğit, amcası ve Berna Hanım'la vedalaştıktan sonra ofisten ayrıldı. İçindeki ağırlığı zor taşıyordu artık. Bindiği asansörün aynasına bakıp, "Senden vazgeçmeyeceğim Yağmur. Çünkü seni çok seviyorum." dedi.

# V. BÖLÜM

*Ve anladım ki, birçok insan sesini dışa duyuramadığı için kendi içine ağlarmış. Sevdiklerini üzmemek için güler, ruhları ölse bile onlar için yaşarmış.*

Bu sene kış erken gelmişti başkente. İki gündür aralıksız yağan kar, Ankara'nın her yerini beyaza boyamıştı. Kış Ankara için yoğun trafik, soğuk geceler, buz tutan yollar ve ıslak kaldırımlar demekti. Yağmur bu mevsimi hiç sevmiyordu. Çünkü ne yaparsan yapsın, o küçük ayakları ve elleri bir türlü ısınmıyordu. Annesinin her sabah kahvaltı öncesi içirdiği üzüm pekmezi bile pek işe yaramıyordu. Bu mevsimde hiç yataktan çıkmak istemiyordu sabahları. Zaten artan iş yoğunluğu da onu bir hayli yoruyordu artık.

Bugün yine çok yoğun bir iş temposu onu bekliyordu. Telefonunu komodinin üstünden alıp mesajlarını kontrol etti. Yine her sabah ve her akşam olduğu gibi, Volkan'dan gelen mesajlar birinci sıradaydı. Israrla görüşmek istiyordu. Volkan'ın mesajının altında, Yiğit'ten gelen bir resimli mesaj vardı. Fotoğrafta,

Yiğit'in başında bir şapka, gözlerinde güneş gözlüğü, gülen yüzü ve arkasında ışıldayan masmavi bir deniz vardı. Yiğit Antalya'ya döndükten sonra gezdiği yerleri, denizin üstünden batan güneşi, tuttuğu balıkları, dolunay çıktığı zaman ise yakamoz resimlerini gönderiyordu sıklıkla. Yağmur, Yiğit'e kısa mesajlarla teşekkür ediyor ve ne kadar da şanslı olduğunu hatırlatıyordu. Bugün, farklı bir cevap vermek istedi. Yatağından doğrulup pencerenin önünde durdu. Pencerenin önünde duran kiraz ağacının dallarına öbekleşmiş kar kütlelerinin fotoğrafını çekti. Sonra çektiği fotoğrafı beğenmeyip birkaç kez daha en güzel görüntüyü yakalamak için denemeler yaptı. Yatağına tekrar oturup Yiğit'in mesajına karşılık olarak, *"Günaydın Yiğit. Bana gönderdiğin parlayan güneşi, mavi denizi ve dans eden yakamozları içeren mesajlara karşı, ben de sana bu güzelliğin fotoğrafını gönderiyorum. Sen beni şu Ankara soğuğunda ısıtmak isterken, ben de seni biraz olsun üşütmek istedim. Umarım beğenirsin."* diye yazıp altına fotoğrafı da ekleyip mesaj gönderdi. Sonra telefonu yatağın üstünde bırakıp hazırlanmak için banyoya gitti. Kısa bir süre sonra hazırlanmış olarak tekrar odasına geldi. Tam odadan ayrılmak üzereyken, telefonuna gelen mesaj sesini duydu. İçinden "Az daha seni burada unutuyordum." dedi. Gelen mesajı kontrol etmek için açtı. Mesaj Yiğit'tendi. *"Evet, bu mevsimi severim. Özellikle kar görmek için, Davraz kayak merkezine giderim her kış. Ama fotoğrafta en az kar kadar özlediğim ama göremediğim bir şey var."* Yağmur mesajı okuyunca tebessüm etti ve işe gitmek için odadan ayrıldı. Annesine kahvaltıyı ofiste yapacağını söyleyip evden çıktı. Yorucu ve uzun bir yolculuktan sonra ofisin bulunduğu sokağa geldi. Ofisin karşısındaki parkı, kartopu oynayan çocuklar doldurmuştu. Bugün içindeki o şımarık çocuğa engel olamıyordu bir türlü. Çantasını bir yana bırakıp çocukların arasına katıldı. Ara sıra aklına gelen "Kızım bir sürü iş var seni bekleyen, senin yaptığına bak." seslerine hiç aldırış etmeden, kendine yönelen kartoplarından kaçınmaya ve çocuklara karşılık vermeye çalışıyordu. Sonra aklına bir fikir geldi. Koşarak çantasından cep telefonunu aldı ve bütün çocukları başına topladı. Karlar altında kalmış çam ağacını da arkasına alıp, "Üçe kadar sayacağım, sonra herkes kameraya bakıp gülümsesin." diye talimat verdi çocuklara. Harika bir poz yakalayıp bastı fotoğraf çekme tuşuna. Daha sonra çocuklara tekrar dönüp "Şimdi hepimiz kara yatıyoruz ve başlarımız birbirine değecek şekilde bir daire oluşturuyoruz." dedi. Yine harika bir fotoğraf daha çekti. En son fotoğraf için küçük sevimli bir kız çocuğunu omzuna aldığında, kaldırımdan kendisini seyreden Hüsamettin Bey'i gördü. Çocuğu omzundan indirip saçları, kirpikleri, bütün kıyafetleri karla kaplanmış ve mahcup bir şekilde Hüsamettin Bey'in yanına geldi. Hüsamettin Bey'den duyacağı her türlü olumsuz söze kendini hazırlamışken, "Küçük hanım benimle de bir fotoğraf çektirme inceliği gösterir mi acaba?" diye sordu Hüsamettin Bey tebessüm ederek. Yağmur, Hüsamettin Bey'in kendisine kızacağını düşünürken, bir anda gülen yüzünü karşısında görünce çok mutlu oldu.

"Zevk duyarım." dedi nazikçe.

Yakındaki büyük çam ağacının önüne geçip Hüsamettin Bey'le birkaç fotoğraf çekindi.

Hüsamettin Bey fotoğraflara baktıktan sonra, "Hadi bakalım, şimdi hasta olmadan doğru ofise ve işlerinin başına küçük hanım. Ben de manava uğrayıp meyve alacağım. Berni'ye de söyle, beş dakikaya kadar ofiste olurum. Kahveyi koysun ocağa." dedi.

Yağmur ofise geçtikten sonra üşüyen ellerini ve ayaklarını ısıtmak için kendini doğruca kaloriferin yanına attı. Sonra çektiği fotoğraflara baktı. İçinden, "Bakalım buna ne diyeceksin Yiğit Bey?" dedi. En güzel fotoğrafları seçip en sonuna da Hüsamettin Bey'le çekindiği fotoğrafı ekleyip mesaj olarak da, *"Biz de iş güçle uğraşıyoruz işte, ne yapalım."* yazdı. Arkasından da bir gülücük gönderdi.

İki aydan fazla bir süre geçmesine rağmen Yiğit, Yağmur'u hiç bunaltmamıştı. Yaşananları zamana bırakmıştı. Ama kendini de unutturmamıştı asla. Özellikle o akşam yaşananları amcasına anlattığı zaman, amcasının "Sanırım biz fazla üstüne gittik kızın. Yaşadığı acı sonrası ondan büyük adımlar bekledik. Bir süre uzak kalmaya çalış. Nasibinse eğer, zaten onu senin elinden kimse alamaz. Sabırlı ol evlat." sözlerini dinlemişti. Daha sonra, amcasının Yağmur'un babasıyla tanıştıktan sonra söyledikleri de Yiğit'i çok mutlu etmişti. Yağmur'un harika bir babası olduğunu ve babasının da kendisini çok sevdiğini hatta sohbet etmek için birkaç kez ofise bile uğradığını, bir gün Berna Hanım'ı da alıp akşam yemeğine davet edildiğini de söylemişti. Yiğit işte o zaman anlamıştı, bu kale içten fethedilmeliydi. Amcasının da yapmaya çalıştığı şey tam olarak buydu. Bu iki aylık zaman, kendisi için her ne kadar zor geçse de, tüm hücreleri Yağmur için delirse de, gecesinde ve gündüzünde sürekli Yağmur'un o gamzeli gülüşünü hayal etse de beklemeliydi. Beklemeliydi çünkü her ne yaparsa yapsın Yağmur'un kalbine giden yol, onu etkilemekten değil, onun için sabretmekten geçiyordu. Yağmur'un sürekli burnunun dibinde olmak, Yağmur'u etkilemek için doğru bir hareket değildi. Bu geçen süre içerisinde her akşam amcasıyla telefonda konuşuyor ve Berna Hanım'ın Yağmur hakkındaki gözlemlerini dinliyordu. Her gün, Yağmur'u aramamak için içinde büyük bir savaş veriyordu. İşte bu yüzden, hem Yağmur'u unutmadığını göstermek, hem de Yağmur'un kendisini unutmaması için ona mesajlar gönderiyordu. Amcasından "Gelebilirsin artık." müjdesini ve en doğru zamanı bekliyordu.

Yiğit, Yağmur'dan gelen mesajı okuduktan ve Yağmur'un gönderdiği fotoğraflara baktıktan sonra içi tarifsiz bir mutluluk ve umutla doldu. Fotoğraflara tekrar tekrar baktı. Sevdiği kadının yüzünün her santimini, fotoğrafları büyüterek inceledi. İçinden, "Nasıl da özledim seni." dedi. Acaba sabrının meyvesini artık alacak mıydı? Acaba Ankara'ya dönmek için doğru zamanlara yaklaşmakta mıydı? Bu sorularının cevabını almak için akşamı beklemeli ve aklındaki bütün soruları çok güvendiği amcasına sormalıydı.

Hüsamettin Bey ofise geldikten ve kahvesini içtikten sonra Yağmur'u odasına çağırdı. Gözleriyle koltuğa oturmasını istedi.

"Umarım ısınmışsındır küçük hanım. Bak sakın hasta olayım deme şu yoğun günlerde. Bir sürü meyve aldım. Berni'ye söyle, meyve tabakları hazırlasın bize. Ama seni bunu söylemek için çağırmadım." dedi Hüsamettin Bey.

"Sizi dinliyorum, merak ettim doğrusu." dedi Yağmur.

"Bu hafta sonu bir akşam yemeği için size gelmeyi düşünüyoruz Berni'yle. Babanın haberi var. Ama zamanını kararlaştırmamıştık. Eğer sizinkiler de müsaitlerse bana haber ver yarın. Ver ki biz de hazırlığımızı ona göre yapalım. Başka plan yapmayalım." dedi.

"Bildiğim kadarıyla bir planları yok. Ama yine de bu akşam sorarım. Ayrıca bu ziyaretten çok mutlu olurum. Annem, Berna Abla'yı da, sizi de çok merak ediyor." dedi Yağmur.

"Tamam, senden haber bekliyorum yarın."

* * *

Yiğit, gelişmeleri amcasından öğrenmek için her akşam olduğu gibi onu tam sekizde aradı. Yağmur'un ona ilk defa fotoğraf göndermesini, yüzündeki gülümsemesini ve kendinin içinde yeşeren umudu anlattı. Amcası da, Yağmur'un günden güne daha iyi göründüğünü, duyduklarından çok mutlu olduğunu ve bu hafta sonu ailesini ziyaret edeceğini paylaştı. Ve son olarak, "Başlıyoruz evlat." diye ekledi.

Yağmur iş çıkışı Bahçeli, Yedinci Cadde'ye geçti. Mağazalardan birine girip kapüşonlu bir eşofman aldı. Sonra bir kafeye oturup bir çay sipariş etti kendine. Bugün Volkan'ın doğum günüydü. Her ne kadar Volkan'a ağır sözler söylemiş olsa da, yine de uzun süre kin tutamayan ve affedici bir yanı vardı. Kötü şeyler yapmış olsa da özünde iyi bir insan olduğunu düşünüyordu. Zaten Yiğit gittikten sonra, Volkan da eski hâline dönmüş ve Yağmur'u bu süre içerisinde hiç rahatsız etmemişti. Yaklaşık bir ay önce de mesajlarına karşılık vermiş ve onu affettiğini söylemişti. Volkan kafenin kapısından göründüğünde yüzünde büyük bir tebessüm ve içinde tarifsiz bir mutluluk vardı. İki eski dost sarılıp oturdular.

"Hatırlayacağını, unutmayacağını biliyordum." dedi Volkan.

"Sana her ne kadar kızgın olsam da yine de kızgınlığım, dostluğunun önüne geçemedi."

"Ben de kendime çok kızdım yaptıklarımdan dolayı. Uzun uzun düşünme zamanım oldu ve davranışlarımı düşününce kendimden utandım."

"Nasıl gidiyor staj?" diye sordu Yağmur.

"İlk zamanlar alışmakta güçlük çekmiştim, sevmemiştim ama şu an toparladım. Hatta artık sevdiğimi bile söyleyebilirim bu mesleği. Gündüzleri yoğun bir şekilde çalışıp geceleri kanunları, içtihatları, örnek davaları okuyorum."

"Bunları duyduğuma sevindim gerçekten. Gayet iyi görünüyorsun hakikaten."

"Evet, spora da başladım. Her akşam mutlaka yürüyüş yapıyorum."

Yağmur yanındaki poşeti masaya koyup, "O zaman spor yaparken giyersin bunu. Doğum günün kutlu olsun." dedi.

Volkan, Yağmur'dan gelen bu hediyeyi açtıktan sonra, "Çok teşekkür ederim. Özellikle bu soğuk havalarda hiç üstümden çıkarmayacağım bunu. Bedenimi bile unutmamışsın. Senin hayatın nasıl gidiyor? Sen de çok iyi görünüyorsun. Hatta biraz kilo bile almışsın sanki." dedi.

"Evet, tam üç kilo aldım son zamanlarda. Annemin kış bakımına girdim. Her gece yatmadan pekmez içiriyor bana, her sabah da ballı sütler. Berna Abla'nın yaptığı turtaları söylemiyorum bile." Ardından Yağmur tatlı bir tebessümle, "Eee anlat bakalım, var mı hayatında biri? Hâlâ bıraktığım gibi misin?" diye sordu.

"Aslında çok teklif var ama ben kariyer yapmaya karar verdim. Ayrıca bilirsin, ben takıntılı biriyim bazı konularda. Aslında biri var ama..." dedi ve sustu Volkan.

"Vay, bu güzel haber işte. Söyle bakalım kimdir, necidir, avukat mı?"

"Hayır, hayır sen tanımazsın onu. Evet, avukat."

Yağmur arkasına yaslanıp ellerini göğsüne bağladı, "Belki de tanıyorum. O kadar çok avukat tanıdığım oldu ki anlatamam. Hadi söylesene, gerçekten çok merak ettim. Adını söyle de, sosyal medyadan yüzüne bir bakayım." dedi.

Volkan, Yağmur'un bu ısrarı karşısında, "Sosyal medya kullanmıyor. Hem zamanı gelince söyleyeceğim sana. Daha henüz açılabilmiş bile değilim kendisine. Neyse kapatalım bu konuyu." dedi.

"Senin bu konularda nasıl da ketum olduğunu gayet iyi bilirim. Bu yüzden fazla ısrar etmeyeceğim. Ama seni bunca yıldır tanıyorum ve onu seninle el ele görmeden asla inanmam." dedi Yağmur.

"Umarım bir gün göreceksin ve umarım bu çok yakın bir zamanda olacak." dedi Volkan.

İki eski dost, avukatlık mesleği ve gelecekleri hakkında uzun bir sohbet yaptıktan sonra Yağmur akşam için misafirleri olduğunu söyleyerek kalkmak istediğini söyledi. Volkan kalması için ısrar etmedi.

"Bugün aldığım en güzel hediye, doğum günümü unutmamış olman ve bana vakit ayırmandı Yağmur. Çok teşekkür ederim."

"Abartma lütfen Volkan. Tekrar doğum günün kutlu olsun arkadaşım."

"Bir daha arayı bu kadar uzatmayalım lütfen Yağmur. Arayıp sormak için bir dahaki doğum günümü beklemene gerek yok."

"Seneye görüşürüz Volkan." diye gülümsedi Yağmur ve durağa doğru yürüdü.

* * *

Salondaki yemek masası özenle hazırlanmıştı. Dolaptan çıkarılan yemek takımları, renkli peçeteler, hepsi farklı türde salatalar ve ayva hoşafları masayı süslüyordu. Tüm gün yapılan temizlik sonrası ev pırıl pırıl parlıyordu. Selçuk Bey, bugün işten erken gelmiş ve kendi üstüne düşen görevleri yapmıştı. Üzerine giydiği gri takımı ve mavi gömleğini bile kendi ütülemişti. Aynada kendisine bakarken, "Aynur, bak bakayım ben de eksik bir şey var mı?" diye sordu.

Eşi, kısa bir süre kıyafetine baktıktan sonra yüzünü buruşturarak, "Tabii var. Bekle beni burada geliyorum." diyerek yatak odasına gitti. Elinde bordo renkli bir kravatla geri döndü. "Sevmediğini biliyorum ama bu iki yakanı bir araya getirmeye yarıyor Selçuk. Yağmur'un anlattığına göre, Hüsamettin Bey resmi giyinmeyi seven biri. Sanırım buraya da öyle gelecek. Sen ev sahibisin hoş olmaz, tak hadi bunu." dedi.

Bu kez kocasının yüzü fazlasıyla buruşmuştu, "Sırf şunu takmak zorunda olmadığım için bile, yaptığım işe şükrediyorum. Bu arada Yağmur ortalıkta görünmüyor. Nerede?" diye sordu.

"Odasında hazırlanıyor."

Yağmur yatağında oturmuş elindeki fotoğrafa bakıyordu. Öylesine zor tutuyordu ki kendini ağlamamak için; parmakları, ayakları titriyordu. Ama ne yaparsa yapsın, o bir damla gözyaşının Toprak'ın fotoğrafının üzerine düşmesine engel olamadı ve yüreğinin derinliklerinden gelen şu sözlere kulak verdi:

"Keşke şu an birazdan şu kapıdan girecek olanlar annen ve baban olsaydı. Keşke sen de, o hayat veren gülümsemenle kulağıma eğilip, 'Seni almaya geldik prenses.' deseydin. Bütün gün gördüğüm şu koşuşturmaca, ne olurdu sanki bizim için olsaydı? Keşke bizim için olsaydı, annemin yüzündeki şu mutluluk ifadesi, babamın yılda birkaç kez giydiği şu takım elbisesi ve birazdan çalacak zil sesi. Seni benden alan şu kara talihim, bana da çok iyi rol yapmayı öğretti Toprak'ım. Evet yaşıyorum, çalışıyorum hatta bazen gülüyorum bile. Ama aldığım her nefesi eksik hissediyorum ciğerlerimde. Sonra adına sabır diyorum, hayat diyorum, dayan kızım diyorum ve ayakta durmaya çalışıyorum. Herkes yüzüme bakınca iyi görünüyorsun, yüzünde eski Yağmur'u görüyoruz diyor ama yüreğimden hiç eksilmeyen seni bilmiyorlar. Yüzümde gülümsemeyi görüyorlar da içimdeki o kocaman boşluğu görmüyorlar. Nasıl bir araftayım sevgilim bir bilsen. Bir ayağım yokluğunun o soğuk gerçeğine basıyor, diğer ayağım şu yalan dünyanın kendisine."

Sonra biraz olsun kendisini toparlamak için pencereyi açtı ve başını odadan dışarıya doğru çıkardı. Derin bir nefes alıp soğuk havadan, gözlerini kapattı. Ellerini açıp dua etti:

"Allah'ım sen bana yardım et. Yüreğimde bu acıyla, yalnız başıma yaşamam mı gerekiyor, yoksa kaderime boyun eğip önüme çıkan ilk yolu senin gönderdiğine inanarak o yoldan yürümem mi? Bana layık gördüğün kader neyse, onu benim de hissetmeme ve doğru olanı yapmama yardım et!"

Evin önüne yanaşan antika arabadan, önce Berna Hanım, sonra Hüsamettin Bey indi. Hüsamettin Bey'in elindeki muhteşem orkideler hemen dikkat çekiyordu. Yine siyah takım elbiselerinden birini giymiş ve yine mendilini iliştirmişti sol üst cebine. Berna Hanım da oldukça şıktı. Giydiği beyaz takımı, kırmızı bir atkıyla kombine etmişti. Kızının ve kendi adının baş harflerini taşıyan kolyesi, yine küçük kırmızı küpeleriyle oldukça zarifti. Topuklu ayakkabıları buzda kaymasın diye Hüsamettin Bey kolunu uzatmış ve o da tebessüm ederek koluna girmişti. Kapıda, Yağmur ve ailesi birlikte karşıladılar misafirlerini. Yağmur, orkideleri yemek masasının ortasına koydu. Yenen akşam yemeğinden sonra Yağmur kahvelerini ikram etti misafirlerine. Berna Hanım yanında getirdiği poşetten gül lokumlarını çıkardı.

"Kahvenin yanında bu lokumu yemelisiniz. Kahvenin o acı tadıyla, lokumdaki gül tadı birleşince harika bir ikili oluşturuyor. Yiğit Bey'in kulakları çınlasın, ne zaman gelse Ankara'ya, bana bu lokumlardan getirir." dedi.

"Yiğit Bey nasıllar, sanırım uzun zamandır uğramıyor buralara." diye sordu Aynur Hanım.

Hüsamettin Bey, Aynur Hanım'a dönüp, "Bu aralar bir site inşaatı yapıyor. Büyük bir proje anlattığı kadarıyla. Çok yoğun olduğunu söylüyor. Ama yakın zamanda geleceğini söyledi. Size de selamları var." dedi.

"Siz de selamlarımızı iletin kendisine. İnşaat işi zordur. Başında durmak gerek, ustalarla ayrı, belediyeyle ayrı uğraşmak gerektirir." diye söze girdi Selçuk Bey.

"Yiğit benim oğlum gibidir. Bir oğlum olsa ancak bu kadar severdim. Annesini ve babasını kaybettikten sonra o da beni babası bildi. Bu süre içinde, ne beni bir kez olsun üzdü ne de saygısızlık etti. Naif bir yüreği vardır. Ama işinde kesinlikle disiplinlidir. Durumuna göre oldukça da mütevazı bir çocuktur. Beni hayata bağlayan sebebimdir. Ayrıca dert ortağımdır." dedi Hüsamettin Bey.

Berna Hanım, Hüsamettin Bey'in bir eksiğini tamamlamak istercesine, "Hüsamettin Bey ona hem babalık hem de annelik yaptı." diye ekledi.

"Senin emeğini de göz ardı edemeyiz Berni." dedi Hüsamettin Bey.

Yağmur, Yiğit üzerinden devam eden bu konuşmadan anlayacağını az çok anlamıştı. Hüsamettin Bey'in ve Berna Hanım'ın anlattıklarını dinleyen anne ve babasının memnuniyetleri yüzlerinden okuyordu. Bazen uzaklara dalıp gidiyor, annesinin öksürük sesiyle tekrar ortama dönüyordu. Bu buluşma, yemekten öte anlam taşıyan bir buluşmaydı. Ama ne ailesine kızabiliyordu ne de Hüsamettin Bey'e ve Berna Hanım'a. Çok yakın bir zamanda, bu konuşmaların karşılığında üzerinde bir baskı hissedeceğini de çok iyi biliyordu. Gerçi ailesi bu konuda kendisini asla zorlamazdı ama her şeyden öte bir yol ayrımında olduğunun farkındaydı. Kendi iradesi dışında gelişen o kadar çok şey vardı ki, artık bunları kontrol etmekten yorulmuştu. Kendisini suyun akışına bırakmayı tercih etmişti.

Hüsamettin Bey ve Berna Hanım evden ayrılırken, Hüsamettin Bey ısrarla en kısa zamanda tekrar görüşmek istemiş ve aileyi bir pazar kahvaltısı için evine davet etmişti. Selçuk Bey de bu daveti geri çevirmemiş ve en kısa zamanda geleceklerini söyleyerek vedalaşmışlardı. Yağmur, mutfakta bulaşıkları makineye yerleştirirken babası içeriye girdi.

"Bu kadar iyi kalpli insanların yanında çalıştığın için gerçekten çok şanslısın kızım. Bu zamanda böyle insanlar bulmak çok zor. Ben zaten Hüsamettin Bey dükkâna ilk girdiğinde onun iyi bir adam olduğunu anlamıştım. Ama bugün bir kez daha emin oldum. Ayrıca Berna Hanım da çok hanımefendi bir kadın. Volkan'ı gördüğüm zaman, bu iyiliği için kesinlikle kendisine teşekkür edeceğim." dedi.

Yağmur babasının bu sözleri karşısında, "Evet baba, ben de bu konuda çok şanslı olduğumun farkındayım. Ayrıca mesleğim açısından çok deneyimli bir insanla çalışıyorum. Berna Hanım da dünya tatlısı bir kadın." dedi.

"En kısa zamanda iadeiziyarette bulunalım. Haftaya pazar günü gidelim, arayı çok uzatmayalım."

"Tamam babacım, ben ayarlama yaparım."

Selçuk Bey ve Aynur Hanım güzel geçen bir akşamın ardından odalarına çekilirken Yağmur da penceresinden bulutsuz gökyüzündeki dolunayı seyrediyordu. Bir elinde Toprak'ın fotoğrafı diğer elinde gözyaşlarını sildiği mendiliyle.

Hüsamettin Bey, Berna Hanım'ı evine bıraktıktan sonra, yol boyunca ısrarla arayan Yiğit'i aradı. Yiğit'in heyecanını ve merakını gidermek için, "Evlat sanırım artık gelmelisin." dedi. Karşıdan duyulan sevinç çığlığıyla birlikte, Hüsamettin Bey'in kulaklarında "Seni seviyorum amca! Seni seviyorum Ankara!" sözleri yankılandı.

Geçen bir hafta boyunca her akşam Hüsamettin Bey, Berna Hanım ve Yiğit konuşuldu Yağmur'un evinde. Yaklaşan pazar kahvaltısı için annesi boş gidilmemesi gerektiğini, babası güzel bir buket yaptırmanın doğru olacağını söylüyor, annesi buna karşı çıkıyordu. Sonunda annesi kahvaltı için kendisinin yaptığı şeftali ve çilek reçellerinden götürmeye karar verdi. Yağmur konuşulanları sessizce dinliyor ve sadece susuyordu. Herkes mutluydu sanki şu koca dünyada da, sadece kendisi mutluluk oyunu oynuyordu. Koca dünya yıkılmıştı da, sanki sadece kendisi enkazın altında kalmıştı. Ama onlara da hak veriyordu. Çünkü herkes onun mutlu olmasını istiyordu. Ama mutluluk tam olarak neydi? Artık bunun tarifini de yapamıyordu. Bildiği tek şey, mutluluğun Toprak'la paylaştığı o güzel günler olduğuydu.

Yiğit'in arabası Konya yolundan İncek yönüne döndüğünde, Yiğit'in heyecanı katlanarak büyüdü. Gece üç gibi yola çıkmış ve kahvaltıya yetişmek için biraz da hız yapmıştı. Çünkü yolun sonu Yağmur'a, umutlarına ve belki de mutluluğuna çıkıyordu. Evet, birkaç dakika sonra Yağmur'u görecekti gözleri. Amcası dışında kimsenin haberi yoktu geleceğinden. Biraz sonra sevdiği kadının ailesiyle de tanışacaktı. Bu sebeple bir benzin istasyonunda durmuş ve yanında getirdiği takım elbisesini giymişti. Berna Abla'sı ve misafirleri için Afyon'dan çeşit çeşit lokumlar almıştı. Arka koltuğa özenle yerleştirdiği orkideler ise Yağmur içindi. Ama bu çiçekleri direkt Yağmur'a vermeyecek, masaya koyacaktı. Ama orkideleri çok seven Yağmur çiçeklerin aslında kimin için alındığını anlayacaktı. Aracını evin önüne park ettikten sonra son olarak aynada yüzüne bir kez daha baktı. Uykusuzluktan yorgun görünen gözleri haricinde iyi görünüyordu. Lokumları ve çiçeği aldıktan sonra kapının ziline bastı. Kapıyı içerideki otomattan açan amcası kimseye bir şey söylemedi. Bu sırada Yağmur ve ailesi çoktan gelmişti. Selçuk Bey mangalda sucukları pişirirken bayanlar salondaki koltukta oturmuş reçel yapımı hakkında konuşuyorlardı. Yiğit bahçe girişinde kendisini bekleyen amcasına sıkıca sarıldı. Hüsamettin Bey bu uzun ayrılık süresinden sonra, "Özlettin kendini be evlat. En son ne zaman bu kadar uzun gittin hatırlamıyorum." dedi.

"Ben hatırlıyorum amca. İlk Antalya'ya gittiğimde üç ay gelememiştim buralara." dedi sarılırken kulağına sessizce.

"İnşallah bundan sonra gelmek için benden daha fazla sebebin olacak evlat." dedi Hüsamettin Bey.

Sonra yeğeninin kolundan tutup, "Gel seni Selçuk Bey'le tanıştırayım evlat. Selçuk Bey, Yağmur kızımın babası. Ayrıca görüp göreceğin en iyi otomobil ustasıdır. Bu delikanlı da benim evladım gibi sevdiğim yeğenim Yiğit." diye onu tanıştırdı.

Yiğit, Selçuk Bey'in elini sıktıktan sonra, "Memnun oldum Selçuk Bey. Amcamdan isminizi çok işittim. Tanışmak bugüne kısmetmiş." dedi.

"Ben de memnun oldum Yiğit Bey. Ben ise birçok kişiden isminizi işittim." dedi Selçuk Bey.

Salon camından bahçede Yiğit'i gören Berna Hanım, koşarak dışarı çıktı. "İnanmazsın bana biliyorum ama az önce aklımdan geçirdim seni. Keşke Yiğit de burada olsaydı, diye. Özledik seni be çocuk." diyerek Yiğit'e sarıldı.

"Ben de sizi özledim ablacım. Ama biliyorsun bu aralar işlerim çok yoğun ve kimseye bırakıp gelemiyorum. Sonunda müsait olan bir mühendis arkadaştan, kısa bir süre işlere göz kulak olmasını istedim ve çıkıp geldim." dedi.

Berna Hanım, Yiğit'i elinden tutup salona doğru götürdü.

"Seni Aynur Hanım'la tanıştırayım, Yağmur'un annesi."

"Sen Yiğit olmalısın." dedi Aynur Hanım, yüzünde tatlı bir tebessümle.

"Evet efendim, tanıştığımıza sevindim. Nasılsınız?"

Yiğit, Aynur Hanım'ı dinlerken gözleri sürekli olarak Yağmur'u aradı. Yoksa gelmemiş miydi? Ama gelmemiş olsaydı, amcası mutlaka haber verirdi kendisine. Yoksa ailesini bırakıp gitmiş miydi? Ama pazar günü bu saatte nereye gidebilirdi ki? Yoksa bütün o mutluluğunun ve iyi görünmesinin altında başka bir neden mi vardı? Yoksa başka biri mi? Elindeki poşetleri Berna Abla'sına verirken kulağına eğilip, "Abla Yağmur gelmedi mi?" diye fısıldadı.

"Şu an tam arkanda." diye gülümsedi Berna Hanım.

Yiğit kafasını çevirip arkasına baktığında, yüreği duracak gibiydi kendisine doğru tebessüm ederek yaklaşan Yağmur'u görünce. Şu gamzeler, şu yakamoz ışığı gözler, şu su damlası kadar saf ve masum bir yüz için bile, binlerce kilometreden koşarak gelinirdi. Bütün gözler onların üzerindeydi.

"Hoş geldiniz Yiğit Bey. Bu ne güzel bir sürpriz." diyerek elini uzattı Yağmur.

"Hoş bulduk. Seni ve aileni burada görmek benim için daha güzel bir sürpriz."

Yağmur da, Yiğit de bu kahvaltının kendileri için yapıldığının tabii ki farkındaydılar. Hatta Yağmur, böylesi bir buluşmaya Yiğit'in de geleceğini çok iyi biliyordu. Hüsamettin Bey'in sürekli saatine bakmasından, Berna Hanım'ın kahvaltı sofrasını kurarken her zamanki çabukluktan uzak oluşundan bile anlaşılıyordu.

"Orkideler çok güzel görünüyorlar, istersen masaya koyalım onları." dedi Yağmur.

"Aaa evet, orkideler. Çok iyi olur. Ben telaşımdan ve mutluluğumdan onların elimde olduğunu bile unutmuşum." diye karşılık verdi Yiğit.

İzleyenler bu karşılamadan hoşnut olmuşlardı. Bu durum neşelerine ve yüzlerine yansımıştı âdeta. Aynur Hanım gibi Selçuk Bey'in de gözleri sürekli Yiğit'in üzerindeydi. O akşam yemeğinden sonra eşiyle paylaştığı bütün soru işaretleri, cevaplarını bulmaya başlamıştı. Eşinin kendisine söylediği gibi doğru insan tanımına da oldukça uyuyordu Yiğit. Aynur Hanım sık sık Selçuk Bey'e "Kızımız her ne kadar mutlu görünse de bu kız iyi değil bey. Ara sıra odasından ağlama sesleri duyuyorum. Sen çok fark etmesen de, ben çektiği acıyı gözlerinden okuyorum. Bir şeyler yapmalıyız." diyordu. İşte tam da bu noktada Yiğit ismi ortalıkta dolaşmaya başlamıştı. Yağmur'un bahsettiği ama sürekli olarak kararsız kalıp reddettiği bu çocuk iyi gelebilirdi kızlarına. Bu süreçte Hüsamettin Bey'in duruşu, adamlığı ve kızlarına gösterdiği o babacan tavrı da etkili olmuştu. Hem

Hüsamettin Bey'in sürekli yeğeninden bahsetmesinin de bir anlamı olmalıydı. Eğer Yiğit Bey'den kızlarına böyle bir teklif gelirse kesinlikle Yiğit Bey'in tarafında olacaklardı. Gerçi bu evlilik gerçekleşecek olursa, kızının Antalya'ya gidecek olması Aynur Hanım'ın kafasını fazlasıyla kurcalıyordu fakat yeter ki kızı iyi olsun, buna da katlanacağını düşünüyordu. Ama kızının vereceği karardan asla emin olamazdı. Çünkü Yağmur'un değişken ruh hâlinden çok çekiniyordu.

Eski çocukluk günlerinin anlatıldığı, çocukluk yaramazlıklarından bahsedilirken kahkahaların atıldığı, Ankara ve Antalya'nın karşılaştırıldığı ve arabalarla ilgili bilgilerin paylaşıldığı neşeli bir kahvaltı sonrası, Selçuk Bey ve Hüsamettin Bey şöminenin önündeki koltuklara çekilirken, Aynur Hanım ve Berna Hanım da kahve yapmak için mutfağa gittiler. Yağmur da Hüsamettin Bey'in köpeği Herkül'ü sevmek için bahçeye çıktı. Yiğit ise Yağmur'u yalnız bırakmamak için bir süre sonra ayrıldı salondan.

"Sever misin köpekleri?" diye sordu Yiğit.

Yağmur, sevilmek için yerde sırtüstü yatan Herkül'e istediği şefkati gösterirken, "Aslında aram pek iyi değildir. Küçükken bir sokak köpeği tarafından ısırılmışım. Ben hatırlamıyorum ama annem bu olayı bana anlattığı günden bu yana köpeklere karşı mesafeliyim. Ama bu köpekten korktuğumu söyleyemem. Baksana şuna, adı Herkül ama bir sincap kadar sevimli ve minik. Peki, senin köpeğin var mı?"

"Çok istiyorum bir köpeğim olmasını. Ama yoğun işlerden dolayı kendime zor bakıyorum. Köpekler, kediler gibi değil ki. İlgi ister, gezdirilmek ister sabah akşam. Ve ben yoğun iş hayatımda bunlara fırsat bulamam." diye yanıt verdi Yiğit.

"Gönderdiğim fotoğrafları beğendin mi?" diye sordu Yağmur.

Yiğit telefonunu açıp bir fotoğrafı seçtikten sonra, telefonu Yağmur' verip, "En çok da bunu beğendim." dedi gülümseyerek.

Yağmur, çocuklarla kar üstünde çektirdiği fotoğrafa bakıp, "O günü sana anlatamam. Uzun zamandır yaşadığım en mutlu gündü. Çocukların o kadar güzel bir enerjisi vardı ki yanlarından hiç ayrılmak istemedim." dedi.

"Çocukları çok sevdiğin fotoğraftan net bir şekilde anlaşılıyor zaten."

"Hep bir kız hayali kurdum ben. Onu parklara götüreyim, çimenlerin üzerinde onunla birlikte yuvarlanayım, saçlarını tarayayım ve ona her gece masallar anlatayım."

"Sanki olmayacak bir şey gibi konuşuyorsun." dedi Yiğit.

Yağmur yerden doğrulup üşüyen ellerini cebine soktu ve bahçenin uzak köşesine doğru yürüdü.

"Bir zamanlar çok sık hayalini kurardım böyle şeylerin. Ama artık kuramıyorum bu güzel şeylerin hayalini."

Yiğit hassas konulara girdiğinin farkındaydı. Aynı hatayı bir daha yapmamak için cebinden eski bir para çıkarıp konuyu değiştirdi.

"Bak bunu senin için getirdim. Bunu Phaselis'de suyun altından buldum. Sonra Likya parası olduğunu öğrendim. Bunu sana vermek istiyorum."

Yağmur parayı alıp biraz inceledikten sonra, "Çok teşekkür ederim, bunu hep saklayacağım. Phaselis, Antalya'da mı?" diye sordu.

"Evet, Antalya'nın tarihi ve turistik mekânlarından biri. Harika bir denizi vardır. Suyun altında kalmış bir uygarlık düşün ve daha fazla tarihi kalıntı da suyun dışında kalmış. Enteresan bir hikâyesi vardır. Rivayete göre; Truva savaşından dönen iki kardeş, bazı kabilelerle buraya gelmiş, araziyi beğenmiş ve şehirlerini burada kurmaya karar vermişler. Fakat o sırada burada bir çoban yaşıyor ve sürülerini de burada otlatıyormuş. O sıralarda para mefhumu olmadığı için çobana, araziye karşılık hububat veya balık teklif etmişler. Çoban kurutulmuş balığı tercih etmiş ve topraklardan sürüsünü alarak çekip gitmiş. Bu yüzden kuru balığı burada adak olarak kullanmak bir gelenek olmuş. Sonraki yüzyıllarda bu o kadar benimsenmiş ki, ucuz bir adak için "Phaselis Adağı" deyişi kullanılmış."

"Deniz ve onun yanında eski uygarlıklara ait kalıntılar gerçekten muhteşem olmalı. Hele ki bu kalıntıların denizin altında olduğunu düşününce gerçekten harika. Ne yazık ki biz Ankara'da her ikisinden de uzak yaşıyoruz." Yağmur kollarını sıvazladıktan sonra, "Artık içeriye geçsek olur mu? Benim bünyem soğuğa pek dayanıklı değil." dedi.

"Bir de beni düşün. On altı dereceden sonra eksi iki dereceyi gördüm bir anda. Hadi gidip biraz şöminede ısınalım."

İçeride herkesin keyfi yerindeydi. Hüsamettin Bey ve Selçuk Bey masada tavla oynarken, Berna Hanım ve Aynur Hanım da şöminenin karşısında sohbet ediyorlardı. Dışarıdan üşümüş hâlde gelen Yağmur ve Yiğit'i görünce Berna Hanım, "Buraya gelin de ısının. Hasta olmanızı istemem. Sonra ofiste tüm günüm size nane limon kaynatmakla geçiyor." dedi.

Yiğit ve Yağmur, Berna Hanım ve Aynur Hanım'ın boşalttığı koltuğa oturup üşümüş ellerini ve ayaklarını ısıttılar. Sonra Berna Hanım'ın getirdiği kahvelerini yudumladılar. Diğerleri de, aralıklarla ikilinin bu romantik hâllerine bakıyor ve içten içe umutlanıyorlardı. Tavlada kaybetmiş olmasına rağmen Hüsamettin Bey'in keyfi çok yerindeydi özellikle. Yağmur'un annesi ve babası da Yiğit'i çok beğenmişler ve içlerindeki şüpheden bir nebze de olsa arınmışlardı. Kızlarını hayata tutunmaya çalışırken görmek bile onları mutlu etmeye yetmişti. Ama yine de içlerinde kocaman bir soru işareti vardı. Çünkü Yağmur'un içinde taşıdığı acı, umutlarından daha büyük olabilirdi.

Yağmur, ailesinin ve sevdiği insanların bu beklentisine duyarsız kalamadı. Çünkü Hüsamettin Bey'in evinde, anne ve babasının Yiğit'e bakarken gözlerindeki o ışığı görmüştü. Ailesini daha fazla üzmek istemiyordu. Sürekli olarak annesinin babasıyla tanışmalarını anlattığı o anıları hatırlıyordu. Annesi bu anılarında, babasıyla görücü usulü bir evlilik yaptıklarını ve babasını düğünden önce sadece birkaç kez gördüğünü anlatıyordu. Bazı insanların tanımadan, bazı insanların da tanıyarak sevileceğini düşünüyordu annesi. Tanıyarak sevdiğin insanlardan kopamayacağını, ilkinde sevginin tanıdıkça azalabileceğini ama ikincisinde karşındaki insana her güzel davranışıyla ve her güzel sözüyle daha da bağlanabileceğini söylüyordu. İlkinin görüntüsünü severken, ikincisinin içinin sevileceğini ve bir gün, dışında beğendiğin güzellikler solup giderken içeride kalan şeylerin her gün filiz vereceğini söylüyordu. Kocasını böyle sevdiğini anlatıyordu. Öncesinde kendisine bir yabancı olduğunu ama şu an canından öte olduğunu anlatıyordu.

Bu duygu ve düşüncelerle ve biraz da kendini zorlayarak, üç gün boyunca her iş çıkışı Yiğit'le görüştü Yağmur. Ahlatlıbel Parkı'nda karlar üzerinde yapılan uzun yürüyüşler, Hamamönü'nde içilen kahveler, Eymir Gölü'nde yapılan o uzun sohbetlerde, Yiğit'i daha yakından tanıma fırsatı buldu. Kaçamak bakışlar dışında, Yiğit'ten hiçbir fiziksel temas görmedi. Yiğit oldukça kibar ve düşünceliydi bu konuda. Yağmur'u incitecek hiçbir hareket ve söylemi olmadı. Sadece, Yiğit'in döneceği o son akşam kendisine Eymir Gölü'ne bakarken söylediği "Hani bazen zamanı bir yerde durdurmak istersin ya, hani ayakların gitmek istemez de sonsuza kadar senin için özel biriyle bir anı paylaşmak istersin ya, hani söylemek istediğin çok şey olur da, istemeden sözlerinin önüne geçersin ya ve hani hâlâ yanındayken birini fena hâlde özlersin ya... İşte öyle." sözlerinde biraz utanmıştı. Yüzündeki bu utanma duygusunun bile Yiğit'e nasıl bir umut verdiğini bilmeyerek. Ne Yiğit bu ayrılığa uzun süre dayanabilecek kadar sabırlıydı ne de Yağmur iki arada kalan yüreğiyle başa çıkabilecek kadar güçlüydü. Ne olacaksa bir an önce olmalıydı. Belki de annesi her zamanki gibi yine haklıydı. Ya bu yürek sonsuza kadar kanamalıydı ya da her kaldırımı, her caddesi Toprak kokan bu şehirden artık uzaklaşmalıydı. Artık bu arafta yaşama hâli bir son bulmalıydı. Hafta boyunca Yiğit'le yapılan uzun sohbetler, her sabah gönderilen günaydın ve iyi geceler mesajları, her sabah ofise gönderilen üzerinde özlem dolu mesajların olduğu beyaz orkideler Yiğit'i her geçen gün daha da cesaretlendiriyordu. Aynur Hanım her sabah kızıyla Yiğit hakkında konuşuyor ve gelişmelerden mutlu oluyordu.

Yiğit Perşembe sabahı amcasını aradı. Amcasından bir konuda fikir almaya ihtiyacı vardı. Uzun bir görüşmeden sonra mutlu bir gülümsemeyle telefonu kapattı. Akşamüzeri Ankara'da olabilmek için heyecanla yola çıktı.

Yağmur, o cuma sabahı kahvaltısını annesiyle yaptıktan sonra evden ayrıldı. Yine yorucu bir yolculuktan sonra otobüsten indi. Ofisin olduğu sokağa girdi. Apartmanın giriş kapısına gelince durdu. Kapının önüne bırakılmış mor orkideyi görünce şaşırdı. Birinin oraya bırakmış olduğunu düşünerek içeriye girdi. Asansöre doğru ilerlerken tekrar durdu şaşkınlıkla. Asansöre giden yolun sağında ve solunda her renkten orkideler sıralanmıştı. Bugün birinin doğum günü olduğunu düşündü ve ne hoş bir kutlama olacağını geçirdi içinden. Asansör kapısı açıldığında şaşkınlığı giderek arttı. Asansörün tam ortasına, kırmızı gül yapraklarıyla bir kalp şekli yapılmış ve asansörün her yerinde de kırmızı güller yapıştırılmıştı. "Umarım birinin sürprizini mahvetmiyorum şu an." dedi gülümseyerek. Ofisin bulunduğu kata çıktığında ve asansör kapısı açıldığında, ofise giden koridorda yine sağlı sollu orkideler gördü. Orkideler ofisin kapısında sona eriyordu. Kapının kolundaki beyaz orkideyi alıp kokladı ve anahtarıyla kapıyı açtı. Odasına doğru giden taraf, tamamen kırmızı gül yapraklarıyla bezenmişti. İçinde büyük bir şaşkınlıkla ve merakla, "Günaydın." diye seslendi içeriye.

Fakat karşılığını alamadı. Merakla odasına doğru yöneldi. Kapıdan içeriye girdiğinde donup kaldı. Onlarca beyaz orkide odanın her yerindeydi. Masasının arkasındaki duvara, gül yapraklarıyla yazılmış yazıyı okudu. "Benimle evlenir misin Yağmur?"

Hüsamettin Bey'in odasına saklanan Yiğit odadan çıkıp Yağmur'un yanına geldi. Cebinden çıkardığı tek taş yüzüğü Yağmur'a doğru uzatıp önünde diz çöktü ve duvarda yazan sözü tekrar etti:

"Benimle evlenir misin Yağmur?"

Yağmur ağlamak ve gülmek arasında bir yerde kalmıştı. Kendini buna hazır hissederken, şimdi neden bu kadar düğümlenmişti boğazı? Yiğit'in gözlerine uzun süre baktı. Gözlerinden akan yaşlara aldırış etmeden birbirlerine bakmaya devam ettiler. Uzun zaman ne Yiğit pozisyonunu bozdu ne de Yağmur'un ağlaması kesildi. Sadece baktılar birbirlerinin gözlerinin içine. Yiğit sabırla bekledi. Çünkü biliyordu ki, eğer şimdi olmazsa bir daha asla olmazdı. Eğer şimdi Yağmur'un gözlerine bakmayı bırakıp vazgeçerse Yağmur bir daha teklifini kabul etmezdi. Gözleriyle Yağmur'un yüreğinden gelen acıyı paylaştı, gözleriyle konuştu onunla. Bir süre sonra Yağmur'un dudaklarından o kelime döküldü:

"Evet!"

Yiğit, Yağmur'un parmağına yüzüğü taktıktan sonra çekinerek onu alnından öptü ve sarıldı. Yağmur, her ne kadar başta tereddüt etse de, bu sarılmayı karşılıksız bırakmadı.

"Belki çok klasik olacak ama bütün ömrümün seni mutlu etme çabasıyla geçeceğini bilmeni istiyorum. Senin dışında ne bir önceliğim ne de senden büyük mutluluğum olacak. Şu an hissettiğin kalbimin senden başka hiçbir sahibi olmayacağına söz veriyorum."

Yiğit her ne kadar Yağmur'dan "evet" cevabını almış olsa da asıl mücadelesinin bundan sonra olacağını adı gibi biliyordu.

* * *

Yine soğuk bir Ankara sabahıydı. Gökyüzü bulutsuz ve insanın içini üşüten bir rüzgâr vardı dışarıda. Yağmur, bu sessizler ülkesinde nefes alan tek canlıydı. Karşıyaka Mezarlığı'nın yollarını yavaş adımlarla yürürken, göğsüne yine çok ağır bir hüzün oturmuştu. Toprak'ın mezarının başına geldiğinde, önce uzun bir süre baktı buz tutmuş toprağa. Sonra ellerini açıp duasını etti. Soğuktan buz tutmuş elleriyle, Toprak'ın isminin yazdığı mezar taşını okşadı. Sonra soğuk mermere oturdu. Elleri toprağın üzerinde gezinirken, daha fazla tutamadı gözyaşlarını:

"Üşüyor musun aşkım? Bak, Yağmur'un yine geldi yanına. Ben her ne kadar seni yalnız bıraksam da bu soğuk mevsimde, sen beni rüyalarımda hiç yalnız bırakmadın. Yokluğunla bile beni ısıttın. Ama ben seni varlığımla ısıtamıyorum aşkım. Sen gideli aylar oldu sevgilim. O günden beri, ben de hayata hep bir yerinden ilişerek yaşadım. Nefesimin bile bana ağır geldiği günlerim oldu. Kendimi üzdüğüm kadar üzdüm sevenlerimi. Yokluğunu içimde taşımanın ağırlığını yaşadım. İsyan etmedim belki ama çoğu geceler "Neden?" diye sorguladım. Ben çok yoruldum sevgilim. Düşen yüzümü toplamaktan, gözyaşlarımı saklamaktan ve aileme yük olmaktan yoruldum. Ben gidiyorum artık buralardan bir tanem. Bunu ilk seninle paylaşıyorum. Çünkü ilk sen öğrenmelisin. Hani ne olursa olsun beni hep mutlu görmek istediğini söylemiştin ya, işte buna sığınıp gidiyorum. Ama bilmediğim yollara, sokaklarını hiç bilmediğim bir şehre ve aslında hiç de tanımadığım bir insana gidiyorum. Ben evleniyorum sevgilim. Hem de seninle planladığımız hayalleri asla yaşayamayacağımı bile bile, yüreğimi geride bırakıp bari sevdiklerim mutlu olsun diye ve her yeri sen kokan bu şehirden uzaklaşmak umuduyla evleniyorum. Beni affet aşkım. Beni affet."

* * *

O gün ofiste herkes çok mutluydu. Hüsamettin Bey odasında şarkılar söylüyor, Berna Hanım şimdiden düğünde ne giyeceğini düşünüyordu. Ara sıra yerinden kalkıyor, Yağmur'un odasına giriyor ve Yiğit'in hazırladığı evlilik teklifi sürprizini seyrediyordu. Yağmur o gün izinliydi. Yiğit de yol yorgunu olduğu için evde dinleniyordu. Akşam Yağmur'la buluşacak ve belki ilk defa Ankara sokaklarında el ele yürüyecekti. Tüm bunları düşündükçe yorgun gözlerine heyecandan bir türlü uyku girmiyordu. Saat on ikiyi gösterirken yerinden doğruldu ve ofise gitmek için giyinip evden çıktı.

Yağmur, Bahçeli Yedinci Cadde'de bir kafede oturmuş ve içtiği kahvesine bakarken derin düşüncelere dalmıştı. Bir süre sonra Volkan telaş içinde yanına geldi.

"Umarım çok bekletmedim. Sen mesaj atıp konuşmamız gerektiğini söyleyince hemen koştum geldim Yağmur. Konu nedir?"

Yağmur'un Volkan'a mesaj atıp da konuşma isteğini belirtmesi bile Volkan için sıra dışı bir olaydı. Volkan'ın kafasında onlarca soru oluşmuştu bu konuşma isteği karşısında. Sorduğu soruya karşılık Yağmur'un sessizliğini ve yüzündeki hüznü görünce, konunun kendisini de mutlu etmeyeceği bir konu olduğunu anlamıştı. Kafasının içindeki soru işaretlerini azaltmaya başladı Yağmur'un bu hâlini görünce. Geriye sadece birkaç seçenek kalmıştı. Hele bir tanesini hiç aklına bile getirmek istemiyordu. Merakla ve biraz daha yüksek sesle tekrar sordu:

"Yağmur neyin var? Anlatmayacak mısın? Meraktan çatlamamı mı bekliyorsun?"

Yağmur kafasını masadan kaldırıp Volkan'a baktı. "Anlatacağım şeylerin pek hoşuna gitmeyeceğini biliyorum Volkan. Ama bunca yıllık dostluğumuz var seninle. Acı ve tatlı günler paylaştık birlikte. Bunu bilmek hakkın diye düşünüyorum."

Volkan'ın yüzü de bedeni gibi gerilmişti bu konuşma karşısında. Gergin bir ses tonuyla, "Seni dinliyorum Yağmur." dedi.

Yağmur, Volkan'ın yüzüne ve sesine yansıyan bu gerginliği hissetmişti fazlasıyla. Ama bu paylaşılmalıydı.

"Ben Yiğit'le evleniyorum Volkan ve bu şehirden gidiyorum. Sen Yiğit'i her ne kadar sevmesen de ben onunla hayatımı birleştirmeyi tercih ediyorum. Sen her ne kadar, birazdan bana Yiğit hakkında olumsuz konuşmalar yapacak olsan da ben onunla şansımı denemek istiyorum. Onun şehrinde ve onunla yeni bir başlangıç yapmak istiyorum. Ben yoruldum Volkan. Hem de senin tahmin edemeyeceğin kadar yoruldum. Belki çok ani bir karar vermiş olabilirim. Ama işte bu konuda Hüsamettin Bey'in sözüne katılıyorum: 'İnsanları konuşarak değil ancak yaşayarak anlarsın; sözleriyle değil davranışlarıyla tanırsın.' Şimdi bana Toprak'tan bahsedeceksin. Belki de, 'Bunu nasıl yaparsın ona? Birlikte o kadar anınız olan bu şehirden nasıl olur da çekip gidersin?' diyeceksin ve belki bir daha yüzümü bile görmek istemeyeceksin ama şunu bilmeni isterim ki şu yaşadığım hayat boyunca sadece bir şeyi çok istedim ben, o da Toprak. Ama onunla yaşamak bana nasip olmadı. Hani derler ya, 'Kul plan yapar, kader gülermiş' diye, işte bizim hikâyemiz de o hesap. Bilmiyorum, belki zamanla sevebilirim Yiğit'i. Ama hayatımda hiç kimseyi Toprak'ı sevdiğim gibi sevmeyeceğimden eminim."

Volkan şaşkınlığını üzerinden atmaya çalışırken diğer yandan da Yağmur'un bu kararlı duruşu karşısında söyleyecek kelime bulmaya çalışıyordu. "Peki ya avukatlık geleceğin? Bir gün bu şehrin en başarılı avukatı olma hayallerin?"

"Ben en büyük hayalimin toprak altında yattığını bir kez daha gördüm bugün. Buna dayanabiliyorsam eğer, bu hayalimden de vazgeçmeye çoktan hazırım."

"Peki ya ben Yağmur? Beni de burada öylece bırakıp gidecek misin yani? Tamam, son zamanlarda yaptıklarımla seni kendimden uzaklaştırmış olabilirim ama herkes hata yapar Yağmur. Senin de en büyük hatanın Yiğit'le evlenmek olacağını bil."

"Bunu şu an ne sen bilebilirsin ne de ben. Tek bildiğim, eğer burada kalırsam bu acıyı daha fazla taşıyamayacağım. Kaç aydır sadece duruyorum Volkan. Günlerin geçmesini bekliyorum, acım hafifler belki diye. Ama geçmiyor. Artık yürümem gerektiğini düşünüyorum. Daha ne kadar ömrüm var bilmiyorum ama kalan nefesimi bu şehirde böyle acı çekerek tüketmek istemiyorum."

"Ya ailen ne olacak Yağmur? Onları hiç mi düşünmüyorsun? Onlar yokluğuna nasıl dayanacaklar?"

"Onlar bu evliliği benden daha çok istiyorlar Volkan. Tek istedikleri, beni mutlu görmek. Hiçbir anne ve baba evlatlarının gözleri önünde eriyip gittiğini görmek istemez. Ben de onlara bunu yaşatmayacağım."

Volkan titreyen ellerini ve ayaklarını Yağmur'dan saklamaya çalışıyordu. Öfkesini kontrol etmekte zorluk çekiyordu. Bu gerçeği kabul etmek istemiyordu. Yağmur'a doğru yanaşıp alçak bir ses tonuyla, "Şu duyduklarımdan sonra benim tanıdığım Yağmur olmadığına eminim artık. Meğer ben, o kazada ikinizi birden kaybetmişim de haberim yokmuş. Çok kısa bir süre sonra yine bana mesaj çekip 'Söylediklerinin hepsinde haklıymışsın Volkan.' diyeceğine adım gibi eminim. 'Yiğit düşündüğüm gibi bir insan değilmiş. Lütfen beni affet.' diyeceksin. Ama işte o gün sana kahkahalarla güleceğim. O günün hemen gelmesi için de her gün dua edeceğim." dedi.

Volkan sandalyesini sertçe itip kalkıp gittikten sonra Yağmur bir süre daha kafede oturdu. Volkan'ın söylediklerini düşündü. Aslında her şey tam da tahmin ettiği gibiydi. Volkan'dan böylesine sert bir tepki bekliyordu. Daha çok yorgun hissetti kendini. Yerinden kalkıp evine doğru yola çıktı.

Volkan öfkesine esir olmuş bir şekilde, önce Hüsamettin Bey'in evinin önüne geldi. Yiğit'in arabasını aradı sokakta ama göremedi. Sonra ofiste olabileceği düşüncesiyle arabasını Balgat'a doğru sürdü. Ofisin önüne geldiğinde, 07 plakalı aracı ofisin bulunduğu apartmanın biraz ilerisinde gördü. Apartman kapısını rahatça görebileceği bir yere aracını park etti ve beklemeye başladı. Yiğit'e olan düşmanlığı, sürekli olarak öfkesini besliyordu içinde. Ofiste Yiğit'le yaşadığı tartışma anı, Yağmur'un anlattıkları ve babasının sürekli olarak Yiğit'i kendisine örnek olarak gösterdiği konuşmalar beyninde yankılanıyordu. Bu sırada Hüsamettin Bey, Berna Hanım ve Yiğit ofisin salonunda oturmuşlar düğün hazırlıkları hakkında konuşuyorlardı. Ne zaman istemeye gidileceğini, düğünün nerede yapılacağını, kaç davetli çağrılacağını konuşuyorlardı heyecanla. Berna Hanım bir otelde yapılmasını önerirken, Hüsamettin Bey bu fikre karşı çıkıyor, büyük bir düğün salonu olsun istiyordu. Yiğit ise tartışmalara fazla girmiyor, nerede ve nasıl olursa olsun Yağmur yanında olduktan sonra hiç önemli olmadığını geçiriyordu içinden. Ara sıra da Yağmur'a attığı *"Canım benim neredesin, ne yapıyorsun, nasılsın?"* mesajına cevap gelip gelmediğini kontrol ediyordu telefonundan. Hüsamettin Bey son olarak, "Biz bunları niye tek başımıza tartışıyoruz ki? Sonuçta bu kararların, Yağmur'la ve ailesiyle tartışılması gerekiyor. Onların bu konuda isteklerini hiç bilmiyoruz. Özellikle de Yağmur bakalım bu konuda ne düşünüyor? Âdetleri, görenekleri nedir, bilmiyoruz. Şimdi öncelikle ben, Yağmur'un babasına, müsait bir zamanda hayırlı bir iş için gelmek istediğimizi söyleyeceğim. İsteme faslından sonra bütün bu konuları oturup birlikte konuşuruz." dedi.

Bu fikri Berna Hanım ve Yiğit de onayladıktan sonra Yiğit eve geçmek için izin istedi ve telefonunu bir kez daha kontrol edip ofisten ayrıldı. Apartmandan çıktıktan sonra arabasına doğru yöneldi. Yiğit'in çıktığını gören Volkan, arabasından inip Yiğit'in arabasının yanına geldi. Yiğit, Volkan'ı arabasının yanında görünce önce şaşırdı sonra da aracına doğru temkinli bir şekilde yürümeye başladı. Arabasının yanına yaklaşınca sert bakışlarla, "Yine neyin peşindesin Volkan?" diye sordu.

Volkan aralarındaki mesafeyi biraz daha azaltmak için Yiğit'e doğru birkaç adım daha attı.

"Benim neyin peşinde olduğumu boş ver, sen peşinde olduğun şeyi almışsın sonunda. Tebrik ederim."

"Neden bahsediyorsun sen?"

"Her ikimiz de neden bahsettiğimizi iyi biliyoruz. Bu kadar kolay olacağını düşünmüyorsun umarım."

"Açık konuş benimle." diye Volkan'a doğru yanaştı Yiğit.

"Yağmur'la evleniyormuşsun."

"Sen nereden duydun? Kim söyledi bunu sana?"

"Az önce Yağmur'la beraberdik. Bana tüm olup biteni anlattı. Aslında seni sevmediğini, ailesinin baskısıyla sana evet dediğini, Toprak'ı hâlâ deli gibi sevdiğini ve bir daha kimseyi böyle sevmeyeceğini söyledi bana. Yani sana evet dediğine aldanma sakın. Ama tebrik ederim seni, kızın zor zamanlarından ve karışık aklından iyi faydalanmışsın. İstediğini almışsın."

Yiğit sakinliğini korumaya çalışarak, "Söylediklerinin hepsi doğru olsa bile, ben Yağmur'un zaten beni şu an sevmediğini biliyorum, bir gün mutlaka seveceğini bildiğim gibi. Hem bunlardan sana ne Volkan? Bu konular seni niye ilgilendiriyor bu kadar?" dedi.

"Bak görüyorsun işte, Yağmur bana hâlâ bağlı. Sen ne kadar beni ondan uzaklaştırmaya çalışsan da, yine benim fikrime ihtiyaç duyuyor, yaşadıklarını benimle paylaşıyor."

Yiğit, Volkan'la burun buruna gelip dişlerini sıkarak, "Soruma cevap ver, bu konular seni neden ilgilendiriyor?" diye sordu.

Volkan yumruklarını sıkarak, "Çünkü ben ona senden daha fazla emek verdim. Senin onu başka bir şehre götürmene, benden koparmana asla izin vermeyeceğim. Bu kadar yıl bekledim onun için ve o benim olmadan asla ölmeyeceğim." dedi.

Yiğit duydukları karşısında şaşkına dönmüştü. Daha sonra şaşkınlığı öfkeye dönüştü. Arkasını dönüp arabaya binecekken birden gerilip Volkan'a sert bir yumruk attı. Volkan aldığı yumruğun etkisiyle yere düştü. Volkan'ın yerden kalkmasına fırsat vermeden, yerde Volkan'ı tekmelemeye başladı Yiğit. Volkan'a oranla, daha cüsseli bir yapıya sahipti. Volkan elleriyle başını korumaya çalışsa da, Yiğit'in tekmelerinden fazlasıyla nasibini aldı. Çevredekiler ve apartmandakiler sesi duyup aşağıya indiler. "Geberteceğim seni!" diye haykıran Yiğit'i kontrol etmekte zorlanıyorlardı. Ta ki Hüsamettin Bey kan ter içinde Yiğit'in yanına gelip, "Evlat hemen yukarıya çıkıyorsun." diyene kadar. Volkan yerden kalkıp kendini kolundan tutan Hüsamettin Bey'in gözlerinin içine bakıp, "Hepinizden nefret ediyorum." diyerek arabasına bindi ve hızla uzaklaştı.

Berna Hanım, salonun içinde öfkeyle dolaşıp duran Yiğit'i sakinleştirmeye çalışıyordu. Yiğit sürekli olarak, "Ben böyle bir alçaklık görmedim." diyordu. Bir yandan da amcasının tekrar rahatsızlanmasından korkuyordu. Hüsamettin Bey ofise gelince, hemen amcasına doğru koşup, "Amca iyisin değil mi? Kendini nasıl hissediyorsun?" diye sordu.

Hüsamettin Bey kravatını biraz gevşetip Berna Hanım'dan su ve ilacını istedi. "Merak etme, iyiyim evlat. Şimdi anlat bana bakayım, neler oluyor? Seni çocukluğundan bu yana hiç böyle görmedim."

Yiğit tüm olup biteni en ince ayrıntısına kadar anlattı. Hüsamettin Bey duyduklarına inanmak istemiyordu. Volkan'ın bir şeyler yapabileceğini düşünmüştü ama bu kadar ileri gidebileceğini ve Yağmur'u sevebileceğini asla düşünmemişti. Yiğit'e, bu konuyu kendisinin halledeceğini, artık konuyu Volkan'ın babası Erdal Bey'le konuşmasının vaktinin geldiğini ve bu olayı Yağmur'un ve ailesinin bilmesine gerek olmadığını söyledi. Ayrıca yeğenine, Yağmur'un zamanla alışacağını ve seveceğini, bu konuda sabırlı davranması gerektiğini söyledi. "Sana kolay olmayacağını zaten söylemiştim evlat." dedi. Yiğit de amcasına "Hiç kimse için Yağmur'dan vazgeçecek değilim ve zamanla kendimi ona sevdireceğim, göreceksin amca." dedi.

Volkan kanayan burnunu ve patlayan dudağını temizledikten sonra arabadan indi. Hızlı adımlarla Toprak'ın mezarının başına geldi. Mezarın başında bir tur attıktan sonra kanamaya devam eden burnunu tekrar silip, "Toprak, duyuyor musun beni? Duyduğunu biliyorum. Buraya niye geldim biliyor musun? Tabii ki bilmiyorsun. Şimdi aç kulaklarını da beni dinle şimdi. O yağmurlu gecede, sen telefonunla mesaj yazmaya çalışırken prensesine, ileride yol ortasında arıza yapmış olan aracı görmüştüm ben aslında. Seni uyarabilirdim ama canım uyarmak istemedi. Sadece koltuğa iyice yapışıp olacakları seyretmek istedim. Sonra kaza yapınca ve sen camdan dışarıya fırlayınca ben takla atmış aracın içinden can çekişen bedenini izledim uzun süre. Belki o an ölümünü göremedim ama senin o hâlini izlemek bile bedenimdeki acılarımı unutturdu bana. Sen gidince her şeyin daha kolay olacağını, Yağmur'un artık bana kalacağını düşünmüştüm. Çünkü ben senden daha fazla sevdim onu. Siz karşımda mutluluk resimleri çizerken, ben içimde ölüp ölüp dirildim. Siz yanımda gelecek planları kurarken, ben hep içimi yedim. Yağmur'u gördüğüm ilk günden bu yana, onu delice sevdim be. O seni tercih etti ama ben bunu kabul edemedim. Sabrettim ve hayatıma hiç kimseyi kabul etmedim. Ama gel gör ki, ikimize de kalmadı Yağmur. Yiğit denen o şerefsiz elimden aldı Yağmur'u. Ben onu hepinizden daha çok sevdim. Duyuyor musun beni Toprak? Bana cevap ver lanet olası."

Volkan, Toprak'ın mezarının üzerine uzanmış bir şekilde hıçkıra hıçkıra ağlarken güneş çoktan batmıştı Ankara'da. Yiğit, amcasıyla beraber çoktan eve varmıştı. Hüsamettin Bey yaşanan olayları kabullenmekte zorlanıyor, Yiğit ise sürekli olarak Volkan'ın bugün kendisine söylediklerini ve Yağmur'un sevgisini kazanmak için neler yapabileceğini düşünüyordu. Yağmur ise her şeyden habersiz odasına çekilmiş verdiği evlilik kararını ailesiyle nasıl konuşacağını planlıyordu.

Aradan geçen on gün sonunda her şey planlandığı gibi gitmiş, Yağmur'un ailesi "hayırlısı olsun" demiş ve gün olarak da 5 Ocak seçilmişti. Ancak her iki tarafın bütün ısrarlarına rağmen yine Yağmur'un dediği olmuş ve Antalya'da sade bir nikâh törenine karar verilmişti. Her ne kadar annesi kızıyla bu kararı tekrar tartışmak istese de babasının, "Sakın bu konuda bir daha konuşma Yağmur'la. Onu da anlamalıyız. Kızın üzerine daha fazla gitmemeliyiz." sözü karşısında susmayı tercih etmişti. Volkan'ı ise o günden sonra gören olmamıştı. Babasının ısrarcı telefonlarını açmamış, sadece kısa bir mesajla şehir dışında tatilde olduğunu, yakın zamanda döneceğini söylemişti. Ama özellikle Yiğit ve Hüsamettin Bey'in, Volkan'ın yapabilecekleri konusunda kaygıları devam etmekteydi. Çünkü sevgi, öfkeden bile daha güçlü bir duyguydu. Öfke bir yere kadar kontrol edilebilirdi ama sevginin kontrolü olmazdı. Bir insan belki zamanla öfkesini yenebilirdi ama bir insan kalbi, sahibine sevme artık diyemezdi. Volkan'da hem yoğun bir öfke hem de karşılıksız bir sevgi vardı. Babası ve Hüsamettin Bey bu konudaki endişeleriyle ilgili olarak Volkan'ı aramışlar ama Volkan aramaları cevapsız bırakmıştı. Bu sessizlik bile endişelenmek için yeterince geçerli bir sebepti.

# VI. BÖLÜM

*Kimine uzağımdır ben, kimine çok yakın.*
*Kimine içim ısınmaz, kimi içime sığmaz.*
*Kimi mecburiyetimdir, kimi servetim.*
*Kimi gülen yüzüm, kimi ömrüme zulüm.*
*Kimileri sabrım, sanki imtihanım.*

Yiğit ertesi gün hemen Antalya'ya dönmüş ve nikâh hazırlıklarına başlamıştı. Yağmur ev ve eşya konusunun zamanla halledilebileceğini söylemiş ve bu konuda herhangi bir talepte bulunmamıştı. Yiğit, bu ifadeden bile Yağmur'un bir an önce Ankara'dan ayrılmak istediğini anlamıştı. Hem Antalya iyi gelecekti Yağmur'a. Çünkü Yağmur'un da bu şehirle ilgili beklentileri büyüktü. Hele bir koklasın şu deniz havasını, bir yaylalara atsın kendini, bir güneşin batışını izlesin, sonrasında zaten hızla toparlardı kendisini. Çalışma konusunda ise kararsızdı Yağmur. Yiğit'in ve Hüsamettin Bey'in Antalya'da birçok avukat arkadaşı vardı. Ama Yağmur uzun bir süre dinlenmek istiyordu. Yiğit hiçbir konuda Yağmur'un üzerine gitmemeye kararlıydı. O nasıl isterse her şey öyle olacaktı. Her şey çok güzel olacaktı.

Aynur Hanım da nikâh için hazırlanmaya başlamıştı. Kızı için hazırladığı çeyizleri sandıktan çıkarıyor ve bir yandan da onları kızıyla beraber aldığı günleri hatırlıyordu. Yağmur annesine yardım ediyor ve çeyizlerine bakarken gözleri dolup taşıyordu.

"Olmaz anne." dedi Yağmur.

"Olmayan ne kızım?"

"Anne ben bunları kullanmak istemiyorum." diyerek ağlamamaya başladı.

Aynur Hanım, kızının yanına oturup, "Seni anlıyorum kızım ama bomboş mu gideceksin?" diye sordu.

"Zaten öyle gidiyorum anne. Yanımda iki bez parçası olmuş ya da olmamış ne fark eder ki?"

Aynur Hanım kızına sıkıca sarılıp, "Canım yavrum, eğer için elvermiyorsa sen de gitme kızım. Yol yakınken dön. Sonrasında pişman olmanı istemeyiz. Biz her ne kadar Yiğit'i beğensek de kararı sana bıraktık kızım." dedi.

"Hayır anne. Sakın üstünüzde herhangi bir sorumluluk hissetmeyin bu konuyla ilgili. Ben istedim, ben kararımı verdim ve sonuçlarına da katlanmaya hazırım. Eğer düştüğüm bu çukurdan Yiğit'le çıkamazsam hiç kimseyle çıkamam anne. Sen ağladığıma bakma ne olur. Ama bu çeyizler bana hep Toprak'ı hatırlatıyor. Onları yanımda götüremem anne. Sen bunları münasip gördüğün birine ver. Ben yanımda hiçbir şey götürmeyi düşünmüyorum."

"Sen nasıl istersen kızım. Yeter ki dinsin artık şu gözyaşların. Benim elimden iyi olman için dua etmekten başka bir şey gelmiyor. Senin çileni doldurduğuna inanıyorum, bundan sonrası inşallah senin için aydınlık olacak."

Yağmur annesinin dizlerine yatıp, "İnşallah anne. İnşallah." dedi.

Volkan evinin önünde, arabasının içinde beklerken eve girmek ve girmemek konusunda kararsızlık yaşıyordu. Söylediği süreden daha erken dönmüştü. Sakalları uzamış, uykusuzluktan gözleri ve bedeni oldukça yorgun düşmüştü. Günlerdir değiştirmediği elbiseleri kirlenmiş ve kırışmıştı. Arabadan inip ağır adımlarla eve doğru yürüdü. Biraz sonra babasıyla yüzleşecekti. Bu tartışmanın, hayatı boyunca babasıyla yaptığı tartışmaların en şiddetlisi olacağını adı gibi biliyordu. İçten içe babasına duyduğu öfkeyi şimdiye kadar bastırabilmişti. Ama şimdi durum çok farklıydı. Tek istediği, odasına kapanıp birkaç gün dinlenmekti. Sonraki planı ise, güzel bir duş alıp, tıraş olup, Yağmur'u görmekti. Kapıyı anahtarıyla açtıktan sonra sessizce odasına gitmek isterken annesini gördü karşısında. Annesi günlerdir merak ettiği oğlunu karşısında görünce ağlayarak, "Yavrum, Volkan'ım sen nerelerdesin? Hiç mi bizi düşünmedin? Şu hâline bak yavrum. Ne oldu sana?" diyerek evladına sarıldı.

"İyiyim ben anne. Biraz dinlenmeye ihtiyacım vardı. Zaten bunu mesajla bildirdim babama. Babamı uyandırmak istemem, izin ver dinleneyim sabah konuşuruz."

"Aç mısın evladım? Hazırlayayım mı bir şeyler sana?"

Volkan'ın babası Erdal Bey, sesleri duymuş ve odasından koridora çıkmıştı. Oldukça sert bir ifadeyle, "Ne o evlat, sonunda bir ailen olduğunu mu hatırladın, yoksa paran mı bitti?" diye sordu.

Annesi eşinin gözlerine "sus ne olur" dercesine baktı.

"Yorgunum baba, bu konuları sabah konuşalım."

"Her şey senin istediğin gibi olmaz küçük bey. Ben şu an konuşmak istiyorum seninle. Hangi cehennemdeydin, söyle bakalım."

Annesi duruma müdahale etmek ve tartışmanın daha fazla büyümemesi için, "Sabaha konuşursunuz, bırak şimdi dinlensin bey." dedi.

Babası koridordan oğlunun yanına doğru yürüyüp, "Sanırım uzaktan duyulmuyor sorularım. İki paralık ettin şerefimizi. Sayende rezil oldum Hüsamettin Bey'e. Şimdi ne yüzle dinlenmekten bahsediyorsun sen? Önce bana hesap ver bakalım. Nedir bu yaptığın rezilliğin sebebi?" diye çıkıştı oğluna.

Anne, eşiyle oğlu arasına girip her ikisini de sakinleştirmeye çalışıyordu. Ama nafile uğraşlardı bunlar. Çünkü Volkan'ın da gözlerinden babasına doğru yükselen ateşi görebiliyordu.

"Ne yaptıysam pişman değilim. Bugün olsa yine aynı şeyleri yaparım. Biliyorum, Yiğit gibi bir oğlun olmasını çok isterdin ama ne yazık ki elinde sadece ben varım baba. Kabul etsen de, kabul etmesen de gerçek bu. Ne yazık ki, ölene kadar da bu gerçek senin için böyle kalacak. Şunu da unutma, sen de benim için farklı bir yerde değilsin baba. Beni beğenmiyorsan eğer, önce git aynada kendine bak. Niye böyle olduğumu belki orada görürsün."

İlk defa oğlundan böyle ağır sözler işiten Erdal Bey'in elleri ve ayakları titremeye başladı. Hızla oğlunun üzerine yürüdü ve oğluna tokat atacakken Volkan babasının elini tuttu. Gözlerinin içine bakıp, annesinin "Ne olur yapmayın!" feryatları arasında, "Görüyorsun ki artık beni dövebileceğin yaşta değilim baba." dedi.

Erdal Bey elini oğlunun elinden hızla çekerek haykırdı:

"Defol git evimden. Volkan diye bir oğlum yok artık benim."

"Zaten hiç olmamıştı." diye cevap verdi babasına Volkan.

Volkan evin kapısından çıkarken "Gitme yavrum!" diye beline sarılan annesine son bir kez daha bakıp evden ayrıldı. Arabasına doğru giderken gözyaşlarını tutamadı. Kocaman dünyada yapayalnız hissetti kendini. Mutlu edebildiği ve yanında mutlu olduğu hiç kimse kalmamıştı hayatında. Arabasına bindi ve hızla kayboldu karanlıkta.

Sabahın erken saatlerinde iki polis çaldı Erdal Bey'in evinin kapısını. Kapıyı açan annesi ve babası polis memurlarıyla bir süre konuştuktan sonra, kapının önüne yığılıp kaldılar. Haykırışları bütün mahallede yankılandı. Volkan'ın cesedini mezarlık bekçileri bulmuştu, Toprak'ın mezarının başucunda. Her yana dağılmış boş ilaç kutuları, bunun bir intihar olduğunu açıklıyordu. Bir elinde Toprak, Yağmur ve kendisinin olduğu üniversite yıllarından kalma bir fotoğraf, diğer elinde annesine yazdığı bir not vardı:

*"Yaptığım şeyin doğru olduğunu söyleyemem anne. Ama bu gidişin yapacağım birçok yanlış şeyin önüne geçeceğinden eminim. Babamın beni iyi hatırlayacağını düşünmüyorum ama ne olur sen beni çocukluğumdaki gülen yüzümle hatırla. Benim için daha fazla ağlama diye bu gidiş. Şu dünyada bir seni çok sevdim, bir de... Şimdilik elveda anne."*

* * *

Yağmur kaldıkları otelin penceresinden denizin maviliğini izlerken neden denizi bu kadar çok sevdiğini bir kere daha anladı. Uçsuz bucaksız maviliğin derinliğine bırakırken gözlerini, sabah güneşi de bedenini sarıyordu âdeta. Ocak ayının dördü olmasına rağmen harika bir sabaha uyanmıştı. Bu mevsimde güneşi bu kadar sıcak ve denizi de bu kadar uykuda yakalamak gerçekten büyük şanstı. Özellikle Ankara'nın gri ve soğuk kışlarını yaşadıktan sonra. O kadar çok derinlere dalıp gitmişti ki Yağmur, annesinin yanına geldiğini fark etmedi bile.

"Demek artık böyle güzel manzaralı sabahların olacak senin. Hep hayalindi biliyorum. Bak sonunda nasip oldu yavrum. Bu arada, günaydın."

Yağmur annesine dönüp gülümsedikten sonra, "Günaydın meleğim benim. Evet, hep hayalimdi. Ben çok anlam yükledim bu şehre ve şu denize anne. Mavisi yaralarıma, doğası da umutlarıma iyi gelecek diye düşünüyorum. Hem öyle çabuk benden kurtulduğunu sanma sakın. Sensiz asla başaramam biliyorsun. Yanımda ve evimde hep bir yerin olacak. Sakın beni yalnız bırakma." dedi.

"O nasıl söz yavrum? Son nefesime kadar senin mutluluğun için çırpınırım ben. Her anne evladını mutlu görmek ister yavrum. Benim de bütün dualarımda tek istediğim bu. Her işte bir hayır vardır kızım. Biz neler düşünürken, kader bizi nereye getirdi. Kim derdi ki, şu ocak ayında gözlerimizi Antalya'da açacağımızı, uyandığımızda şu mavi denizi karşımızda bulacağımızı? Ben senin için her şeyin çok iyi olacağını düşünüyorum kızım. Tüm bunların, bu yaşananların bir sebebi vardır mutlaka. Seni Ankara'nın ayazından, Antalya'nın sıcağına getiren o kudret, inanıyorum ki güzel yollar çiziyor sana. O yolların şu mavilik kadar güzel ve şu parlayan güneş gibi aydınlık olacağına inanıyorum."

Anne ve kız birbirlerine sarılıp onlardan tüm güzelliğini esirgemeyen Akdeniz'i izlerken, Selçuk Bey henüz uyanmamıştı. Bugün yoğun ve yorucu bir gün olacaktı onlar için. Yarınki nikâh için son hazırlıklar yapılacak, Yiğit'in tüm misafirlere bir balıkçı restoranında vereceği akşam yemeğine gidilecek, eve uğranıp son düzenlemeler yapılacak ve alışveriş için çarşı pazar gezilecekti. Yiğit hiçbir masraftan kaçınmamış ve tüm misafirlerini deniz kenarında butik bir otele yerleştirmiş, tüm ihtiyaçlarıyla da ayrı ayrı ilgilenmişti. Her ne kadar Yağmur'un o durgun hâli devam etse de, çevresindeki insanların ve Yiğit'in anlayışlı tavırları bu durumu bir soruna çevirmemişti. Zaten nikâh töreni de, çok fazla davetlisi olmayan küçük bir tören olacaktı.

Tüm gün süren yoğun koşuşturma sonrası, Yiğit'in arabası akşam yemeğini yiyecekleri restoranın kapısına yanaştı. Yiğit bu akşam yemeği için beyaz bir takım elbise tercih ederken, Yağmur'un üzerinde parlament mavisi bir elbise vardı. Dalgalı saçları arkadan toplanmış, yüzünün ve gözlerinin güzelliğini kapatmayacak bir gece makyajı yapılmıştı. Bu hâliyle bile, masallardan çıkıp gelmiş bir prenses gibiydi. Yiğit'in koluna girdiğinde, Yiğit'in yüzündeki mutluluk görülmeye değerdi. Restoranın sahibi, Yiğit'in yakın arkadaşıydı. İki gün önceden Yiğit arkadaşıyla görüşmüş ve bu sahil restoranını misafirleri için kapatmasını istemişti. Arkadaşı, Yiğit'i çok sevdiği için daha fazlasını ayarlamıştı ve Yiğit'in bu sürprizlerden hiç haberi yoktu. Yiğit ve Yağmur sahile doğru ilerlerken fonda "hoş geldin" şarkısı çalmaya başlamıştı. Sahile doğru uzanan yolun her iki tarafı kandillerle ışıklandırılmış ve yollarının üzerine dökülen gül yaprakları da, bu kısa yolculuğa ayrı bir güzellik katmıştı. Yağmur Yiğit'in kulağına doğru eğilip, "Organizasyonlar konusunda gerçekten çok başarılısın." diyerek gülümsedi.

Yiğit şaşkınlığını üzerinden atamamış olmanın heyecanıyla, "İnan bana bu kadarını ben bile hayal edemezdim. Ben sadece yemek için yer ayırtmıştım. Tüm bu gördüklerin tamamen arkadaşımın bana jesti olsa gerek." dedi.

Tüm misafirler için denizin hemen kıyısına masalar kurulmuş ve akşamın soğukluğunu kırmak için de, büyük varillerde ateşler yakılmıştı. Sabahki durgun deniz sakinliğini hâlâ korurken, havanın sıcaklığı da ortalamaların bir hayli üzerindeydi bu akşam. Her masanın üzerinde beyaz orkideler hemen dikkat çekmekteydi. Yiğit ve Yağmur'un geldiklerini gören misafirlerden, büyük bir alkış koptu. Aynı masada oturan Hüsamettin ve Selçuk Bey, Berna Hanım ve Aynur Hanım ve aylar sonra kardeşinin düğünü için yurt dışından gelen Yağmur'un abisi yerlerinden kalkarak çiftin yanına geldiler ve çifte oturacakları masaya kadar eşlik ettiler. Bazı misafirler ayakkabılarını ve çoraplarını çıkarmış hâlde sahilde yürürken, bazıları masada derin sohbetlere dalmışlardı. Yağmur da denizin bu durgun hâlinden istifade etmek için ayaklarını soğuk sulara bıraktı. Bir süre sonra Yiğit, Yağmur'un yanına gelerek, "Sevdin mi bu restoranı?" diye sordu.

"Evet, hem de çok fazla."

"Şansızımıza hava da çok güzel. Ama sen yine de soğuk suyun içinde çok fazla durma canım. Yarın gelinliğin içinde sürekli hapşırmanı istemem."

"Bu mevsimde denize giren var mıdır?"

"Evet, ben birkaç kez gördüm ama duyduklarım daha fazla. Özellikle soğuk suyu sevenler var."

"Peki ya sen hiç kış aylarında denize girdin mi?"

"Evet ama sadece bir iddia uğruna. Sadece bir dakika denizde durabildim. Sonra kendimi hemen otelin saunasına attım."

"Yarın nikâh töreni olmasaydı, şu an şu durgun denize girmek isterdim."

"Karanlıkta mı?" diye sordu Yiğit.

"Evet, şu an ve bu karanlıkta."

"Tamam o zaman, en kısa zamanda hava güzel olursa mutlaka yapalım bunu."

İkilinin sohbeti, mekân sahibi Deniz Bey'in organize ettiği hava fişek gösterisiyle kesildi. Gökyüzünde birbirinin arkasından patlayan rengârenk havai fişekler altında Yiğit, Yağmur'un ellerini tuttu. Yağmur ve Yiğit el ele havai fişek gösterisini izlerken Hüsamettin Bey ve Aynur Hanım da, Yiğit ve Yağmur'un bu mutluluk tablosunu izliyorlardı, akıllarında birçok soru işaretiyle birlikte. Çünkü her ikisi de bazen dışarıdan görülenlerin içeride yaşananları yansıtmayacağını biliyordu. Onlar da bekleyip görecekti, bu başlangıcın nasıl bir sona dönüşeceğini. Bu sürecin bozulmaması için her şeyi yapacaklar ve ellerinden geldiğince destek olacaklardı. Hatta Volkan'ın intihar ettiği gerçeği bile saklanacaktı Yağmur'dan.

Akşam yemeğinden herkes memnun kalmıştı. Deniz Bey'in sürprizleri gece boyunca devam etmiş ve karanlıktaki tekneden denize bırakılan kandiller ve gökyüzüne salınan fenerler oldukça beğeni toplamıştı. Zeki Müren'in *Bulamazsın Benim Gibi Seveni* adlı şarkısı eşliğinde kumsalda çıplak ayaklarla dans eden Yiğit ve Yağmur'un o güzel anı da unutulmazlar arasındaydı.

Tüm misafirler yorgunluktan odalarına çekilmiş uyurken, geceye gözlerini kapatamayanlar da vardı. Yatağında sürekli bir o yana bir bu yana dönen Aynur Hanım'ın, otelin lobisinde Berna Hanım'la günün kritiğini yapan Hüsamettin Bey'in ve balkondan yıldızları seyreden Yiğit'in aklında hep aynı soru vardı. Nikâh sırasında acaba Yağmur bir sürpriz yapabilir miydi? Memurun soracağı soruya, acaba hiç istenmedik bir yanıt verebilir miydi? Geçmişi geleceğine ağır gelir miydi ve yüreğinin derinliklerinden gelen sese yenilip "hayır" diyebilir miydi?

5 Ocak'ta yine harika bir hava vardı Antalya'da. Belki de son yılların en sıcak kışı yaşanıyordu şehirde. Yiğit kuaförün önünde Yağmur'u beklerken, ara sıra saatine bakıyor ve içindeki heyecanı, arkadaşı Deniz'in dün akşam yemeğinde çektiği fotoğraflara bakarak yatıştırmaya çalışıyordu. Şu hâle de inanamıyordu bir yandan. Bir saat sonra artık evli bir erkek olacaktı. Hem de hiç düşünmediği bir sadelikte dünya evine girecekti. Arabayı bile süsletmemişti Yağmur. Ama Yağmur'un hiçbir isteğinden şikâyetçi olmamıştı. O ne isterse kabul etmişti. Hatta damatlık için bile onun seçtiğini tercih etmişti. Tören için beyaz bir damatlık düşünürken siyah olanı giymişti. Bunların hiçbiri üzerinde durulacak şeyler değildi, önemli olan tek şey Yağmur'un bir gün kendisini sevmesiydi, sevgisine karşılık vermesiydi. Bu düşüncelerle sevdiği kadını beklerken Yağmur kapıdan göründü. Karşı-

sında gördüğü şu güzel manzara için bile her şeyi yapabilirdi. Şu karşısında ona doğru yürüyen kadın, kendisine her şeyi yaptırabilirdi. Nefesi tutulmuş bir hâlde Yağmur'u izlerken kuaförün sesiyle kendine geldi:

"Damat bey, gelininiz hazır."

Yiğit, Yağmur'a doğru yürüdü. Gözleri o anda Yağmur'un ışık saçan gözlerine âdeta hapsolmuştu. Ya böyle bir güzellikten ömrünce sevgi bekleyerek ya da böylesi güzel bir kadın tarafından sevilmenin mutluluğuyla ölecekti.

"Birçok kez kendimi tuttum söylememek için ama bu kez susmayacağım. Çok güzel göründüğünü bilmeni istiyorum. Bütün şapşallığım, bütün bu dalgınlığım da bu sebepten."

"Teşekkür ederim." diye karşılık verdi Yağmur.

Bu kısa ve soğuk cevap Yiğit'i kendine getirdi. Yağmur'un gerginliği yüzünden çok net okunuyordu. Yağmur'un elinden tutup arabaya doğru yürürken, aklında tekrar aynı soru işaretleri yankılandı. Ve cevabı bir saat içinde alacaktı. Kısa ve sessiz bir yolculuktan sonra nikâh dairesinin önüne geldiler. Onları Yağmur'un ailesi ve Hüsamettin Bey karşıladı. Nikâh öncesi bekleme odasına geçtiler. Ortada tuhaf bir sessizlik vardı. Yağmur'a ve Yiğit'e yönelen iltifatlar dışında, gergin bir bekleyiş sarmıştı odayı. Aynur Hanım bile emin değildi kızının ne cevap vereceğinden. Görevli kapıyı çalıp "Sizin sıranız." dedikten sonra aileler salondaki yerlerini almak için odadan ayrıldılar. Yiğit ve Yağmur odadan ayrılıp nikâh masasına oturduktan sonra kadın evlendirme memuru da yerini aldı. Nikâh şahitleri masaya davet edildi. Memur alışılagelmiş konuşmalarını yaptıktan sonra Yiğit'e dönüp, "Yağmur Saygın'ı eşiniz olarak kabul ediyor musunuz?" diye sordu.

Yiğit mikrofona doğru yaklaşıp yüksek sesle, "Evet!" cevabını verdi.

Salondan yükselen alkış sesleri ve ıslıklar bittikten sonra nikâh memuru Yağmur'a doğru dönüp, "Siz Yağmur Saygın, Yiğit Çetiner'i eşiniz olarak kabul ediyor musunuz?" diye sordu.

Salona derin bir sessizlik hâkim olmuştu. Herkes nefesini tutmuş ve Yağmur'dan gelecek cevabı bekliyordu. Yağmur sağına doğru dönüp Yiğit'in gözlerine baktı. O an karşısında Toprak'ın yüzünü gördü. Toprak her zamanki gibi sevgi dolu gözlerle kendisine bakıyordu. Sanki tatlı bir tebessümle, "Hadi prenses, herkes bizi bekliyor." diyordu. Nikâh memuru usul gereği soruyu bir kez daha tekrarladı:

"Siz Yağmur Saygın, Yiğit Çetiner'i eşiniz olarak kabul ediyor musunuz?"

Hüsamettin Bey, Berna Hanım, Selçuk Bey ve Aynur Hanım, hepsi birlikte aynı sözü tekrarlıyorlardı içlerinden. "Hadi, evet de yavrum." Yiğit evlilik teklifinde olduğu gibi bir an olsun ayırmadı gözlerini Yağmur'un gözlerinden. Yağmur gözlerini Yiğit'ten ayırıp mikrofona doğru yaklaştı ve alçak bir ses tonuyla, "Evet!" dedi.

Salondan büyük bir alkış tufanı koptu. O kısacık andan sonra herkes derin bir nefes almıştı. Özellikle Yiğit'in ömründen ömür gitmişti o anda. Şahitlerin huzurunda karı-koca olduktan sonra Yiğit, Yağmur'u alnından öpüp kulağına, "Seni seviyorum. Bir gün senden de bu cevabı duymak için sabırla bekleyeceğim. İşte o gün, dünyanın en mutlu erkeği yapacaksın beni." dedi.

Fotoğraf çekimleri ve ailelerle birlikte yenen öğle yemeğinden sonra otele geldiler. Misafirleri birlikte uğurladıktan sonra Yiğit, amcası ve Berna Hanım'la vedalaşırken, Yağmur da annesi, babası ve abisiyle birlikte odasına çekildi. İlk defa ailesinden ayrı kalacaktı Yağmur. Özellikle de koruyucu meleği olarak gördüğü annesinden. Bu yüzden babası ve abisinden izin isteyip annesiyle biraz görüşmek istediğini belirtti. Babası ve abisi bu isteği kırmayıp odadan ayrıldılar. Yağmur yatağa oturmuş ve kendisine merakla bakan annesine sıkıca sarılıp hıçkırarak ağlamaya başladı:

"Gitme anne, yalvarırım gitme! Şu koca şehirde beni bir başıma bırakıp gitme. Ben daha şimdiden çok özledim seni, ne olur gitme. Ben sensiz kimin omzunda ağlayacağım, kiminle sabahlara kadar konuşacağım, kimin dizlerinde uyuyup, derdimi kime anlatacağım? Anne, gitme. Ben kendimi hazır hissediyordum ama şu an küçük bir çocuk gibi korkuyorum yalnızlıktan. Yapamam anne, senin şu huzur dolu gözlerini görmeden yapamam. Ne olur bırakma beni, gitme. Sesine, nefesine ve yanımda olduğunu bilmeye ihtiyacım var. Sensiz çok zayıfım anne. Bu ayrılığı kaldırabilirim sanıyordum ama yapamayacağım anne. Şu an göğsümün üstüne oturan ağırlığı sana anlatamam. Gitme meleğim, yalvarırım gitme."

Annesi de bu sözler karşısında fazla dayanamadı ve kızının saçlarını okşayıp ağlamaya başladı. Sonra kızının yüzünü avuçlarının arasına alıp gözyaşlarını sildi ve yaşlı gözlerine bakıp, "Güzel kızım benim. Benim de senden ayrılmaya çok istekli olduğumu mu sanıyorsun? Seni buralarda bırakıp gitmeyi çok istediği mi sanıyorsun? Ben kaç gecedir bu gerçeğin acısıyla yüzleşmeye çalışıyorum bir bilsen. Benim de içim yanıyor kızım. Benim de ciğerimden bir şeyler sökülüyor bu gerçeği düşündükçe. Ama diğer yandan şunu da çok iyi biliyorum ki eğer kalırsam sen asla kendi ayakların üzerinde durmayı başaramayacaksın. Eğer kalırsam ya da sen yapamayıp dönersen, içindeki bu acıdan asla kurtulamayacaksın. Hem ben artık yaşlandım kızım. Daha kaç nefesim var bilmiyorum nasibime düşen. Ama senin önünde, daha uzun bir ömür var inşallah. Ben her zaman yanında olamayabilirim yavrum. Ama sen her zaman kendi yanında olabilecek kadar güçlü olmalısın. Bugün olmasa bile, elbet bir gün yanından ayrılmak zorunda kalacağım. İşte o gün, gözüm arkada gitmek istemiyorum. Yiğit gerçekten iyi bir çocuk. Sabrıyla senin sevgini kazanacağına inanıyorum. Ben bu çocuğa inanmasam, ona güvenmesem, seni burada tek başına bırakıp nasıl giderim? Biliyorum, bizim aramızdaki bağ, birçok anne ve kızın arasındaki bağdan daha güçlü. Gün oldu senin varlığın bana güç verdi, soluk verdi; gün oldu benim varlığım sana. Gün oldu ben sana tutundum, gün geldi sen bana. Gün oldu sen ömrünün en güzel yıllarını benim sağlığım için başucumda geçirdin, gün oldu ben sana şifa oldum. İşte anne olmanın en zor yanı da bu yavrum. Canının bir parçasıyla, yıllarını verdiğin ömrünün diğer yarısıyla gün geliyor ayrılmak zorunda kalıyorsun. İşte bu yüzden benim için de bu sürecin kolay olduğunu zannetme. Sen ne zaman istersen, ne zaman beni özlersen, gelmemi istersen bil ki yanındayım kızım. Ama içindeki acılarınla savaş kızım. Ben seni her ne kadar merhametli, duygulu ve hassas bir kız olarak yetiştirsem de, aynı zamanda da en zayıf yanlarına karşı nasıl güçlü olabileceğini de öğrettim. Nerede duracağını öğrettiğim kadar, nerede yürüyüp gideceğini de öğrettim. Ama şu son olay hem benim öğretilerimi, hem de senin yüreğinin gücünü aştı yavrum. Ne ben toparlayabildim yaralarını ne de senin dayanma gücün yetti. İşte tam o noktada da Yiğit evladım çıktı karşımıza. Ben, onu dualarımın karşılığı olarak ve sana açılan hayırlı bir kapı olarak gördüm. İçimin rahatlığı ve her şeyin iyi olacağına olan inancım işte bu yüzden yavrum. Belki birkaç yıl, belki daha kısa bir süre sonra, şu mavi denize doğru kahvelerimizi yudumlayıp senin o güzel sesinle benim haklı olduğumu söyleyeceğine inanıyorum. Ben inanmaktan vazgeçmeyeceğim yavrum, sen de ne olur direnmekten vazgeçme." diye kızını teselli etmeye çalıştı.

Yiğit, Hüsamettin Bey ve Berna Hanım'ı, Yağmur da ailesini uğurlarken otelin kapısından, Selçuk Bey kızına sarılırken, "Yavrum, annen zaten benim söyleyeceğim birçok şeyi anlatmıştır sana. Ama hani işler yolunda gitmez, kendini bir çıkmazın ortasında bulursan baba evinin kapısının sana hep açık olduğunu unutma. Sen ne zaman istersen biz yanına geliriz. Sen de ne vakit istersen uğra yanımıza. Sen de annen gibi güçlüsün. Ben elimden geldiği kadar yanında olmaya çalıştım ama bunu ne kadar başarabildim bilmiyorum. Sen benim yüzümü hep aydınlattın, beni gururlandırdın ve bana hep iyi bir evlat oldun. İşte bu yüzden dualarımız da hep seninle olacak. Seni seviyoruz yavrum. Şimdilik hoşça kal." dedi.

Yağmur babasının omzunda ağlarken, herkes olduğu yerden bu tabloyu izliyordu. Herkes duygulanmıştı baba kızın bu duygusal sahnesinden. Taksi ayrılırken otelden, Aynur Hanım ve Selçuk Bey bir kez daha baktılar geride bıraktıkları yavrularına. Yağmur gitmekte olan taksinin arkasından birkaç adım attı ve sonra durdu. Boğazına düğümlenen "Gitmeyin ne olur!" haykırışı içinde yankılandı. Anne ve babası bu sessiz çığlığı yüreklerinde hissettiler. Aynur Hanım başını eşinin omzuna koyup sessizce ağlarken Selçuk Bey de, o anda içine akıtıyordu gözyaşlarını. Sonra eşinin yanaklarını okşadı Selçuk Bey, "Şu an yaşadığım acının aynısını, en son senin hastalığını öğrendiğim gün yaşamıştım. Sen direndin ve ayağa kalktın, kızımız da bunu başaracak Aynur. Bir gün arkamızdan gülümseyerek el sallayacak." dedi.

Yiğit, gelinliğiyle otelin kapısında bekleyen Yağmur'a yaklaşıp elinden tuttu. "Hadi artık içeri geçelim canım."

Yağmur, Yiğit'in gözlerine uzun bir süre baktıktan sonra, "Ne zaman istersem gelebilirler, değil mi Yiğit?" diye sordu.

Yiğit, Yağmur'un elini biraz daha sıkıca kavrayarak, "Sen ne zaman istersen canım. Hatta onları ikna edebilirsen taşınsınlar buraya. Ben onlar için her şeyi ayarlarım burada. Yeter ki sen mutlu ol canım." dedi.

Yağmur yüreğini biraz da olsun rahatlatan bu sözlerden sonra, kocasının koluna girdi ve birlikte içeriye girdiler. Otelin kat görevlisiyle birlikte en üst kata, balayı süitine çıktılar. Yiğit'in talimatları doğrultusunda odanın her yeri yine rengârenk orkidelerle süslenmişti. Yatağın üzerine serpiştirilmiş gül yaprakları ve denizin içinde gibi hissettiren kocaman balkonuyla her şey çok güzel görünüyordu. Yiğit, kat görevlisine bahşişini verdikten sonra balkondan denizi seyreden eşinin yanına gitti.

"Sen çok yorgunsun, biliyorum canım. Hem fiziksel olarak hem de ruhen çok yoruldun. Sen dinlen biraz, ben aşağıda olacağım. Bir şeye ihtiyacın olursa araman yeterli."

Yiğit odadan ayrılırken Yağmur arkasından seslendi:

"Yiğit... Anlayışın için gerçekten çok teşekkür ederim."

Yiğit eşine tebessüm ederek odadan ayrıldı. Yağmur odada biraz dolaştıktan sonra yatağa oturdu ve aynada kendine baktıktan sonra, "Artık evli bir kadınsın Yağmur Çetiner. Artık şehrinden, sevdiklerinden uzak bir kadınsın. Kendisini tam olarak tanımadığın bir kocan, sokaklarını hiç bilmediğin bir şehrin ve sabahlarına, akşamlarına, gecelerine yabancısı olduğun bir evin var. Toprak yanında olsaydı, her şey daha kolay olurdu ama yok işte. Anne ve babanın karşısına başaramadan çıkamayacağını da çok iyi biliyorsun. Bu şehir senden ne alacak ya da sana ne verecek, bunu da ancak yaşayıp göreceksin. Ama şunu unutma ki; direneceksin, direndikçe de acı çekeceksin. Yani değişen bir şey olmayacak hayatında, annenin dediği gibi, işte böyle büyüyeceksin." dedi kendi kendine.

Yağmur'un bedeni ve gözleri daha fazla dayanamadı bu yorgunluğa ve derin bir uykuya daldı. Uyandığında vakit akşamı çoktan geçmişti. Balkona çıkıp denize ve bulutsuz gökyüzüne baktı. Soğuk havada fazla duramadı dışarıda. Odaya gelip çantasından telefonunu çıkarıp Yiğit'i aradı. Uykulu ve yorgun bir ses tonuyla, "Beni eve götürür müsün?" diye sordu.

"Hangi eve canım?" diye şaşkın bir ses tonuyla karşılık verdi Yiğit.

"Bizim evimize."

"Hemen geliyorum canım."

Otel ile ev arası yirmi dakikalık bir mesafedeydi. Yağmur başını arabanın camına yaslamış bir hâlde, kaldırımlarda yürüyen insanları seyrediyordu.

"Neden otelden ayrılmak istedin canım?" diye sordu Yiğit.

"Ev huzuruna ve sakinliğine ihtiyacım vardı sadece."

"Anlıyorum canım. Ben de fazlasıyla sıkılmıştım otelden. Bu evde, aradığın huzuru fazlasıyla bulacağını tahmin ediyorum."

Yağmur, Yiğit'in oturduğu evi sevmişti. Beş bloktan oluşan büyük bir siteydi burası. Site hemen denizin kenarına kurulmuştu. Sitenin önündeki yürüyüş ve bisiklet yolunu, yolun sağındaki ve solundaki kafeleri çok sevmişti. Yol üzerinde birçok park ve balıkçı restoranları vardı. Ev tam da Yiğit'in anlattığı gibi giriş kattaydı. Balkonun hemen önünde büyük bir havuz ve tüm toprağı kaplamış çimler her yere yayılmıştı. Mevsimi olmasa da, yine de yasemin kokularını alabiliyordu. Ev çok sade döşenmişti ve çok kullanışlı görünüyordu. Geniş pencerelerinden harika bir ışık alıyordu bütün odaları. Tabii ki Yiğit, evin her yerine orkideler koymuştu. Eve girince, üstünü değiştirmek ve yorgunluğunu bir duşla atmak için yatak odasına geçti Yağmur. Yiğit de bir yorgunluk kahvesi yapmak için mutfağa geçti.

O gece ve ilerleyen birkaç haftanın daha gecesinde Yiğit ve Yağmur ayrı odalarda uyudular. Yiğit sabırla bekledi Yağmur'un gel demesini ama Yağmur o sözü bir türlü diyemedi. Her ne kadar evine, mahallesine, şehrine alışmaya başlasa da, eşine bir türlü alışamadı. Yiğit'in sabrı ve sevgi dolu davranışları karşısında ezilse de dili bir türlü o sözü söyleyemedi. Ta ki bir gece yarısı, su içmek için mutfağa gittiğinde, Yiğit'in battaniyelere sarılmış bir hâlde kanepede uyurken üşüyen bedenini görene kadar. Belki birçok gece bu hâlde görmüştü eşini ama bu gece içi elvermedi bu görüntüye. İçinden bir ses "Bu adam bunu hak etmiyor, çağır onu yanına." dedi. Yavaşça Yiğit'in eline dokunup, "Yiğit içeride uyumak ister misin?" diye sordu.

Yiğit uyandığında karşısında Yağmur'u görünce paniklemiş bir hâlde, "Ne oldu canım bir şey mi var?" diye sordu.

"Üşüteceksin burada. İçeride uyumak ister misin diye sordum."

Yiğit duyduklarına inanamamış bir hâlde, bunun bir rüya olduğunu düşündü önce. Sonra yerinden kalkıp, "Kesinlikle evet." diye karşılık verdi.

O gece ilk defa sarıldı karısına. İlk defa Yağmur'un yakınına bu kadar sokuldu. İlk defa öptü saçlarını. İlk defa yanında uyudu. Yağmur için ise bu durum çok daha farklıydı. Bedenine dokunan bu elleri önce kabul etmekte zorlandı. Bir serçe gibi titredi gece boyunca. Yiğit'in kendisine sarılması bile içinde büyük fırtınalar kopardı. Ama yine de ses etmedi. Olması gerekiyordu ve işte olmuştu. Bir yerden başlaması gerekiyordu ve ilk adımı atmıştı işte. Sonraki geceler daha kolay oldu Yağmur için. Bedeni Yiğit'in ellerine, saçları nefesine alışmıştı. Ama yüreği hâlâ buz gibiydi. Yiğit, soğuk yüreğine dokunamamıştı bir türlü. Daha doğrusu, orası hâlâ Toprak kokuyordu Yağmur için. Toprak oradan ayrılmadan, Yiğit'in orada hiçbir söz hakkı yoktu. Yiğit ise bu başlangıçtan çok umutlanmıştı. Ama diğer yandan, Yağmur'un kendisine alışmakta çok zorlandığını biliyordu içten içe. Bazen, "Acaba başaramayacak mıyım?" diye endişeleniyor ama daha sonra tüm olumsuz düşünceleri kafasından çıkarıp "Mutlu günler yakında, sabret." diyordu. Bazı geceler, Yağmur'u salonda Toprak'ın resmine bakıp ağlarken görüyor ama bunların da normal olduğunu, zamanla düzeleceğini düşünüyordu. Bu süreçleri yaşayabileceğini amcası kendisine söylediği için anlayışla karşılıyordu eşinin yaptıklarını.

Günler böyle gelip geçerken bir yandan sabah ve akşam yürüyüşlerine başlamış, bir yandan da annesinin isteği üzerine, içinde bulunduğu bu olumsuz durumdan daha çabuk kurtulabilmek umuduyla, bir uzmandan yardım almaya karar vermişti Yağmur. Konuyu Yiğit'e açtığında, Yiğit bu isteği olumlu karşılamış ve iyi bir psikolog bulabileceğini söylemişti. Ama daha sonra annesinin yakın zamanda yanına geleceğini öğrenince, bu isteğini ertelemişti.

Nisan ayının o tatlı güneşi Antalya'yı ısıtırken, Yağmur hem baharın gelişiyle hem de annesini aylar sonra görecek olmanın sevinciyle uyandı sabaha. Yiğit'i güzel bir kahvaltı sonrası yolcu edip evi toparladı. Uçağın inmesine yarım saat kala arabasına binip havaalanının yolunu tuttu. Belki de aylardır yaşadığı en güzel gündü bugün. Arabasının camını açıp dışarıdaki baharı kokladı. Aracını park yerine bırakıp gelen yolcu kapısının önünde beklemeye başladı. Yaklaşık on beş dakikalık bir beklemeden sonra annesini kapıda görünce koşarak boynuna sarıldı. Anne kız koklaşıp hasret giderdikten sonra evin yolunu tuttular. Aynur Hanım eve girince evin temizliği ve düzenine bakıp, "Annesinin kızı diye buna diyorlar sanırım. Maşallah yavruma, her yer mis gibi." dedi.

Yağmur mutluluk dolu bir ses tonuyla, "Tüm gün evdeyim meleğim. Evimi seviyorum. Hem çok kullanışlı bir ev hem de temizliği çok kolay." dedi.

"Olsun, yine de içinde olmasa yapmazdın yavrum. Hadi bir yorgunluk kahvesi yap da şu övüp durduğun çiçeklerinin yanında içelim. Hem söyle bakalım, hangisine benim ismimi koydun?"

Yağmur tebessüm ederek balkonda annesinin yanına gelip, "Bak şimdi anne, şurada duran Afrika menekşesinin adı Yiğit. Çünkü asla naz yapmaz, dört mevsim çiçeklenir. Onun yanında duran yılbaşı çiçeğinin ismi ise Selçuk, çünkü o da babam gibi soğuğu sever, sadece kışın çiçek açar. Hemen onun yanındaki kumkuatın adı ise Aynur, kokulu ve canlı yaprakları var ve uzun süre hep yemyeşil kalır. Kokusunu ve güzelliğini benden hiç esirgemez. Senin yanındaki kupa çiçeğinin adı ise Berna. Güzelliği ve şıklığıyla hemen fark edilir. Hemen yanında ise benjamin var. Onun adı da Hüsamettin. Boyu ve yapraklarıyla tüm çiçeklere gölgelik verir, haşmetlidir." diye açıkladı.

Aynur Hanım gülümseyerek, "Evet, babanın kişiliğiyle, çiçeğinki gerçekten de çok uymuş. Çünkü baban yazın çekilmez bir adam oluyor. Bu arada o da gelecekti aslında benimle. Ama bir şirketin arabalarının tamir ihalesini mi almış ne, onarım bekleyen araçlar varmış. 'Benim yerime öp evladımı.' dedi. Gel seni bir de baban için öpeyim yavrum." dedi.

"Hepinizi çok özledim anne. Şu üç ay nasıl geçti ben bilirim."

"Nasıl gidiyor yavrum?"

"Dediğin gibi, direniyorum anne. Yiğit sağ olsun, her konuda çok anlayışlı davranıyor bana. Bir dediğimi iki etmiyor ama yine de içim bir türlü gitmiyor anne."

"Daha çok erken yavrum. Benim babana alışmam yıllar sürmüştü. Üstelik baban Yiğit gibi değildi. İlk zamanlar çok huysuz bir adamdı. Ama yine de hiçbir saygısızlığını görmedim. Psikoloğa gittin mi peki?"

"Hayır anne, sen geleceğini söyleyince gerek duymadım. Senden daha iyi psikolog mu var?" diyerek gülümsedi Yağmur.

"Sen yine de git kızım."

"Böyle devam ederse benden önce Yiğit gidecek sanırım."

"Ben ne zaman babana ait olduğumu ve onu çok sevdiğimi anladım biliyor musun kızım?"

"Ne zaman anne?"

"Ağabeyini kucağıma aldığım o an. Önce kucağımda tuttuğum evladıma baktım, daha sonra babanın gözlerine. İşte o zaman bir aile olduğumuzu anladım. İşte o zaman, babanla bir mucizenin parçası olduğumu anladım. Evladıma sarılırken, yüreğim de babanın yüreğine akıp gitti. Aynısını senin doğumunla da yaşadım."

"Ben de bunu konuşacaktım anne seninle. Neredeyse üç ay oldu ama ben Yiğit'i uyumak ve sarılmak dışında hiç yanıma yaklaştırmadım biliyor musun?"

"Bilmiyorum ama tahmin edebiliyorum kızım. Sana bunları anlatmamın bir sebebi de bu işte. Bazen içindeki boşluğu kocaman bir insan dolduramazken, küçücük bir beden o kocaman boşluğu doldurur. Hem yanında sevgisiyle, sevinciyle ve umuduyla birlikte gelir. Sen kendini Yiğit'e ait hissetmiyorsun. Ama bir bebeğiniz olursa, o küçücük bebek, Yiğit'i senin gözünde de yüreğinde de bir başka yere oturtur. İşte o zaman yüreğin yumuşar. Çocuğunun babası olan bu adam, senin de sevdiğin olur."

"Ben de anne olmak istiyorum. Bir çocuğum olsun istiyorum. Yüreğimdeki boşluk gitmese de şu hayatta tutunacağım, peşinden koşturacağım bir şeyler olsun istiyorum. Belki de dediğin gibi olur, Yiğit'i de sevebilirim. Bilmiyorum anne, inan ki bilmiyorum. Evlenmekle ne kadar doğru bir karar verdim, hâlâ bunu sorguluyorum kafamda. Üstelik Yiğit bana karşı bu kadar iyiyken. Evet, Yiğit'i seviyorum ama başka türlü bir sevgi bu. Nasıl anlatayım sana bilmiyorum. Hani bir komşuyu sever gibi ya da ne bileyim yüreği temiz birini sever gibi. Ama tutku yok anne bende. İnsanlığını seviyorum, evet ama eşim olarak sevemiyorum. Kendimi onu sevmeliyim diye zorluyorum. Ama insan sevmek zorunda olduğu için sevebilir mi anne?"

"Her şey daha çok taze ve yeni kızım. Benim şu yaşıma kadar insanlara dair öğrendiğim bir tek şey varsa o da kimse hakkında asla peşin hükümlü olunmaması gerektiğidir. Çünkü zamanın o sihirli değneği ve hayatın o sert kırbacı insanların yüreğine değince sevgin nefrete, nefretin de sevgiye dönüşüyor bir anda. Daha altı ay öncesine kadar hayatında Yiğit diye biri yokken şu an onunla evlisin ve anne olma hayalleri kuruyorsun. Belki bir sene sonra, anne olduğunda hayatınla birlikte duyguların da değişecek. Bu arada benim yorgunluk kahvem nerede?"

"İlaç gibisin anne. Bak ne yapalım biliyor musun? Hadi dışarı çıkalım biraz yürüyüş yapalım. Hem sana şelaleyi ve parkı da göstereyim. Sonra bir kahveciye oturup denize karşı anne kız bir kahve içelim. Ne dersin?"

"Ev sahibi sensin kızım, sen ne dersen ben ona uyarım."

"Sakın kendini yabancı gibi hissetme evimde. Burası bizim evimiz meleğim. Hem bir odayı da senin için hazırladım. İstediğin kadar kalabilirsin."

"Biliyorum yavrum. Ama Yiğit ne kadar güzel yürekli bir çocuk olsa da yine de yabancı. Beni bilirsin, asla uzun süre evimden ayrı kalamam. Bir haftalık izin alabildim zaten babandan. Ben olmadan o evin hâlini düşünebilirsin herhâlde. Her şey tadında güzel yavrum."

"Anne, Volkan'dan uzun süredir haber alamıyorum. Telefonla aradım birkaç kez ama telefonu kapalıydı sanırım, ulaşamadım. Senin bilgin var mı?"

Aynur Hanım hiçbir şeyden haberi yokmuşçasına çiçeklere bakıp, "Bizim de haberimiz yok kızım." dedi.

"Hiç bu kadar sessiz kalmazdı. Mutlaka arardı ya da mesaj atardı bana. Bakalım nereden çıkacak yine."

Yağmur ve annesi bir hafta boyunca hasret giderdiler. Gece yarılarına kadar sohbet edip gündüz gezdiler. Yiğit de bu süre içinde fırsat buldukça katıldı onlara. O da bu ziyaretten oldukça memnun kalmıştı. Çünkü Yağmur hiç olmadığı kadar yakın ve iyiydi kendisine karşı. Kalması için ne kadar ısrar etseler de, Aynur Hanım gitmekte kararlıydı. Ve ayrılık vakti geldiğinde, Yağmur annesini havaalanına bıraktı. İlk kavuşma ne kadar huzur vericiyse, ayrılık da bir o kadar hüzünlüydü onun için. Özellikle annesinin arabada kendisine söylediklerini uzun uzun düşünmüştü eve dönüş yolunda.

"Ben bir daha ne zaman gelirim bilmiyorum kızım. Allah ömür verirse eğer, üç beş ay sonra tekrar yanında olurum. Ama için rahat olsun yavrum. Sen ne zaman gel dersen yine gelirim. Evini gördüm kızım, aile düzenini, eşine davranışlarını ve gündelik hayatını. Tahmin ettiğimden daha iyisin yavrum. Allah sana çok iyi bir koca, bize de hayırlı bir damat vermiş. Gözüm asla arkada kalmayacak, bundan eminim. Hani bana, 'İnsan sevmek zorunda olduğu şeyleri sever mi?' diye sormuştun ya. Tabii ki sevemez kızım. Sen Yiğit'i bir zorunluluk olarak gördüğün sürece sevemezsin. Bakış açını değiştirmediğin sürece yerinde sayıp durursun. Bu adamın o kadar çok güzel tarafı var ki, hangisine tutunursan tutun asla yere düşmezsin. Yiğit'e bir yabancı gibi değil de, kocan olarak bakmaya çalış. Lütfen kızım. Aylar geçmiş aradan ve sen hâlâ kocanı kendine yaklaştırmamışsın. Hangi erkek böylesi bir soğukluğu nereye kadar kabul eder bilmiyorum. En kısa zamanda kocana yaklaş kızım. Çocuk konusuna gelince yavrum, bu konuda genç anne olmanın güzelliklerini bilirim. En kısa zamanda hayırlısıyla bir bebeğiniz olsun isterim. Şu psikoloğa gitme konusunu da ihmal etme. Benim sana söyleyeceklerim bunlar yavrum."

Yağmur özellikle çocuk konusunda annesine hak vermişti. Belki her şeyin değişeceği nokta bu olacaktı. Ama bunu Yiğit'e nasıl söyleyeceğini bir türlü bilemiyordu. Söylemenin ötesinde korkuyordu. Yiğit'in kendisine dokunması bile ruhunu bu kadar titretirken, kendini onun kollarına bırakması nasıl mümkün olacaktı? Yiğit'ten tamamen soğumaktan korkuyordu. Ama ne olursa olsun, bir bebek sahibi olma konusunda kararını vermişti.

* * *

Aradan geçen birkaç günün ardından, dışarıda yenilen bir akşam yemeği sırasında, Yağmur'un gergin hâli Yiğit'in dikkatini çekti. "Hayırdır canım, bir şeye mi canın sıkıldı?" diye sordu Yiğit.

"Canımı sıkan bir şey yok ama sana söylemek istediğim bir şey var Yiğit."

Yiğit yemeğe ara verip arkasına yaslandı. Aklına kötü şeyler geliyordu. Biraz sonra duyacakları onu tamamen yıkabilirdi. Yağmur biraz sonra "Yiğit ben yapamıyorum, Ankara'ya dönmek istiyorum." diyebilirdi. Duyacaklarına kendini hazırladıktan sonra, "Seni dinliyorum Yağmur, nedir bana söylemek istediğin?" diye sordu.

Yağmur, gözlerini Yiğit'in gözlerinden kaçırıp denizin karanlık sularına bakarak, alçak bir ses tonuyla, "Ben bir çocuğumuz olsun istiyorum Yiğit." dedi.

Yiğit duyduklarına inanamadı ve tekrar sordu:

"Anlamadım canım, bir daha tekrar eder misin?"

"Bir bebeğimiz olmasını istiyorum."

Yiğit, duyduğu bu beklenmedik konuşma sonrası dolan gözlerini Yağmur'dan saklamaya çalışsa da bunu başaramadı. Yerinden kalkıp Yağmur'un yanına oturdu. Eşine sıkıca sarılıp, "Ben dünyanın en mutlu babası, sen de dünyanın en güzel annesi olacaksın canım. Bu isteğinle beni ne kadar mutlu ettiğini bilemezsin. Her şey çok güzel olacak. Seni seviyorum, seni seviyorum." dedi.

Yiğit tüm gece, çocukla ilgili planlarını anlattı Yağmur'a. Odasını nasıl döşeyeceğini, onu nerelerde gezdireceğini ve çocuğuna nasıl bir baba olacağını. Yağmur tüm gece boyunca Yiğit'in anlattıklarını dinledi. Sonra başını Yiğit'in omzuna koyup, "Peki ya isim olarak ne düşünüyorsun?" diye sordu.

"Erkek olursa ismini ben koyayım, kız olursa sen koy. Ne dersin?"

Yağmur gözlerini kapatıp, "Kız olursa ismi Başak olsun." dedi.

"Güzel isim canım. Benim aklıma şu an bir isim gelmiyor. Bakalım oğlumun adını ne koyacağım." diyerek gülümsedi.

O gece eve geçtiklerinde Toprak için sakladığı ve hayal ettiği her şeyi, Yiğit'le paylaşmıştı Yağmur. Yüreğiyle olmasa da bedeniyle Yiğit'in kadını olmuştu. Artık son direnç noktası da yıkılmış ve sevmediği bir adama, severim umutlarıyla sarılmıştı. Sabah kahvaltıda Yiğit'in gözlerine vuran umutlar, Yağmur'un yüzünde yoktu.

"Bana bir psikolog bulacaktın Yiğit." diye sessizliğini bozdu Yağmur.

"Birkaç tane buldum canım ama senden ses çıkmayınca ihtiyacın olmadığını düşündüm. Gerçekten ihtiyacın var mı?"

"Biliyorsun yeni bir şehre ve yeni bir hayata alışmaya çalışıyorum. Ailemden uzak kalmam da beni çok olumsuz etkiledi bu süreçte. Yardımı olur diye düşünüyorum."

"Tamam canım, yarın beraber görüşmeye gideriz."

"Teşekkür ederim."

Yağmur kahvaltı sonrası, her zaman yaptığı gibi yine sabah yürüyüşüne çıktı. Düden Park'tan eski Lara yolunun sonuna kadar yürüyüp geri geldi. Sonra yine her zaman olduğu gibi yol kenarındaki banka oturup uzun uzun denizi seyretti. Dün gece yaşadıklarını düşündü. Yiğit'in kendisine her dokunduğunda, Toprak'a ihanet ediyormuş gibi hissettiği dün geceyi. İçi tekrar titredi. Acaba annesi yine haklı çıkacak mıydı? Acaba bir çocuğu olacak mıydı? Acaba bir çocuk, Yiğit'le arasındaki mesafeyi kaldıracak ve duvarları yıkacak mıydı?

Ertesi gün, Yiğit ve Yağmur bekleme salonunda randevu sıralarının gelmesini beklerken, "Serkan Bey Antalya'nın en iyi psikologlarındanmış canım. Ben içeri girmeyeceğim. Burada seni beklerim." dedi Yiğit.

"Beklemene gerek yok Yiğit. Sen işine gidebilirsin. Zaten ev yakın buraya. Belki yürüyerek dönerim."

"Tamam canım, sen nasıl istersen."

Sekreter, Yağmur'un içeriye girebileceğini söyledikten sonra Yiğit, Yağmur'la vedalaşıp bürodan ayrıldı. Yağmur orta yaşlı birini beklerken, otuzlarını henüz geçmiş birini buldu karşısında.

Kısa kesilmiş saçları, kirli sakalı, derin bakan kahverengi gözleri, fiziksel olarak oldukça gösterişli ve Yiğit'in anlattığı kadarıyla da bireysel terapi sürecinde oldukça başarılı ve bu sebepten randevu almanın da oldukça zor olduğu bir psikologdu Serkan. Duvarın bir tarafı tamamen sertifikalar için ayrılmıştı. Diğer yanında, zeminden tavana kadar pencere vardı. Denizin tüm mavi rengi, bu geniş pencereden odanın içine vuruyordu. Pencerenin hemen kenarında, karşılıklı olarak yerleştirilmiş iki büyük tekli koltuk vardı. Serkan Bey'in masası, oldukça mütevazı kalmıştı odanın içinde. Koltukların arkasında sıralanmış Afrika ve dua çiçeği hemen göze çarpıyordu. Ama en göz alıcısı da Zambia bitkisiydi. Işık saçan yeşil yapraklarının ortasında açmış kırmızı çiçekleriyle harika görünüyordu. Etkileyici bir ses tonuyla, "Hoş geldiniz Yağmur Hanım." diyerek elini uzattı Serkan.

"Hoş bulduk Serkan Bey."

"Sanırım çiçekleri seviyorsunuz."

"Nereden anladınız?"

"Çünkü en çok onlara baktınız."

"Pardon, bir psikologla konuştuğumu unutmuşum. Evet, benim de evimde çiçeklerim var. Onlarla konuşurum. Hatta hepsinin isimleri bile var."

"Ben çok fazla ilgilenemiyorum çiçeklerimle. Ama odaya girdiğim zaman bana verdikleri huzuru seviyorum."

Serkan cam kenarındaki koltuğu işaret ederek, "Şöyle buyurun lütfen." dedi.

Yağmur kendisine gösterilen koltuğa oturup, "Şimdiye kadar hiçbir psikologla konuşmamıştım. Kendimi heyecanlı hissediyorum." dedi.

"Bu gayet normal. İnsanlar sorunlarını kendileriyle bile paylaşmakta bu kadar çekingen davranırken, onları hiç tanımadıkları ve üstüne bir de para verdikleri bir yabancıya anlatmak konusunda oldukça kararsız kalıyorlar. Özellikle ülkemizde eskisi kadar olmasa da, bu konu hâlâ bir tabu olarak devam ediyor. İnsanlar psikolog sözünü duydukları anda bile ön yargılı davranıyorlar. Umarım sizin için böyle değildir."

"Hayır, ben isteyerek geldim buraya. Annemin de ısrarcı olduğunu eklemem gerek."

"Buna sevindim. O zaman yolun yarısını zaten aşmışsınız. Kalan yarısını beraber yürüyeceğiz. Öncelikle sizi biraz tanımak istiyorum. Biraz kendinizden bahseder misiniz?"

"Yakında yirmi beş yaşına gireceğim. Dört ay önce evlendim. Eşim inşaat mühendisi. Ankara'dan buraya taşındım. Hukuk fakültesi mezunuyum. Kısa bir süre stajyer avukatlık yaptım. Ama evlendikten sonra mesleğimi devam ettirmedim."

"Buraya eşinizle birlikte mi geldiniz?"

"Evet, eşim bıraktı."

"Peki şu an dışarıda mı bekliyor sizi?"

"Hayır, ona gidebileceğini söyledim."

"Alışabildiniz mi Antalya'mıza?"

"Henüz değil ama sevmediğimi söyleyemem."

"Bu şehirde bir yıl yaşayan daha sonra hiçbir şehirde yapamaz ve sonunda tekrar bu şehre döner derler."

"Evet, bunu sıklıkla duyuyorum. Ama ben, şehirleri değerli kılan şeyin içindeki sevdiklerimiz olduğunu düşünüyorum."

Serkan, Yağmur'un gözlerinin derinlerine bakıp, "Peki, bu şehri sende değerli kılan biri var mı?" diye sordu.

Yağmur, Serkan'ın bu imalı sorusu karşısında önce duraksadı sonra öne doğru eğilip aynı derinlikte Serkan'ın gözlerine bakıp, "Olmasını istediğim için buradayım." dedi.

Sonra sözünün karşı taraf tarafından yanlış anlaşılabileceğini düşünüp, "Kocamla bazı sorunlarım var. Daha doğrusu onun benimle değil, benim onunla." dedi.

"Peki ya bu sorun geçmiş yaşantılara mı dayanıyor, yoksa gelecek kaygılarına mı?"

"Aslında her ikisi de diyebilirim. Ama daha çok geçmişimle alakalı şeyler."

"Pekâlâ, bu konuyu diğer görüşmemizde konuşalım. Bu görüşme sadece tanışma amaçlıydı. Haftaya aynı gün ve aynı saat için randevu yazdırın lütfen sekreter hanıma. Ayrıca bu seansınız ücrete tabi değildi.. Haftaya görüşmek üzere Yağmur Hanım."

"Haftaya görüşmek üzere Serkan Bey."

Yağmur ofisten ayrıldıktan sonra uzun bir yürüyüş yaptı. Eve gitmek istemiyordu bugün. Evinin yakınındaki kafeye oturdu. Orta şekerli bir kahve söyleyip bir süre denizi izledi. Aklında sürekli olarak Serkan Bey'in o sorusu yankılanıyordu. "Bu şehri değerli kılan biri var mı?" Yüz kere kendine bu soruyu sorsa da, cevabı hep aynı oluyordu. "Hayır yok."

Akşam olunca Yiğit'in görüşmeyle ilgili sorularına, ayrıntılara girmeden cevap verdi. Daha sonra yemek öncesi akşam yürüyüşünü yapmak için evden ayrıldı. Bir saatlik bir yürüyüş ardından, yine aynı banka oturup denizi izledi. Bir süre sonra tanıdık bir ses tonuyla irkildi, "Bugün deniz fazlasıyla hırçın. Dün daha güzeldi." dedi.

Yağmur arkasında duran Serkan Bey'e bakıp, "Sabahları çok daha güzel oluyor. Çok yoğun olduğunuzu söylemişlerdi bana." dedi.

"Yıllardır akşam sporlarımı aksatmam ve akşam altıdan sonra görüşme almam. Kendime vakit ayırmayı ve kazandığım parayı yemeyi severim. Nihayetinde benimle birlikte mezara girecek değil ya. Neden mesleğinizi bıraktınız, devam ettirmediniz?"

Yağmur oturduğu banktan kalkıp kulaklığını takarken, "Bu konuyu diğer görüşmemizde konuşalım Serkan Bey." deyip gülümseyerek evinin yolunu tuttu.

Serkan da gülümseyerek uzun uzun baktı Yağmur'un arkasından.

Yağmur, psikoloğuyla olan randevularını hiç aksatmadı bu süreçte. Serkan'da kendisine iyi gelen bir şey vardı. Kesinlikle iyi bir psikologdu. Serkan'ın o yumuşak ses tonu, konuşurken gözlerinden saçtığı ışık ve onunla konuşurken kendini çok rahat hissetmesi iyi geliyordu Yağmur'a. Bazı akşam yürüyüşlerini birlikte yapıyorlar ve ara sıra yorgunluk kahvelerini de beraber içiyorlardı. Herkes Toprak'la ilgili konuşmaktan kaçınırken, Serkan sürekli olarak Toprak'la ilgili anıları, onu neden bu kadar çok özlediğini, neden Toprak'la vedalaşamadığını soruyordu. Hatta bazı görüşmeler, bu sebepten aşırı duygusal ve gözyaşları içinde geçiyordu. Serkan, Yağmur'un en hassas noktalarına sertçe dokunuyordu. Yaralarını mümkün oldukça kanatmaya çalışıyor ve orada kangren olmuş hiçbir yerin kalmamasını istiyordu. Bazı görüşmelerde Serkan konuşurken Yağmur "Yalvarırım dur artık!" dese de, Serkan kendinden emin bir şekilde konuşmaya devam ediyordu. Ama her görüşme sonrası Yağmur'un yüreğindeki hüzün biraz daha azalıyordu. Yükü hafifliyor ve hayata biraz daha umutla bakıyordu. Yiğit'in artan iş temposu ve arka arkaya aldığı ihaleler de Yağmur'a iyi gelmişti. Bir süre kendini dinlemiş ve kafasındaki sorulardan bir süre uzaklaşmıştı. Ama Yiğit'in sevgisinden, saygısından ve iyiliğinden hiçbir şey eksilmemişti.

Yağmur, Yiğit işe gittikten sonra her zaman olduğu gibi evini topladı o gün. Bugün psikoloğu Serkan'la görüşmesi vardı. Yiğit, sabah kahvaltısında tedavi sürecinin daha ne kadar devam edeceğini sordu. Yağmur da kesin bir tarih veremeyeceğini ama kendini daha iyi hissettiğini söyledi, kendisini iyi hissetmesine neden olan şeyin tam olarak ne olduğunu hiç bilmeden. Bu soruyu kendisine sormaktan bile çekiniyordu Yağmur. Çünkü vereceği cevap onu korkutuyordu. Ama aklını, neyi düşünmemesi gerektiği konusunda asla ikna edemiyordu. Ara sıra bunun nedenlerini sorguluyor ama net cevaplar bulamıyordu. Sadece tahminleri vardı bu konuda. Toprak'ı kaybettikten sonra hiç kimseye bu kadar açılmamıştı. Toprak'ı hiç kimseyle bu kadar uzun konuşmamıştı ve hiç kimse kanayan yüreğine bu kadar sert dokunmamıştı. Herkes bir şeylerin üzerini örtmeye çalışırken Serkan tüm perdeleri aralamıştı. Serkan'ın ofisine her gidişinde, yüreğinin bu kadar hızlı atmasının, randevu günlerini iple çekmesinin ve onun yanında kendini çok iyi hissetmesinin nedeni bu olmalıydı. Ara sıra beraber yapılan yürüyüşlerde, yürüdükleri yolun bitmesini istememesinin nedeni de buydu. Yatağında uzanmış bunları sorgularken telefonu çaldı. Arayan annesiydi. Artık her sabah alışkanlık hâline gelmiş anne kız görüşmelerinden biriydi. Telefonu kapattıktan sonra annesinin sorduğu bir soruya takılıp kaldı Yağmur. Annesi telefonu kapatırken ne zaman anneanne olacağını sormuştu. Yatağından kalktı ve en son regl olduğu zamanı düşündü. Regl dönemi çoktan geçmişti. Üzerini değiştirip hızla arabasına doğru yöneldi ve en yakın hastanenin yolunu tuttu. Hastanede kendisinden istenen kan testini yaptırdıktan sonra sonucu beklemeye başladı. Hemşire kendisini muayene odasına çağırdıktan sonra doktorundan ömrü boyunca unutamayacağı o sözü duydu:

"Tebrik ederim. Artık bir anne adayısınız Yağmur Hanım."

Yağmur gözyaşları içinde arabasına dönerken, bu güzel haberi annesiyle paylaşmak istedi. Annesi sevinç çığlıkları attıktan sonra Yağmur'la hamilelik tecrübelerini ve bu süreçte nelere dikkat etmesi gerektiğini anlattı. Yağmur, annesinden bu süreçte yanında olmasını istedi. Onun dualarına ve varlığına ihtiyacı olduğunu, annesi de biraz süre geçtikten sonra mutlaka yanına geleceğini ve kızının yanında olacağını söyledi. Eve döndükten sonra hamilelik konusunda internette uzun bir araştırma yaptı. Sonra yatağına uzandı ve gözlerini kapattı. Ellerini göbeğinin üstüne koydu ve bebeğiyle konuştu:

"Gelmene daha aylar var bebeğim. Ama ben daha şimdiden özledim seni. Merak ediyorum o minik gözlerini, o parmaklarımı tutacak olan minik ellerini ve o sarıldığımda 'İyi ki geldin bebek.' diyeceğim o küçük bedenini özledim. Varlığının içimde olduğunu öğreneli daha bir saat bile olmadan, şimdiden iyi geldin bana. Seninle birlikte öğreneceğim o kadar çok şey, bir gülümsemenle üstünü kapatacağım o kadar çok hüznüm ve sana anlatacağım o kadar çok masalım var ki, senin gibi onları da içimde taşıyorum. Şimdilik sen içimde rahat uyu. Gözlerini dünyaya açtığında, seni hep sevecek bir anne bulacaksın karşında. Belki ben dünyanın en mutlu kadını olamadım ama söz veriyorum sana, sen dünyanın en mutlu bebeği olacaksın. O bebek kahkahaların, evimin odalarını doldurduğu gibi dolduracak huzura aç yüreğimin en karanlık dehlizlerini. Ben sana bir can vereceğim, sen bana bin can. Benim seni doğurduğum gün, sen de beni yeniden doğuracaksın. Ben senin koruyucu meleğin, sen ise benim nefesim olacaksın bebek. Şimdilik huzurlu uyu içimde. Uyu bebek."

Yağmur, Serkan'ın ofisini arayıp bugün randevuya gelemeyeceğini bildirdikten sonra kısa bir yürüyüş yapmak için dışarıya çıktı. Her şey gözüne çok farklı görünüyordu. Gökyüzündeki bulutlara, denize, papatyalara artık çok daha farklı bakıyordu. O mu bebeği karnında taşıyor, yoksa bebeği mi onu ayakta tutuyor, hiç bilmiyordu. Tek bildiği, onun için artık hiçbir şey eskisi gibi olmayacaktı. Bütün zamanını bebeğine harcayacak ve kendini ona adayacaktı. Bu düşüncelerle evine dönerken telefonu çaldı. Arayan Serkan'dı. Serkan randevuya neden gelemediğini sormak için aramıştı. Yağmur, bugün aldığı güzel haberi Serkan'a anlattı ve bundan sonra gelemeyeceğini, bu hamilelik döneminde terapilere devam etmeyeceğini söyledi. Serkan her ne kadar terapileri yarım bırakmanın doğru olmayacağını söylese de Yağmur'un kararlı cevapları karşısında fazla ısrar edemedi.

Yiğit akşam eve geldiğinde Yağmur akşam yemeği için giyinmiş bir hâlde onu kapıda bekliyordu. Yiğit, Yağmur'u giyinmiş ve süslenmiş bir hâlde kapıda görünce şaşırdı.

"Canım bu akşam bir programımız mı vardı?" diye sordu.

"Hayır, ama akşam yemeğini dışarıda yeriz diye düşündüm."

Yiğit yorgun olmasına rağmen eşini kırmadı. "İyi düşünmüşsün canım. Hadi Deniz'in restoranına gidip çupra yiyelim." dedi.

Deniz Bey, Yiğit ve Yağmur'u her zamanki gibi kumsala yakın olan masalarına aldı. Bir süre yanlarında sohbet etmek için kaldı ve sonra siparişleri hazırlatmak için ayrıldı. Yiğit, Yağmur'dan böyle bir teklif gelmesine çok alışık olmadığı için merakını giderecek cevaplar arıyordu Yağmur'un yüzünde. Yağmur ise kıyıya vuran küçük dalgaları izliyordu.

"Nasıl geçti günün canım?" diye sordu Yiğit.

"Aynı şeyler işte, biraz ev işi, biraz spor, biraz uyku."

"Randevun nasıl geçti peki?"

"Bugün randevuya gitmedim. Bundan sonra da gitmeyi düşünmüyorum."

"Hayırdır canım, bir sıkıntı mı var? İyi geldiğini söylüyordun."

"Evet, iyi geliyordu. Ama bana çok daha iyi gelen bir haber aldım bugün."

Yiğit merakında haksız olmadığını anlayarak, "Muhtemelen bu yemeğin sebebi de bu iyi haber olmalı." dedi.

"Evet, kesinlikle öyle."

"Duymak için sabırsızlanıyorum o zaman canım."

"Tahminleri alayım."

Yiğit arkasına yaslanıp Yağmur'un ışıldayan gözlerine baktı, "Hımm, annen mi geliyor?" diye sordu.

"Evet, bu tahmin doğru ama annem bu iyi haberin bir sonucu olarak gelecek. Diğer tahmini alayım?"

"Tekrar avukatlığa mı başlayacaksın?"

"Hayır, son tahmin lütfen."

Yağmur'un yüzüne vuran bu mutluluk ifadesini daha önce hiç görmemişti Yiğit. Daha doğrusu, Yağmur'u daha önce hiç bu kadar mutlu görmemişti.

"Hadi çatlatma da insanı söyle canım."

"Tamam, söylüyorum hazır mısın?"

"Bekliyorum sabırsızlıkla."

"Yiğit, bir bebeğimiz olacak."

Yiğit duyduğu haber karşısında oturduğu sandalyeden fırlayıp ayağa kalktı. "Nasıl yani, ben şimdi baba mı oluyorum?"

"Evet!" diye karşılık verdi Yağmur.

Yiğit kumların üzerine dizlerini çöküp ellerini açtı, "Teşekkürler Allah'ım. Sonsuz kere teşekkürler sana." diye dua etti. Sonra Yağmur'a doğru koşar adımlarla ilerleyip eşine sıkıca sarıldı.

"Sana da teşekkür ederim canım benim. Beni bugün dünyanın en mutlu insanı yaptın bir kez daha."

Belki Yağmur ilk defa bu kadar sıkıca sarılmıştı Yiğit'e. Omzunda ağlayan kocaman adamın mutluluk gözyaşlarına eşlik etti. Belki ilk defa kendini bu kadar yakın hissetmişti eşine. Belki ilk kez Yiğit'in çırpınan kalbini fark etmişti bedeninde. "Acaba annem haklı mıydı yine? Bir bebek her şeyi bu kadar hızlı düzeltebilir miydi?" diye düşündü içinden. İlk defa bu kadar sıcak ve sevgi dolu bir akşam yemeği yediler birlikte. Yiğit'in sürekli olarak tekrarladığı "Ben şimdi baba mı oluyorum?" soruları, dalga seslerine karıştı bütün gece. Yemek sonrası, el ele kumsalda ay ışığı altında yapılan yürüyüş de Yiğit'in baba olma sevincine ayrı bir mutluluk kattı. O gece bu mutlu haberi, amcası ve Berna Hanım'la paylaştılar. Hüsamettin Bey'in bu güzel haber karşısında söyledikleri oldukça duygulandırmıştı Yiğit'i:

"Benim bir evladım olmadı ama seni oğlum gibi sevdim evlat. Çocuğunu da torunum gibi seveceğim." Mutluluk dalga dalga yayıldı, Antalya'dan Ankara'ya doğru.

Yiğit, hamileliği boyunca Yağmur'u hemen hemen hiç yalnız bırakmadı. İşlerinin çoğunu evden idare etmeye çalıştı. Bu süre içerisinde en büyük heyecan, cinsiyet tespitinin yapıldığı gün yaşandı. Yiğit ve Yağmur, doktorun iki dudağından çıkacak olan o sözü nefeslerini tutarak beklemişlerdi. Sonunda bebeğin ismini koyma hakkını Yağmur kazanmıştı. Bir kızları olacaktı. Aynur Hanım da hamileliğin dördüncü ayında kızının yanına geldi. Bir ayağı Ankara'da, bir ayağı Antalya'da geçirdi bu dönemi. Özellikle kızına verdiği tavsiyeler, Yağmur ve Yiğit için süreci daha da kolaylaştırdı. Yağmur, yaşı gereği bu süreçte neler yapması ve yapmaması gerektiğini bilmiyor ve her şeyi annesine danışıyordu. Annesi de kızına süreç ve bebek doğduktan sonra olabilecekler hakkında danışmanlık yapıyordu. Bebek odası doğuma iki ay kala hazırlanmıştı. Yağmur, annesinin tahmin ettiği gibi çok fazla kilo almamış, düzenli beslenmiş, yürüyüşlerini aksatmamış ve stresten uzak durmaya çalışmıştı. Babası, Hüsamettin Bey ve Berna Hanım da birkaç kez ziyaretlerine gelmişler ve Yağmur'a destek olmuşlardı. Yiğit, Berna Hanım'ın ördüğü pembe patikleri kızının yatağının başucuna asmıştı. Yağmur'un doğum sancıları başladığı günün sabahında, tarihler evlilik yıl dönümlerinin olduğu günü 5 Ocak'ı gösteriyordu. Haberi alan Selçuk Bey ve Hüsamettin Bey ilk uçakla Antalya'ya gelmiş ve direkt hastaneye geçmişlerdi. Tüm yorgunlukları, Yağmur'un kucağında bebeği gördükleri o an geçmişti. Babası kızına sarılıp ağlarken, bu duygu yüklü tablo karşısında Hüsamettin Bey'in de gözleri dolmuştu. Selçuk Bey minik torununu kucağına alırken Aynur Hanım'ın gözlerine bakıp, "Bize bu günleri gösteren Allah'a binlerce kez şükürler olsun." demişti. Berna Hanım da Yiğit'i görüntülü arayıp çifti tebrik etmişti. Doğum sırasında Yağmur'un yanında olmayı çok istese de, işlerin yoğunluğu nedeniyle gelememişti. Yiğit ise, eşinin yanından bir an olsun ayrılmamış bebeğinin yüzüne her baktığında, hep aynı duayı tekrar etmişti içinden:

"Bana baba olmayı nasip ettiğin için teşekkür ederim Allah'ım!"

Yağmur uzaktan bu mutluluk tablosunu yorgun gözlerle izlerken yanaklarından akan yaşları kimsenin görmesini istememişti. Uyumak için gözlerini kapatmadan önce gördüğü son görüntü ise duvarda gül yapraklarıyla yazılmış olan *"Hoş geldin Başak bebek"* yazısı idi.

Yağmur'un kan değerlerinin düşük olması sebebiyle, ancak ertesi gün çıkabildiler hastaneden. Yağmur, evin kapısından içeri girdiği an, doğruca yatak odasına çekildi. Annesi, kızında ters giden bir şeyler olduğunu anlamıştı. Aynur Hanım ve Yiğit yatak odasına girdiklerinde, Yağmur'u yastığına sarılmış hâlde ağlarken buldular. Yiğit'in yüzü, Yağmur'un bu hâlini görünce birden düştü. Aynur Hanım, Yiğit'e dönüp, "Bize biraz müsaade et Yiğit." dedi.

"En mutlu anımızda bu mutsuzluk neden, anlamakta zorlanıyorum."

"Bunlar doğum sonrası normal şeyler oğlum. Yağmur'u bir süre böyle değişken ruh hâlleriyle görmeye alış."

"Herkeste mi böyle yaşanıyor bu süreç?"

"Herkeste değil ama sanırım Yağmur bu süreci böyle yaşayacak gibi. Şu an bütün hormon dengesi altüst durumda. Bu da psikolojisine yansıyor."

"Bir uzman yardımı gerekli mi peki?"

"Bunu zamanla göreceğiz oğlum."

Yiğit odadan ayrılırken kafasını yastıkların arasına sokmuş bir şekilde ağlayan eşine bir kez daha baktı. Aynur Hanım kızının yanına oturup hiç konuşmadan Yağmur'un saçlarını okşadı. Yağmur bir süre sonra kafasını yastıkların arasından çıkarıp, "Kendimi hiç iyi hissetmiyorum anne." dedi.

"Farkındayım kızım. Senin bu durumunu hastanede bile fark ettim. Ama ses etmedim. Kendini nasıl sıktığını, nasıl içine attığını gördüm. Bilmeni isterim ki, bunlar geçici dönemler kızım."

"Anne, sanırım ben anne olmayı beceremeyeceğim. Onu dünyaya getirmeyi o kadar çok isterken, şu hâlime bak. Onu emzirmeyi bile istemiyorum."

"Aksine, hem de çok iyi bir anne olacaksın. Şu an sadece biraz yorgunsun. Birkaç hafta daha böyle hissedebilirsin yavrum. Ama sonrasında evladına gözün gibi bakacaksın biliyorum. Hadi şimdi Başak'ı biraz emzir yavrum."

"Bunu yapmak istemiyorum anne."

"Kızım bebeğin aç ve sana ihtiyacı var."

"Anne ben iyi değilim diyorum sana, sen bana neler söylüyorsun. Sadece yalnız kalmaya ihtiyacım var benim."

"Tamam kızım, sen biraz dinlen."

Aynur Hanım, ağlayan kızının saçlarını bir kez daha okşayıp odadan ayrıldı. Dışarıda neler olup bittiğini merak eden Yiğit, Hüsamettin Bey ve eşine durumu anlattı. Bu süreçte sabırlı olunması, Yağmur'un üzerine fazla gidilmemesi gerektiğini açıkladı. Yağmur'un bu psikolojiyle bebeğini nasıl emzireceğini soran Yiğit'e de, bunu nasıl yapacağını anlattı. Hiç kimse Yağmur'un böyle bir depresyona gireceğini beklemiyordu. Sadece annesi, kızının durumunu normal karşılıyor ve herkesi düzeleceği konusunda sakinleştirmeye çalışıyordu. Tek temennisi, Yağmur'un bu süreci en kısa sürede atlatmasıydı. Hüsamettin ve Selçuk Bey ertesi gün Ankara'ya döndüler. Aynur Hanım kızına destek olmak amacıyla Antalya'da kaldı. Yağmur'un sütünü sağarak Başak bebeği besledi. Bir yandan bebekle ilgileniyor, kızına destek oluyor, diğer yandan ise Yiğit'e önerilerde bulunuyordu.

Yağmur doğumdan sonra geçen iki hafta boyunca, neredeyse odasından hiç çıkmadı. Başak'ın tüm sağlık kontrollerini, Yiğit ve Aynur Hanım birlikte yaptırdı. Bu süreçte en çok yorgun düşen Aynur Hanım'dı. Üçüncü hafta sonunda Yiğit, eşinin bu durumuna fazla dayanamayarak Serkan'ı aradı ve eşinin durumunu anlattı. Serkan aynı günün akşamı Yağmur'u ziyarete geldi. Yağmur'un odasına girdiğinde, tükenmiş bir Yağmur buldu karşısında. Yağmur'un o ışık saçan gözleri gitmiş, yerine donuk ve boş bakan gözler gelmişti. Ne yanaklarında kan kalmıştı ne de bedeninde bir can belirtisi. Dizlerini karnına çekmiş, ellerini dizlerine bağlamış bir şekilde duvara bakıyordu. Serkan yavaşça yanındaki sandalyeye oturdu.

"Uzun zaman oldu görüşmeyeli Yağmur. Bu arada, anne olmuşsun tebrik ederim." dedi.

Yağmur bu iletişim kurma çabasını karşılıksız bıraktı. Serkan konuşmaya devam etti:

"Sen de, ben de adımız gibi biliyoruz ki, konuşmak istiyorsun biriyle. Anlatmak istiyorsun içindekileri. Çünkü hüzünler de yer altındaki pınarlar gibidir. Mutlaka gün ışığına kavuşmak isterler. Ben sabırla bekleyebilirim burada. Ama şunu biliyorum ki, bundan en fazla birkaç hafta sonra, şu günlerini düşünüp bebeğinden ayrı geçirdiğin her saat için pişman olacaksın. Neden diye sorgulayacaksın kendini. Kaldı ki, bu yaşadığın çöküntünün adı, lohusalık sendromu. Doğum yapan birçok kadının başına geliyor. Annen zaten, bu konu hakkında konuşmuştur seninle. Senin diğer kadınlardan tek farkın, geçmişin. Geçmişte yaşadığın o acılar. Hâlâ içinde Toprak'ı yaşatıyorsun Yağmur. Eminim, o bebeği kucağına aldığın o an, Yiğit'in yüzünde Toprak'ı bile hayal etmişsindir. Keşke Toprak'la birlikte yaşasaydık bu mutluluğu demişsindir. Haksız mıyım?"

Yağmur yanağına doğru süzülen yaşları hiç silmeden ve gözlerini duvardan ayırmadan dinliyordu Serkan'ı.

"Hatta inanıyorum ki, kızının adını Başak koyman da bir tesadüften ibaret değildi. Hadi bana haksız olduğumu söyle. Oğlan olsaydı adını ne koyacaktın Yağmur? Peki, bu ismin Toprak'la ilgili hayallerinin bir parçası olduğunu kocan biliyor mu?

Bu yüzden mi bebeğinin yüzüne bakmayı reddediyorsun? Sana Toprak'ı hatırlattığı için mi yoksa Yiğit'e ihanet ettiğini düşündüğün için mi?"

Yağmur, Serkan'a doğru dönüp öfkeli bir ses tonuyla haykırdı:

"Yeteeerrr! Sus artık. Antalya'nın en iyi psikoloğu olabilirsin belki ama yaşamadığın acılar üzerine bu kadar rahat konuşmaya hakkın yok. Beni ancak anlattığım kadarıyla tanıyabilirsin psikolog. Ama yaşadığım acıları anlaman ve yüreğinde aynısını hissetmen imkânsız. Hiç kimse hissedemez. Evet haklısın, bebeğimin yüzünü görmeyi bu yüzden reddediyorum. Evet haklısın, Başak ismi benim Toprak'la olan ortak hayalimdi. Ama ben eşime asla ihanet etmedim. Onu sevmiyor olabilirim ama bu onun yaptığı ya da yapmadığı bir şey yüzünden değil. Tamamen benimle ilgili, anlıyor musun? Ben Toprak'a hissettiklerimin aynısını bir başka erkeğe hissedemem. Denedim, anlıyor musun? Hâlâ deniyorum, Yiğit'i biraz da olsa sevmeyi. Ama yapamıyorum. Bebeğime gelince, onu kollarıma ilk verdiklerinde, o yumuk gözlerine baktım. O küçücük suratına baktım. O belli belirsiz saçlarına baktım ve onu kokladım. Toprak'tan bir iz, tanıdık bir parça aradım onda. Ama bulamadım Serkan. Yıllarca Toprak'la birlikte hayalini kurduğumuz bebeğimde, Toprak'a ait hiçbir şey bulamadım. Sevdiğim erkekle hayalini kurduğum bir bebeğin gerçeğini, bir başka erkekle yaşamayı kabullenemedim."

Yağmur elleriyle yüzünü kapatıp hıçkırarak ağlarken Serkan hiç de kendinden beklenmeyen bir şey yaptı o an. Yerinden kalkıp, Yağmur'un yanına geldi ve ona sarıldı. Yağmur bu sarılmaya karşılık verdi ve uzun süre Serkan'ın omzunda ağladı. Serkan, kollarında çaresiz bir şekilde ağlayan Yağmur'un solgun yanaklarını avuçlarının arasına alıp, "Bak Yağmur, söylediklerinde haksızsın diyemem. Şu dünyada senin yaşadıklarını yaşamayan hiç kimse, senin acılarını, senin çektiklerini ve içinde nelerin altüst olduğunu bilemez. Ama bu bebeğin bir anlamı olmalı senin için. Bu bebek her ne kadar Toprak'ın bir parçası olmasa da, her ne kadar bebeğinde Toprak'tan bir parça bulamasan da, onun yüzüne her baktığında kendinden parçalar bulacaksın. Gülüşü sana benzeyecek belki. Senin gibi ışıl ışıl bakacak belki. Yanaklarında böyle sevimli gamzeleri olacak belki. Senin gibi konuşup senin gibi saçlarını arkadan bağlayacak belki. Gün gelecek, senin annenin dizlerine yatıp uyuduğun gibi uyuyacak dizlerinde. Gün gelecek, seninle birlikte ağlayacak. Okula senin ellerinden tutarak gidecek. İlk kekini seninle birlikte yapacak. İlk aşkını sana anlatacak. Ömrün boyunca senin yanından ayrılmayacak. Bu bebek seninle birlikte nefes alacak Yağmur. Böylesi bir güzelliği, şu an odasında yapayalnız bırakıyorsun. Senin varlığına, sevgine, bedenine muhtaç bir varlığa sırtını dönüyorsun. O bebeğin senin sütünden çok sevgine ihtiyacı var. Ve biliyorsun ki bebekler, doğumlarından sonra uzun bir süre daha kendilerini annelerinin bir parçası gibi hissederler. Şu an o bebeğin hâlini düşünebiliyor musun? Onlar uzattıkları o kollarıyla, hareket eden o minik parmaklarıyla ve ara sıra açtıkları gözleriyle hep annelerini isterler yanlarında. Annelerine dokunmadan, onu karşılarında görmeden ve onun göğsünde uyumadan rahat edemezler. Kendi yaşadığın acının bedelini, lütfen bu bebeğe ödetme Yağmur." dedi.

Serkan konuştukça, Yağmur'un hıçkırıkları artıyor ve gözyaşları da Serkan'ın avuçlarında son buluyordu. Serkan ve Yağmur'un gözleri, bu konuşma sürecinde hiç ayrılmamıştı birbirinden. Birbirlerinin nefeslerini hissedecek kadar yakınlardı birbirine. Serkan daha sonra kendisini toparlayıp kalktı Yağmur'un yanından. Odadan ayrılırken bir kez daha dönüp baktı, gözyaşlarıyla kendisini izleyen Yağmur'a. Serkan salonda bekleyen Yiğit ve Aynur Hanım'a izlenimlerini ve bu süreçte nasıl davranmaları gerektiğini anlattıktan sonra sorunun devam etmesi hâlinde, kendisine haber vermeleri gerektiğini söyledi.

Yağmur, o gece herkes uyurken sessizce girdi bebeğinin odasına. Mışıl mışıl uyuyan bebeğini izledi bir süre. Sonra bebeğini yatağından alıp kucakladı ve kokladı. Bebeğiyle birlikte odasına geçti ve onu yanına yatırdı. Yüzünü okşadı, parmaklarına dokundu. Defalarca bebeğinin tenini kokladı.

"İleride bir gün, sana neden böyle davrandığımı soracaksın belki. Bilmiyorum, belki de hiç haberin bile olmayacak seninle ayrı geçirdiğimiz şu üç haftadan. Belki sebebini öğrenince bana çok kızacaksın. Belki de hiç anlamayacaksın beni. Belki de sana hiç anlatmayacağım, anlatamayacağım şu anki rezil ve çaresiz hâlimi. Hayatımda savaşmayı bıraktığım ve teslim olduğum anlar oldu benim. Hatta bazen, hayatın anlamını sorguladığım ve aldığım nefesin bile içime ağır geldiği anlar oldu. Ama böylesi çaresiz ve zayıf anlarımı, ya birilerinin yardımıyla ya da birilerinin varlığıyla atlattım. Önceden kendim için dışarıda tutunacak bir sebep ararken şu an içimden gelen bir parçama tutunmak istiyorum. Özür diliyorum bebeğim senden. Şu geçen haftalarda sana yaşattıklarım için ve seni yalnız bıraktığım için senden özür diliyorum."

Sabah erken saatte uyanan Aynur Hanım, uyandığı gibi bebeğin beşiğine baktı. Başak'ı yerinde göremeyince telaşla odaları dolanmaya başladı. Yağmur'un odasına girdiğinde ise gördüğü manzara karşısında o telaşlı gözlerinin içine sevinç gözyaşları ve korku dolu yüzüne ise mutluluk dolu bir tebessüm hâkim oldu. Hemen salonda uyuyan Yiğit'in yanına gitti.

"Yiğit evladım, uyan."

Yiğit zorla açılan gözleriyle Aynur Hanım'a bakıp, "Geç mi kaldım yine?" diye sordu.

Aynur Hanım gülümseyerek, "Hayır evladım, bu manzarayı mutlaka görmen gerek." dedi.

Yiğit uykulu ve meraklı gözlerle takip etti Aynur Hanım'ı. Aynur Hanım, yatak odasının kapısını araladığında Yiğit tam karşısında, Yağmur ve Başak'ı el ele tutuşmuş bir şekilde uyurken gördü. Aynur Hanım'a tüm gücüyle sarıldı Yiğit. Sonra ellerini açıp, "Şükürler olsun sana Allah'ım." diye dua etti.

Günlerdir özledikleri bu tabloyu, nemli gözlerle bir süre izledikten sonra odadan ayrıldılar. O gün ve diğer günler, Yağmur bebeğinden bir an olsun bile ayrılmadı. Sanki ayrı geçen günlerin acısını çıkarırcasına ve ihmal ettiği bebeğinin kendisini affetmesini istercesine öpüp kokladı sürekli onu. Sabah ve akşam yürüyüşlerine beraber çıktılar. Beraber uyuyup beraber uyandılar. Aynur Hanım, kızının tam olarak bir anne olduğuna inandıktan ve emin olduktan sonra ayrıldı Antalya'dan. Yiğit de artık daha az çalışıyor ve mümkün olduğunca vaktini ailesiyle birlikte geçirmeye çalışıyordu. Yağmur ise bu süreçte, Serkan'la olan seanslarına tekrar başlamıştı. Yiğit, Serkan'ın Yağmur üzerindeki etkisinden hem memnun oluyordu hem de bu yakınlık onu biraz düşündürüyordu. Fakat daha sonra, Yağmur'a olan yardımlarını ve eşinin zor zamanlarında onu dipten alıp çıkardığı anları düşününce, düşüncelerinden utanıyor ve kendine kızıyordu.

* * *

Bahar ayı, yerini yazın o kavurucu sıcaklıklarına teslim etmeden ve papatya mevsimi henüz geçmemişken, Antalya'da herkes mutluyken, Yiğit de aylardır beklediği sürprizi eşine yapmak için sabırsızlanıyordu. Yağmur ve Başak balkonda oyun oynarken eşine tebessümle bakarak, "Sana göstermek istediğim bir şey var canım. Hadi Başak'ı da hazırla çıkalım bir an önce." dedi.

Yağmur, Yiğit'in gözlerindeki o ışıltıyı, daha önce de görmüştü birçok kez. Ne zaman Yiğit böyle parlayan gözlerle baksa, mutlaka büyük bir sürpriz gelirdi arkasından.

"Nereye gidiyoruz Yiğit?"

"Canım, gidene kadar bana hiçbir soru sormanı istemiyorum."

"Yakın bir yere mi gideceğiz yoksa uzun bir yolculuk mu? Ona göre hazırlanalım."

"Yarım saatlik bir mesafe canım."

"Peki ne zaman döneriz?"

Yiğit, Yağmur'un meraklı gözlerine kısa bir süre baktıktan sonra, "Belki de bugün dönmeyiz?" dedi.

"Yiğit, otele mi gidiyoruz yoksa başka bir yere mi?"

"Canım, soru sorma demiştim."

"Tamam sustum. Ama Başak huysuzlanırsa geri döneriz haberin olsun."

"Merak etme canım, Başak bayılacak oraya ve tabii ki sen de."

Yağmur, Yiğit'in kendinden emin bu sözleri karşısında daha fazla soru sormayıp hazırlıklara başladı. Araba çevre yolundan ilerleyip Kepez üstüne doğru yöneldi ve organize sanayi sitesinin karşısından Döşemealtı'na döndü. Nar bahçelerinin ve birkaç çiftliğin yanından geçip tali bir yola girdiler. Birkaç kilometre sonra birbirine bitişik ama duvarları ayrı olan, taştan yapılmış tek katlı ikiz evlerin önünde durdular. Bu küçük ikiz evlerin bahçesinde henüz yeni dikilmiş meyve ağaçları, ortalarında minik süs havuzları, geniş verandaları ve verandaların hemen önünde de, rengârenk güller hemen göze çarpıyordu. Yiğit, Başak'ı kucağına aldıktan sonra, "Herkül, biz geldik oğlum neredesin?" diye seslendi.

Yağmur, tüm bu olup biteni anlamaya çalışıyor ve şaşkınlıkla etrafına bakıyordu. Sesi duyan Herkül koşarak Yiğit'in yanına geldi ve ayaklarının önünde durdu. Yiğit, Başak'ı Yağmur'a verip bir süre Herkül'le boğuştu. Herkül daha sonra Yağmur'un yanına geldi ve ayaklarını kokladı. Yağmur, Yiğit'e bakıp, "Yiğit neler oluyor burada? Burası neresi ve Herkül neden burada?" diye sordu.

Yiğit, Yağmur'un sorusuna cevap vermeye fırsat bulamadan Hüsamettin Bey'in sesi duyuldu açılan kapıdan, "Benim torunum büyümüş de, dedesini ziyarete mi gelmiş?" dedi.

Yağmur'un şaşkınlığı giderek artıyordu. Yiğit'in yüzüne "Nasıl yani?" der gibi baktıktan sonra Hüsamettin Bey'in yanına gidip sarıldı. Hüsamettin Bey, Başak'ı Yağmur'un kucağından alıp bir dede şefkatiyle sarıp sarmaladı. Yağmur'un şaşkınlığına bir cevap bulabilmek umuduyla, "Biri bana burada neler olduğunu anlatacak mı?" diye sordu tekrar.

"Canım, burası bizim yazlık evimiz olacak bundan sonra. Antalya'nın sıcağından kaçıp yazı burada geçireceğiz." diye cevap verdi Yiğit.

"Ve benim bundan yeni haberim oluyor, öyle mi? Yiğit, bu ev benim sana anlattığım hayalimdeki eve çok benziyor."

"Biliyorum canım. Sen bana bu hayalini söyledikten sonra inşaatına başlandı. Amcamı da, Ankara'nın o yoğun iş temposundan kurtarıp yazları buraya almak için ona da bizim evin yanında bir ev yapıldı. Çünkü ben böyle bir neden sunmasam, amcamın Ankara'yı terk etmeyeceğini biliyordum."

Hüsamettin Bey, Başak'ı sevdikten sonra, "Yani senin anlayacağın, yazları hep beraberiz artık küçük hanım. Üstelik anneni de yazları burada kalması konusunda ikna ettim." dedi.

Yağmur etrafına şaşkınlıkla ve mutlulukla tekrar baktıktan sonra, "Tüm bunlar bizim mi yani? Tam hayal ettiğim gibi bir ev ve tam da düşündüğüm gibi küçük bir bahçe. Çok teşekkür ediyorum Yiğit. Gerçekten benim için çok büyük ve güzel bir sürpriz oldu bu." dedi.

Yiğit, eşinin bu mutluluğunu daha da artırmak için, "Canım benim, istersen bir de evin içini gör. Umarım evin içi de istediğin gibi inşa edilmiştir. Planı tamamen bana ait." dedi.

Yağmur hızlı adımlarla ve merakla eve girdi. Küçük evin, yine kendisi gibi minik bir salonu ve salona bitişik minik bir mutfağı vardı. Salonun köşesine yerleştirilmiş ve kırmızı tuğlalarla örülmüş şömine, duvarlardaki taş işçiliği ve maun parkeler dikkatini çekti ilk olarak. Geniş pencereler güneş ışığını içeriye taşıyordu. Sonra mutfağa yöneldi. Koyu kahverengi mutfak dolaplarını bahçeyi gören büyük bir pencere ayırmıştı. Sonra evin doğusunda kalan yatak odasına geçti. Yatak odasında duvardan duvara bir gömme dolap ve meyve ağaçlarının rahatlıkla görülebileceği, zemine kadar inen yine büyük bir pencere vardı. Diğer oda misafirler için ayrılmıştı. Her iki duvara yaslanmış tek kişilik yataklar ve her birinin karşısında küçük elbise dolapları odayı tamamen kaplamıştı. Küçük bir koridordan geçip banyoya girdi. Açık gri granitle kaplanmış banyo duvarlarının aralarına, siyah yaprak desenleri serpiştirilmişti. Zeminde kirli beyaz renkler hâkimdi. Yağmur'un yüzündeki mutluluğu gören Yiğit, "Beğenmediğin bir yer varsa söylemen yeterli." dedi.

"Beğenmemek ne mümkün! Tam da hayal ettiğim gibi olmuş her şey. Özellikle babam çok sevecek burayı."

"Beğenmene çok sevindim canım. Evimiz onların da evleridir. İstedikleri zaman gelip istedikleri kadar kalabilirler."

Harika geçen bir gün ve gecenin ardından ertesi gün eve döndüklerinde, Yağmur eşine bir kez daha teşekkür etti. Ama aralarında hep bir şeyler eksikti ve bir şeyler hep yarımdı. Yiğit'in aklı bazen karışsa da, yüreğinde Yağmur'a karşı hissettiği sevgi artarak büyüyordu. Yağmur'a Toprak'ı unutturacağına ve bir gün kendisini de Toprak gibi seveceğine inanmak istiyordu. Yağmur ise, Yiğit'in iyi bir eş ve çok iyi bir baba olduğuna ikna olmuştu çoktan. Ama eşinden bu kadar iyilik görmesine rağmen yine de birçok şeyi Yiğit mutlu olsun diye yapıyor ve içindeki boşluğun zamanla daha da büyümesinden korkuyordu. Diğer yandan Serkan'ın kendisine olan ilgisi de her geçen gün artıyordu. Üstelik kendini ne kadar zorlasa da Serkan'ın ilgili gözlerine cevap vermekten kendini alamıyordu. Birçok yürüyüş yine birlikte yapılıyor ve Serkan'ın Başak'a olan sevgisi ve ilgisi de içten içe hoşuna gidiyordu. Ama akşam olunca, işten gelen Yiğit'in yüzüne her baktığında ağır bir suçluluk duygusu altında eziliyor ve bu kızgınlığının üstünü Yiğit'e gösterdiği yapmacık sevgi gösterileriyle kapatmaya çalışıyordu. Buna rağmen ertesi gün, kendini yine Serkan'la yürüyüş yaparken buluyordu. Birlikte geçirilen her anın sonrasındaki buluşmada, gözler birbirine daha sıcak bakıyor, bedenler birbirine daha yakın oluyor ve duygular daha cesur dile getiriliyordu. Üstelik Yiğit'in havalar ısındığı için yazlığa geçme tekliflerini de, Serkan'la görüşmeleri aksar diye sürekli reddediyordu. Yağmur bunun adını tam olarak koyamamakla birlikte, Serkan'ın Yağmur'a hissettiği şeyin karşılığı kesin olarak aşktı. Ama Serkan bu yasak ve etik olmayan aşkı Yağmur'a söylemekten kaçınıyor ve onu bu sebepten kaybetmekten korkuyordu. Her ne kadar Yağmur'un da kendisine karşı boş olmadığını bilse de bu konuda Yağmur'un tepkilerine tam olarak güvenemiyordu. Sonuç olarak yaşanılan şey, bir hasta ve psikolog ilişkisinden çok daha öteye doğru gidiyordu.

Yiğit, eşinin eskisi kadar mutsuz olmamasına seviniyor ama mutluluğunun sebebinin kendisinin varlığıyla ve yaptıklarıyla alakasının olmadığını da biliyordu. Bu Serkan isminden de fazlasıyla rahatsız oluyordu artık. Bu konuda Yağmur'la konuşmak istese de, duyacaklarından korkuyor ve bu yüzden konuyu açmak istemiyordu. Önce şüphelerinden emin olması gerekiyordu. Bu yüzden, bir akşam her şeyi göze aldı ve işten erken çıkıp eşinin yürüyüş yaptığı yolun başındaki parkta onu beklemeye başladı. Bir süre sonra Yağmur, bebek arabasıyla birlikte yolun karşısında göründüğünde, Yiğit'in de yüreği hızla çarpmaya başladı. İçinden sürekli olarak, "Allah'ım dayanamayacağım ve hak etmediğim bir acıyla sınama beni." diyordu. Yağmur, bir süre bebek arabasında Başak'la oynadıktan sonra ağır adımlarla yürüyüşe başladı. Yiğit de, yaklaşık yirmi metre geriden eşini takip ediyordu. Yağmur sıklıkla duruyor ve Başak'ın iyi olduğundan emin olmak için bebeğini kontrol ediyordu. Yiğit, eşine ve kızına hiç bu kadar uzak hissetmemişti kendini. Sanki ayrılmışlar da, gizli gizli eşini ve kızını görmeye çalışan çaresiz bir koca gibi hissediyordu. Bu düşüncelerle ve ağır adımlarla takip ederken bankta oturmuş bir hâlde Yağmur'a doğru bakıp gülümseyen Serkan'ı görünce bir anda durdu. Serkan yerinden kalkıp önce Başak'ı sevdi. Sonra Yağmur'un elini sıkıp birlikte yürümeye başladılar. Seansların en yoğun olması gereken bir zamanda, bu adamın orada ne işi olduğunu düşündü. Bu karşılaşma hiç de bir tesadüfe benzemiyordu. Yağmur ve Serkan'ın birbirine olan bakışları, Yiğit'in içini dağlıyordu âdeta. Yolların daraldığı yerlerde, Serkan Yağmur'un belinden tutup ona yol veriyor, bu görüntü karşısında Yiğit kendini tutmakta zorlanıyor ve o eli yerinden koparmak istiyordu. Bunun dışında aralarında fiziksel bir yakınlık görmese de, gördükleri Yiğit'e ateşten bir gömlek gibiydi. Yarım saat süren bir yürüyüş sonrası bir vedayla Serkan Yağmur'dan ayrıldı. Yağmur geriye döndükten sonra yürüyüşe başladığı yerden Düden Park'a doğru ilerledi. Falezlerden denizi gören bir banka oturdu. Bir müddet denize baktıktan sonra kızıyla ilgilendi. Yiğit'in aklı karmakarışıktı. O an eşinin yanına gidip her şeyi açık açık konuşmayı istedi ama duyacaklarından korkarak bu düşüncesinden vazgeçti. Yürüyüş yoluna tekrar dönüp ağır adımlarla yürümeye başladı. Aklında sürekli olarak hep aynı sorular vardı. “Ben neyi eksik yaptım? Neyin eksikti be Yağmur? Ben bunu hak edecek ne yaptım?” Yiğit diğer günlerde de her akşam Yağmur'u takip etti. Yağmur ve Serkan her akşam birlikte yürüyorlar ve daha sonra Yağmur hep aynı banka oturup bir süre denizi seyrediyordu. Bu süre içerisinde eşine davranışlarını hiç değiştirmedi Yiğit. Bir yanı öfkeden kudursa da, diğer yanıyla Yağmur'a hâlâ ilk günkü gibi âşıktı ve onu kaybetmek istemiyordu. Zaman geçtikçe, Serkan Yağmur'a biraz daha yaklaşıyor ve duygularını dile getirmek için en doğru zamanı bekliyordu. Yağmur ise içine düştüğü boşluğu Serkan'la doldurmaya çalışıyor ve onun ilgisinden fazlasıyla memnun oluyordu. Yürüyüş sırasında birbirine değen elleri ve bedenleri, her ikisinin içinde de fırtınalar koparıyordu. Birlikte izlenen gün batımlarını, birbirlerine gönderdikleri iyi geceler ve günaydın mesajları takip ediyordu. Bu küçük kıvılcımların büyük bir yangına dönüşmesi an meselesiydi. Yiğit ise her akşam kızıyla paylaştığı o mutlu anların dışında, bir köşede çaresizce bekliyordu.

Yaz güneşi, Antalya'yı kavurduktan sonra yerini yıldızlara bırakmadan hemen önce, Yağmur yine her zamanki gibi yürüyüşünü tamamlamış ve kendini maviliğin huzuruna bırakmak için banka doğru yürümeye başlamıştı. Serkan ise biriken işlerini biraz hafifletmek için bir süre yürüyüşlere gelemeyeceğini ve en kısa zamanda kendisine tekrar eşlik edeceğini söylemişti. Yağmur, Başak'ı arabasından çıkarıp kucağına aldı ve tam banka oturacağı sırada, oturacağı yere yapıştırılmış bir kâğıt buldu. Kâğıdı olduğu yerden alıp sonra yerine oturdu. Başak'ı bir eliyle güvene alıp diğer eliyle kâğıdı açtı ve okumaya başladı:

*"Söyler misin? Dudaklarından çıkacak bir 'Seni seviyorum.' cümlesi için daha ne kadar bekleyeceğim?"*

Yağmur etrafına baktıktan sonra kâğıdı tekrar okudu. Yanlış bir yerde olduğunu ve banka çok yanlış bir zamanda oturduğunu düşündü içinden, kâğıdı tekrar yerine yapıştırıp kalktı yerinden. Eve vardığında, önce bebeğini uyuttu sonra akşam yemeğini hazırlamak için mutfağa geçti. Ne yapabilirim diye buzdolabına doğru yöneldiğinde, buzdolabının kapağına tutturulmuş bir kâğıt gördü. Parkta oturduğu yere bırakılmış kâğıttaki yazının, aynısına benzer bir el yazısıyla yazılmış sözleri merakla okudu.

***"Sevgilim, benim canım karıcığım. Ya ben eksik yapıyorum bir şeyleri ya da senin bana karşı duvarların çok yüksek. Aşmak için çırpınıyorum ama yapamıyorum. Gözlerimle, her akşam sana koşup gelen ayaklarımla, sana dokunan ellerimle ve tüm yüreğimle seni ne kadar sevdiğimi haykırıyorum ama sana duyuramıyorum. Biliyorum, sevemedin sen beni. Beni sevmek için çabaladığın zamanları da çok iyi biliyorum. Beni***

*sevmek için kendini zorladığın o zamanların sonunda, benden ne kadar çok uzaklaştığını da biliyorum. Bir gülümsemende bile bin umut doluyor içime, bu umudun her sabah doğan güneşle sönüp gideceğini bildiğim gibi. Aynı evi ve aynı yatağı paylaşırken seninle, yanında olup da yüreğinde olmadığımı bilmek beni ne kadar üzüyorsa, eminim sana da acı veriyordur hiç ısınamadığın bir erkeği sevmeye çalışmak. Ne benim sana bunu yapmaya hakkım var, ne de senin beni zorla sevmek gibi bir mecburiyetin. Ama ne bileyim, olur sanmıştım ben. Zamanla ısınırsın bana, seversin sanmıştım. Demek ki olmuyormuş sevgilim. İnsan katlanmak zorunda olduğu hiç kimseyi yürekten sevemiyormuş. Ama ben yine de pişman değilim seni sevdiğim için. Bana yüreğini vermedin ama canından can katıp bir evlat verdin. Şu kısacık masalımızın en güzel kahramanı da o oldu. Belki iyi bir eş olamadım sana ama söz veriyorum kızıma çok iyi bir baba olacağım. Yanlış anlama beni sakın, pes etmiş ya da vazgeçmiş değilim. Sadece çok yorgunum sevgilim. Bu senden ayrı geçireceğim ilk gecem olacak. Daha ayrı geçirilen kaç gece, bu geceyi takip edecek, bilmiyorum. Benim dinlenmeye, senin ise artık bir karar vermeye ihtiyacın var. Vereceğin her karara saygılı olacağımı bilmeni isterim. Eğer benimle yapamayacağını düşünüyorsan bil ki evim evindir. Seni ve kızımı hiç kimseye muhtaç etmeyeceğimden de emin olabilirsin. Şimdilik bu kadar sevgilim. Başak'ı benim yerime öper misin? Onu da, seni de çok seviyorum."*

Yağmur'un gözyaşları kâğıdı ıslatırken yüreği de fena hâlde sızlıyordu. Oracıkta dakikalarca ağladı. İstediği şey kendine bu kadar yakınken ve bu evliliği bir mesajla bitirebilecekken, şimdi neden bu kadar acı çekiyordu? "Bu kadar iyi olmak zorunda mısın be adam?" diye haykırdı. Sonra birkaç kez daha okudu sevgi ve şefkat kokan yazıyı. "Şu satırları okurken benim canım bu kadar yanıyorsa, yazarken senin hâlin nasıldı be Yiğit?" diye sızlandı. Eli birçok kez telefonuna gitti ama her seferinde kendine engel oldu. Ne "Şimdiden özledim seni." diyebilecek kadar kendini hazır hissetti ne de "Bitsin." yazabilecek kadar acımasız. Başak'ın ağlama sesiyle birlikte toparladı kendini. Bebeğinin yanına gitti ve onu kucağına aldı. Kucağında susan kızının yüzüne ve gülen gözlerinin derinliklerine baktı uzun uzun. Küçük kızı da gözlerini hiç ayırmadan annesinin gözlerinin içine baktı. Sonra minik parmaklarıyla tuttu annesinin parmaklarını sıkıca. O an sanki zaman durmuş, her şey susmuş ve bir bebeğin yüreği annesinin yüreğine değmişti. Başak başını annesinin göğsüne yaslayıp gözlerini kapattı sonra. Yağmur, kızını kendi yatağına götürüp yanına uzandı. Bir duvarda asılı olan Yiğit'le olan fotoğrafına, bir de uyuyan kızının yüzüne baktı. Sonra gözleri gardırobun boş tarafına takıldı. Yiğit sadece damatlığını bırakmıştı geride. Bir kez daha doldu gözleri. Bir kez daha yüreği sıkıştı ve göğsünün üstüne bir ağırlık çöktü. Ağırlaşan bedeni gibi yorgun gözleri de daha fazla dayanamadı yaşadıklarına ve uzandığı yerde uyuyakaldı.

Yağmur uyandığında güneş henüz doğmamıştı. Başak gece boyunca huysuzlanmış ve sık sık uyanmıştı. Önce yanında uyuyan kızını, daha sonra da saati kontrol etti. Birkaç saat daha uyuyabilirdi ama yatağından kalkıp bir kahve içmek için mutfağa geçti. Kendisine sert bir kahve yaptıktan sonra koltuğa oturdu. Yiğit'in sesinin yokluğunu hissetti evde. Yiğit bu saatte çoktan kalkıyor, çayı koyuyor ve kendisini hep öperek uyandırıyordu. Elinde kahvesiyle birlikte balkona çıktı. Aydınlanmaya başlayan gökyüzünü izledi, çiçeklerini sevdi. Sonra uzun süredir bakmadığı telefonunu kontrol etmek için kalktı yerinden. Gelen mesajlar içinde Yiğit'in mesajını görünce heyecanla mesajı açtı. *"Ben yarın gece Ankara'ya geçeceğim canım ve bir süre bu şehirde olmayacağım. Sen kararını verdiğinde bana haber verirsin. Ankara'ya geçmeden önce Başak'ı görmek istiyorum. Akşamüzeri yedi gibi Düden Park'ta olursanız sevinirim."*

Mesajı okuduktan sonra gözlerini kapattı ve bir süre kendini dinledi. Daha sonra telefonu açıp diğer mesajları kontrol etti. Serkan'dan gelen üç mesajı vardı. İlk mesajında, bu kısa ayrılık için özür dileklerini belirtiyordu. Diğer mesajlar ise neden cevap vermediğine ait sorulardan oluşuyordu. Yağmur, hayatının yine büyük bir yol ayrımına gelmişti. Dün sabah çok daha farklı düşünürken, bu sabah kafası ve yüreği karmakarışıktı. Ilık bir duşun kendisini rahatlatacağını düşünerek banyoya geçti. Suyun altında, başı önde dakikalarca hiç kıpırdamadan durdu. Sonra çömeldi banyonun bir köşesine ve hıçkırarak ağlamaya başladı. Saçlarından süzülen sular, gözyaşlarına karışıyor ve süzülerek bedeninden ayrılıp gidiyordu. Sonra banyodan çıkıp yatak odasına geçti. Kızının yanına uzandı. Kızını kokladı, öptü. Yatağından kalkıp salona geçti. Bir kâğıt, bir zarf ve bir kalem aldı eline. Kâğıdın üzerine tarihi ve saati yazdıktan sonra kızına şunları yazdı:

***"Benim güzel kızım. Ben annemin kokusuyla büyüdüm, sen de inşallah öyle büyüyeceksin. Sana söz veriyorum ne dualarımı eksik edeceğim arkandan ne de sana karşı sevgimi bir başka sevgiye tercih edeceğim. Sen de yaşadıkça bazen sebeplerin yüreğinin önüne geçeceğini öğreneceksin. Bazen yüreğinin aldığı kararları aklın, bazen ise aklının kararlarını yüreğin kabul etmeyecek. Ama vicdanının sesini dinlediğin sürece, için acısa da başın asla hiç kimseye karşı eğilmeyecek. Şunu da unutmanı istemiyorum kızım; yolun her zaman düz gitmeyecek şu hayatta. Bazen yokuşlar çıkman gerekecek, bazen ise başka yollarla kesişecek. Ne yapman ge-***

*rektiği hakkında herkes sana bir şeyler söyleyecek. İşte o an, sadece hislerine ve kendine güven kızım. Çünkü ömrün boyunca, acılarını ve pişmanlıklarını tek başına yaşayacaksın. Yaşadıklarının sorumluluklarını bir başkasının omzuna yüklemek belki daha kolaydır. Ama bundan daha büyük bir zayıflık da yoktur kızım. Sen güçlü ol. Hatalı kararlar vermiş olsan bile, aynanın karşısına her geçtiğinde 'Benim seçimlerimdi ve sonuçlarını da tek başıma göğüslerim.' diyebilecek kadar güçlü ol kızım. Belki her zaman, şu an yanında olduğum gibi saramam seni ve hayatın bizi nerelere sürükleyeceğini bilemem. Olur da bir gün, sayılı nefesim kesilir ve senden ayrılırsam sakın hayatın seni bir kuru yaprak gibi savurmasına izin verme. Sağlam köklerine, güçlü yüreğine ve mutlaka sevdiklerine tutun kızım. Sakın rüzgâra göre yer değiştirenlerden, akıntıya kapılıp gidenlerden olma. Doğrularının arkasından ve hatalarının önünden yürü. Yıllar değil, yürüdüğün yollar büyütsün seni kızım. Güzelliğinle değil, yüreğinle sevdir insanlara kendini. Umut etmeyi, sabretmeyi ve dua etmeyi de öğren kızım. Çünkü senin şu dünyadaki tahtın için elimden geleni yapabilirim ama baht diye bir şey var ki, işte ona kimsenin gücü yetmez kızım. Eğer istemesini bilirsen, isyan etmez ve sabredersen nasibine de hayırlısı düşer kızım. Sen bu satırları yirmi yaşına geldiğinde okuyacaksın. Eğer ben yanında olursam, ben sana okurum. Yok, eğer göçüp gitmişsem bu dünyadan, işte o vakit de ben yanındaymışım gibi oku bu satırları kızım. Annem benim meleğimdi, ben de senin meleğin olacağım. Umarım bir gün, seni de meleğim diye sevecek bir evladın olur. Seni herkesten çok seven annen."*

Yağmur nemli gözlerle kâğıdı katlayıp özenle zarfın içerisine yerleştirdi. Zarfı kapattıktan sonra da üzerine *"Kızım Başak'a"* diye yazdı. Altına not olarak da *"Bu zarf yirmi yıl sonra açılacak."* diye bir not düştü. Sonra tekrar kızının yanına dönüp, "Seni seviyorum bebeğim." diyerek uzandı yanına.

Tüm gün Serkan'dan gelen mesajlara cevap vermedi Yağmur. Akşama kadar kızıyla vakit geçirdi. Sonra bebeğini güzelce giydirip arabasına yerleştirdi ve parka doğru yürüdü. Yiğit'i görebileceği bir yere oturup parkta oynayan çocukları ve çocuklarının peşinden koşuşturan anne ve babaları izledi. Bir süre sonra Yiğit göründü parkın girişinde. Gülümseyerek Yağmur'un yanına oturdu. Ne kadar güçlü görünmeye çalışsa da o gülümsemenin altındaki kırgınlık ve yorgunluk dikkatini çekti Yağmur'un. Hani dokunsa ağlayacak, sarılsa oracıkta yüreği yerinden çıkacak kadar hassas ve heyecanlıydı. Yiğit, önce Yağmur'un yüzüne küçük bir tebessüm attı. Daha sonra da özlediği kızını bebek arabasından aldı ve onu öpüp kokladı. Kendisini ağlamamak için zor tuttuğu titreyen dudaklarından belliydi. Titreyen bir ses tonuyla, "Nasılsın Yağmur?" diyebildi sadece.

Yağmur, Yiğit'in nemli gözlerine bakarken içinden kocaman bir parça koptu âdeta. Nefesini kontrol etmekte zorlanıyor ve tüm bedeni titriyordu. Hiç böyle düşünmemişti oysa. Yüreğinin Yiğit'e karşı böyle bir tepki vereceği hiç aklına gelmemişti. Üzerine ağır bir suçluluk duygusu çöktü. Kısık bir sesle, "İyiyim Yiğit. Sen nasılsın?" diye sordu.

Kucağındaki kızını bir kez daha öpen Yiğit, "İyi olmaya çalışıyorum. Şu güzeller güzeli kızımız için iyi olmak zorundayız." dedi.

Daha sonra kızını alıp çimlerin üzerine oturdu ve kızıyla parktaki çocukları seyretmeye başladı. Ara sıra kızıyla çimlere uzanıyor, onunla oyunlar oynuyor ve kızını güldürebilmek için şekilden şekle giriyordu. Sonra tekrar kızına sıkıca sarılıyor ve onu öpücüklere boğuyordu. Yağmur tüm bu olup biteni arkalarından seyrediyor, bazen gülüyor, bazen ise gözyaşlarını tutamıyordu. O kadar kaptırmıştı ki kendini bu güzel tabloya, çalan telefonunu çok sonra fark etti. Arayan Serkan'dı. Telefonu meşgule aldı. Serkan bir süre sonra tekrar aradı. Yağmur telefonu tekrar meşgule aldı. Yağmur telefonunu tamamen kapatmaya hazırlanırken Serkan'dan bir mesaj aldı. Mesajı açtı ve okudu.

*"Sevmediğin bir adamla koca bir ömrü geçirmek zorunda değilsin Yağmur. Şu an parkın karşısında seni bekliyorum. Hadi Başak'ı da al ve gel yanıma. Kimsenin bizi bulamayacağı yerlere gidelim. Benim seni sevdiğim gibi senin de beni sevdiğini biliyorum."*

Yağmur kafasını kaldırıp parkın karşısına baktığında, Serkan'ı ellerini kendisine uzatmış bir şekilde gördü. Sonra Yiğit'in, Serkan'ı görüp görmediğinden emin olmak için eşine baktı. Yiğit olup bitenden habersiz bir şekilde, tüm dikkatini ve ilgisini kızına vermişti. Yağmur kendisine ellerini uzatmış olan Serkan'a, sonra kızını kollarıyla sarıp sarmalamış olan Yiğit'e baktı bir süre. Sonra ayağa kalktı ve ağır adımlarla Serkan'a doğru yürümeye başladı. Serkan da heyecanla ve umutla birkaç adım attı Yağmur'a doğru. Yağmur, Serkan'dan gözlerini hiç ayırmadan, birkaç metre daha yürüdü ve sonra durdu. Elindeki telefonu önünde durduğu çöp tenekesine atıp geriye döndü. Yiğit'in yanına geldi ve eşinin yüzünü avuçlarının arasına alıp, "Evimize gidelim mi artık?" dedi.